Monika Helfer
Oskar und Lilli

W0073563

Zu diesem Buch

Oskar ist sieben, Lilli neun, und plötzlich stehen sie ohne Eltern da: Vater weg, Mutter im Heim. Beide kommen zu verschiedenen Pflegefamilien, erfahren dort Zuwendung und überspielte Ablehnung. Sie müssen all ihren Lebenswillen, ihre Phantasie und ihren reichlich vorhandenen Witz zusammennehmen, um sich durch alle Gefährdungen hindurchzulavieren, die eine Gesellschaft bereithält, in der es schwer geworden ist, heimisch zu sein. Die ergreifende Geschichte zweier Kinder, die ihr Zuhause verloren haben und auf der Suche nach einem sicheren Platz in einer fremden, unwirtlichen Welt sind, besticht durch die unverfälschte kindliche Logik und treffsichere Charakterisierung der Erwachsenen.

Monika Helfer, geboren 1947 in Au im Bregenzerwald, lebt heute in Voralberg. Schreibt Erzählungen und Romane, darunter »Die wilden Kinder« (1984), »Mulo« (1986), »Ich lieb Dich überhaupt nicht mehr« (1989), »Der Neffe« (1991), »Kleine Fürstin« (1995), »Wenn der Bräutigam kommt« (1998). Zahlreiche Auszeichnungen, darunter 1996 das hochdotierte Robert-Musil-Stipendium und 1997 der renommierte Österreichische Würdigungspreis.

Monika Helfer
Oskar und Lilli

Roman

Piper München Zürich

Von Monika Helfer liegen in der Serie Piper außerdem vor:
Die wilden Kinder (659)
Ich lieb Dich überhaupt nicht mehr (1343)
Der Neffe (1829)

Ungekürzte Taschenbuchausgabe
1. Auflage April 1995
2. Auflage Juli 1999
© 1994 Piper Verlag GmbH, München
Umschlag: Büro Hamburg
Andreas Rüthemann, Julia Koretzki
Foto Umschlagvorderseite: ZEFA / K. + H. Benser
Foto Umschlagrückseite: Sepp Dreissinger
Satz: Uhl + Massopust GmbH, Aalen
Druck und Bindung: Clausen & Bosse, Leck
Printed in Germany   ISBN 3-492-22165-3

Undine, Oliver, Paula und Lorenz
gewidmet

Inhalt

Wir suchen unsere Mama

Im Straßengraben gehen zwei Kinder. Hand in Hand.
Ein Auto bleibt stehen. Ein Polizist steigt aus und
leuchtet mit einer Lampe in den Graben hinunter. Der
Schein trifft die Kinder mitten ins Gesicht.
Wie heißt ihr und wo kommt ihr her, wo wollt ihr hin,
fragt der Polizist mit vollem Mund. Er kaut Wurst und
hat Wurst in der Hand, und er kriegt nicht gleich eine
Antwort. Er geht breitbeinig in die Hocke.
So dann, sagt mir halt zuerst eure Namen.
Das ist der Oskar, mein Bruder, und ich bin die Lilli.
Die Lilli und weiter? Der ganze Name.
Lilli Straaten.
Und er? Redet er nichts?
Oskar Straaten.
Straaten?
Mit doppelt a.
Mit doppelt a. Das gibt's hier nicht. Straaten, nie ge-
hört, Straaten. So heißt hier niemand.
Wir sind trotzdem von hier, Hannibalstraße 27 a.
Wie alt seid ihr? Komm! Stell du dich vor den Schein-
werfer, also komm, komm, komm, und du vor den
anderen! Drei Schritt vor beide! Drei Schritt, das langt.
Stop! Und jetzt noch einmal: Wie alt?
Oskar sieben, ich neun.
Wo kommt ihr her, jetzt?
Von zu Hause.
Jetzt von zu Hause kommt ihr. Wo zu Hause?

Hannibalstraße 27 a.

Und wo wollt ihr hin?

Wieder zurück.

Wo zurück?

Hannibalstraße 27 a.

Wißt ihr, wie spät es ist?

Mitten in der Nacht ist es.

Und was macht man um diese Zeit auf der Straße?

Wir suchen unsere Mama.

Das war der Tag, erzählt Oskar später, als Lilli am
Morgen nicht mehr im Bett war, und der Mann und die
Mama auf dem Küchentisch lagen und schliefen. Mitten
darauf. Er hat nichts angehabt als eine Unterhose aus
geripptem Stoff.

Ich bin rausgegangen in meiner Pyjamahose und habe
gesagt, wo ist denn die Lilli, und meine Mama hat
gesagt, in der Brunzkiste. Da war sie aber nicht. Nur die
Brunzpuppe lag auf dem Kissen. An der Sonne habe ich
gemerkt, daß es später sein mußte. Ich bin aus dem Haus
gegangen. Ich habe meinen Anorak drübergezogen und
die Gummistiefel von der Lilli, meine haben ein Loch
gehabt. Ich bin zur Schule gegangen, die Schule war aus.
Der Mann, der mit dem Strohbesen vor der Schule
gefegt hat, hat mir gesagt, bereits seit einer Stunde ist die
Schule aus. Geh nach Hause, Kindergärtler, und iß eine
heiße Suppe, du hast eine rote Nase. Wo ist denn die
Lilli, wo ist denn die Lilli, habe ich mich gefragt, und bin
nach Hause gegangen, und daß ich immer noch aussehen soll wie ein Kindergärtler, das war mir grad egal.

Zu Hause waren meine Mama und der Mann auf dem
Sofa, und der Mann ist auf der Mama draufgelegen. Die
Lilli fehlt, die Lilli fehlt. Wo ist denn die Lilli, habe ich

gefragt, und der Mann hat gesagt, die liegt in der Brunzkiste, und meine Mama hat gar nichts gesagt. Die war kaum zu sehen.

Im verbrunzten Bett lag nur die Brunzpuppe, und ich bin wieder raus mit den Gummistiefeln von der Lilli, und mir hat der Bauch wehgetan, weil ich ja noch gar nichts gegessen hatte. Ich bin wieder am Kindergarten vorbeigezockelt und habe vor dem Stamm vom Kastanienbaum ein Kreuz geschlagen, das mache ich sonst nicht, das macht die Lilli. Ich habe mir eben gedacht, wenn ich schon die Lilli suche, mache ich, was die Lilli machen würde, wenn sie mich suchen würde. Weiter bin ich zur Schule, und dann habe ich beim Kanal auf einem Stein die Lilli gesehen. Sie hat mit den Schuhen in den Boden geschlagen.

Lilli, habe ich gesagt, wir müssen nach Hause.

Nein, nein, nein, hat sie gesagt, nach Hause will ich nicht.

Was sonst, habe ich gefragt.

Halt etwas, hat sie gesagt.

Ich weiß sonst nichts, habe ich gesagt.

Schließlich sind wir doch in den Block geschlichen, und zwar durch den Fahrradkeller, es war saukalt im Freien.

Uns vis à vis wohnte ein altes Ehepaar, eine verschrumpelte Frau mit einem kranken Mann, der nicht von allein gehen kann. Manchmal schleppt sie ihn über die Treppen hinunter. Sie schaffen es nie bis zur Haustür. Der Mann sagt zu seiner Frau, du dumme Kuh, und manchmal, du blöde Sau. Die Frau hat mir einmal zwanzig Schilling geschenkt. Die besitze ich noch. Wir haben also bei diesen Nachbarn geläutet, und die verschrumpelte Frau hat uns aufgemacht. Sie hat gesagt:

Kinder, Kinder, das Elend, erschreckt nicht, mein Herr hat eine saumäßige Laune, das kommt, weil er krank ist und halb hinüber, er ist eben in Gottesnamen ekelhaft. Das hat nichts zu bedeuten. Ihr armen Kinder, wie seht ihr aus, wie seht ihr aus, hat sie noch gesagt. Sie hat gefragt, ob unsere Mutter krank ist. Ich habe mich gewundert und gesagt, nein, wieso. Unser Mama war noch nie krank, hat die Lilli gesagt. Die Lilli, die nie im Leben lügt. Wir haben gefragt, ob wir reinkommen dürfen, weil uns so kalt ist. Alle Leute haben Handschuhe an und Mützen, wir haben rote Ohren und rote Fingerknöchel, und ich habe obendrein den Pyjama unter dem Anorak an und Lillis Stiefel, weil meine ein Loch haben.

Es hat gut nach Suppe gerochen, davon habe ich nichts gesagt, und Lilli ebenfalls nicht.

Die verschrumpelte Frau hat uns von sich aus eine heiße Suppe geschöpft. Es war so gemütlich in dieser Wohnung, obwohl der grantige Herr vor seinen Medizinflaschen gesessen ist und vor sich hin geflucht hat. Und genau wie bei unserer Mutter ist mir bei ihm vorgekommen, daß er wegen etwas anderem flucht, wegen etwas, das gar nicht im Zimmer ist.

Es war so schön aufgeräumt. So prächtig. Sogar der richtige Tag steht auf dem Kalender, hat Lilli gesagt.

Der Herr hat mit den Fingern auf uns gezeigt, und seine Frau hat laut zu ihm gesagt, weil er schwerhörig war: Das sind die armen Nachbarskinder, halb erfroren, die bei uns eine heiße Suppe essen, damit sie warm werden.

Nach der Suppe hat uns die Frau nach Hause geschickt. Die Mama war nicht da. Wir haben gewartet, bis es dunkel war, dann haben wir sie gesucht.

Der Polizist stieß mit seinen Riemenschuhen unsere Wohnungstür auf, erzählte Lilli, sie war nicht eingeklinkt gewesen. Er fragte mich, ob wir umziehen, weil es hier so nach Umzug aussieht, er hat den Saustall gemeint.

Mir war das unangenehm, daß die Polizei sich bei uns in der Wohnung aufhält und dabei so laut ist und vor dem Wohnblock ein Polizeiauto steht. Wenn die Nachbarn aufwachen und das sehen, denken sie sicher, wir haben gestohlen oder jemand von uns ist ermordet worden. Eher sogar das letztere. Natürlich, die Mama ist ermordet worden, denken sie.

Deshalb sagte ich: Mir fällt gerade ein, daß unsere Mutter Zigaretten holen wollte, genau, und noch mit einer Freundin einen Kaffee trinken wollte sie, genau, Entschuldigung.

Und was sagst du, fragte er den Oskar.

Er ist erst sieben Jahre alt, sagte ich.

Der Polizist hat ihn nicht weiter gefragt und hat geflucht. Er fegte mit der Hand einige Kleider von den Möbeln, öffnete einige Schubladen. Zum Schluß schrieb er die Telefonnummer von seiner Dienststelle auf einen Zettel und war ohne Gute Nacht oder so hinunter über die Stiege.

Wir haben uns ans Fenster gestellt und gewartet, bis er weggefahren ist.

Oskar ist auf einem Stuhl, auf dem das beste Kleid von der Mama lag, eingeschlafen. Ich habe ihn heruntergezogen und samt seinen Hosen und dem T-Shirt in sein Bett gelegt, nur die Schuhe habe ich ihm ausgezogen.

Oskar?

Ja?

Hörst du mich?

Ja.

Schläfst du schon?

Nein.

Was machen wir, wenn die Mama nicht wiederkommt?

Wir gehen in die Dienststelle morgen am Tag.

Schläfst du jetzt?

Ja.

Schlaf nicht, Oskar. Wart auf mich. Schlaf erst, wenn ich auch schlafe.

Ich wollte noch das beste Kleid von der Mama glattstreichen. Es ist ein dunkles Wollkleid, das gern fluselt. Und auf einmal ist die Tür zum Wandschrank aufgegangen, und unsere Mama ist herausgekommen. Sie war angezogen und trug sogar ihre Cowboystiefel. In den Schrank ist ihr Bettzeug hineingepreßt gewesen.

Ich fühle mich unter jeder Kanone, sagte sie.

2

Sie haben ein Zweiglein im Haar

Als der Tag und die Stunde gekommen waren, der Neunzehnte, um 13 Uhr, und Oskar und ich der Fürsorgefrau im Amt vorgeführt werden sollten, versprach ich ihm die Olympiamünze, wenn er nichts über unsere Mutter sagt. Er sollte einfach keine Antwort geben und alles mich reden lassen, erzählt Lilli.
Wir waren abgeholt worden. Die Nachbarin, die immer so viel Mitleid mit uns hatte, stand in ihrer Tür, zur Hälfte stand sie in der Tür, ihre andere Hälfte war drinnen in der Wohnung. Zwei Männer haben uns abgeholt, weil zu befürchten war, daß unsere Mama ein Theater macht. Sie hat überhaupt gar kein Theater gemacht. Sie hat wie gut gelaunt durch die Zähne gepfiffen, einen Hit, den ich vom Radio her kannte, und dabei hat sie mit einem Tempotaschentuch, auf das sie draufgespuckt hat, am Küchenkasten herumgewischt. Wir haben Auf Wiedersehen, Mama! gesagt, sie hat Tschü-hüß! gerufen, als ob uns Kinder zum Spielen abholen würden, in meinem Leben vorher habe ich die Mama noch nie Tschüß sagen hören. Einer der beiden Männer ist übrigens nicht mit uns mitgekommen. Oskar meint, der sei bei der Mama geblieben und später mit ihr weggegangen. Wohin denn, habe ich gefragt. Das weiß ich nicht, hat Oskar gesagt, ich nehme an, hat er gesagt, sie sind mit einem öffentlichen Verkehrsmittel gefahren, weil mit dem Auto fahren ja wir. Weiter redeten wir darüber nicht.

Wir hatten gar keine Zeit, viel weiter darüber zu reden.

Die Mama hatte nicht wie sonst üblich einen schwarzen Pullover an oder etwas anderes Schwarzes, sie besitzt ja obendrein einen kleinen Stapel schwarzer T-Shirts, und schwarze Blusen hat sie mindestens vier, die Mama hatte eine von oben nach unten blau-gelb gestreifte Bluse an, die ich aus ihrem Kasten heraus kannte, aber nicht von ihrem Körper.

Die Fürsorgefrau saß vor einem Computer und fragte, ob wir etwas gegen unsere Mutter vorzubringen hätten.

Oskar öffnete den Mund: Sie haben ein Zweiglein im Haar. Da seitlich. Das sagte er.

Die Fürsorgefrau fuhr sich ins Haar und das Zweiglein fiel auf den Schreibtisch. Wahrscheinlich vom Spazieren, sagte sie und wiederholte ihre Frage, ob wir etwas gegen unsere Mutter vorzubringen hätten.

Ich antwortete: Unsere Mutter hat uns gut behandelt.

Den Grund, warum unsere Mutter so ist, wissen wir nicht.

Sie hat immer für uns gekocht.

Ja, auch warm.

Ja, auch pünktlich.

Ja, auch reichlich.

Die Fürsorgefrau wollte von Oskar etwas über unsere Ernährung hören, weil wir wie Gespenster aussehen.

Oskar sagte: Ja.

Die Frau war nicht zufrieden damit.

Oskar sagte: Kaum frisches Brot.

Dann wurden wir aus dem Zimmer geschickt und sollten auf eine gewisse Brigitte warten. Die würde sich um uns kümmern. Gewisse Brigitte hat sie gesagt. Oskar hat mich angeschaut und die Schultern gehoben und leise zu mir gesagt: Man weiß noch nichts Genaues.

Die Brigitte ist eine hohe Frau und biegt sich zu uns herunter. Sie raucht dauernd. Direkt im Amt nicht, draußen sofort. Sie hat es eilig. Mit allem. Es ist ihre Arbeit, sich um uns zu kümmern. Für diese Arbeit wird sie bezahlt. Sie nimmt uns mit zu sich nach Hause. Sie wohnt außerhalb und oben am Hang. Wir sollten bei ihr zu Mittag essen. Sie kaufte unterwegs etwas Tiefgefrorenes, was, daran kann ich mich nicht mehr erinnern. Jedenfalls mußte es nur ins heiße Rohr geschoben werden.

Während des Essens war Brigitte sehr nervös, weil sie auf einen Telefonanruf gewartet hat. Selber rief sie alle paar Minuten eine Nummer an. Mit einem krummen Zeigefinger hackte sie auf die Tasten. Sie griff sich an die Stirn. Er kann gar nicht anrufen, wenn bei mir dauernd besetzt ist, sagte sie zu sich selber.

Wir, Oskar und ich, sagten nichts.

Oskar spuckte, jetzt fällt es mir wieder ein, etwas mit Erbsen gabs, weil Oskar die Erbsen unter den Tisch gespuckt hat. Er nahm ein Streichholz, zündete es an und brannte ein Loch in den Küchenvorhang. Die Schachtel steckte er in seine Hosentasche.

Ich war ganz verzweifelt, daß er das gemacht hatte, ich konnte mir überhaupt nicht erklären warum, er tut niemals so etwas.

Ich sagte stumm zu ihm, das mache ich, indem ich das Gesicht verziehe, also verzog ich das Gesicht, und das hätte heißen sollen, bitte, lieber Oskar, tu das nicht, das bringt Unglück. Die Küchentür stand einen Spalt offen, so daß ich Brigitte von meinem Platz aus beobachten konnte, wir waren für sie unsichtbar. Wir waren sowieso unsichtbar für sie. Leg wenigstens die Streichhölzer wieder auf den Tisch, flüsterte ich, das merkt sie, wenn die fehlen.

Was stinkt denn da, hat die Brigitte gesagt, und mit der rauchenden Zigarette in der Hand an sich heruntergeschaut. Da jedenfalls ist kein Zigarettenloch. Was stinkt denn da, sagt sie wieder zu sich und legt den Hörer auf, und gleich wählte sie wieder die Nummer und hob ihr Knie. Mitten auf ihrem Knie war eine glänzende Blume, sie trug glänzende Leggins mit Blumenranken. Da ist auch kein Loch, Herrgott, was stinkt denn da, fluchte sie, und schaute auf den Boden.

Ich rieb mit einem Geschirrtuch am Vorhang herum. Es rauchte nicht mehr in der Küche. Im Fensterbrett war eine Rinne eingelassen. Oskar leerte prompt seinen Apfelsaft hinein. Ich war fix und fertig. So kenne ich Oskar gar nicht. Wenn er wenigstens sein Bockgesicht dazu gemacht hätte, dann hätte ich mich ausgekannt. Er hat interessiert geschaut. Was soll ich denken.

Zum Glück war die Brigitte so mit sich beschäftigt, ich glaube, die hätte nicht gemerkt, wenn wir selbst abgebrannt wären. Sie hätte immer noch an sich hinuntergeschaut und mit einer Hand gewedelt und gesagt, was stinkt denn da so, was stinkt denn da so.

Sie zog am Telefonkabel, und weil es zu kurz war, nahm sie das Telefon in die eine Hand und stieß mit dem Fuß die Küchentür auf.

Sie lächelte zu uns herein und zog die Schultern hoch. Sofort Kinder, sofort bin ich bei euch. Sagt mir, wenn es zwei ist, hat sie gerufen und wieder die Nummer gewählt, den Hörer aufgelegt, wieder auf und ab, auf und ab, das Telefon in der Hand, die Schnur hinter sich her, hat sich im Spiegel geprüft und an ihren Haaren gezupft.

Zwei, hat Oskar geschrien, und sie hat gesagt, sofort, sofort, bin gleich fertig, wie wenn man auf dem Klo ist und sich beeilen muß, weil an die Tür gepumpert wird.

Oskar, bitte, habe ich ihn angefleht, mach jetzt nichts mehr, er hat nämlich mit der Gabel ein Muster in die Tapete gestochen. Wieder ohne sein Bockgesicht. Das ist ein interessantes Muster, sagte er, aus diesem Muster kann man alle Buchstaben, die es gibt, herauslesen. Such zum Beispiel das A.

Ich will das A nicht suchen, sagte ich. Bitte Oskar, mach nichts mehr.

Da hat er es sein lassen.

Ich muß euch wegbringen, sagte Brigitte, oder besser, euch wegbringen lassen, oder halt irgendwie.

Sie ließ sich auf einen Küchenstuhl fallen und zerquetschte mit dem Stiefel ein paar Erbsen.

Ich kann nicht, sagte sie, und ich dachte, gleich dreht sie durch, und Oskar hat mit dem Messer einen Takt auf den Tellerrand geklopft.

Brigittes Gesicht wurde eng und die Schminke rann aus den Augen.

Ihr müßt um 15 Uhr beim Bahnhof sein, damit ihr den Zug erreicht. Ihr fahrt eine Station, dort werdet ihr von euren Pflegeleuten abgeholt, du, Lilli, hörst du, von einer Dame, die Ruth heißt.

Eine Dame, die Ruth heißt, dachte ich, das ist wie ein Erdteil, der nirgends eingetragen ist. Von nun an Ruth.

Du, Oskar, von einem Herrn, der Lehrer ist, Kilga

heißt er. Wenns stimmt, wenns überhaupt stimmt, ich habe nämlich zu allem Überfluß noch eure Zuteilungsscheine im Amt liegenlassen. Sagt einfach Grüß Gott zu den Leuten, alles andre ergibt sich von selbst. Am besten ist, das hat sich herausgestellt, wenn man ernst und freundlich ist. Auf jeden Fall ernst. Seid ernst und freundlich!

Sie fuchtelte wieder mit dem Telefonkabel, warf es sich wie ein Lasso aus dem Weg und sagte: Dieses Schwein, dieses Schwein, den bring ich um, den erwürg ich, den mach ich fertig, Entschuldigung, Kinder.

Brigitte ließ ein Taxi kommen. Sie gab Oskar einen Hundertschillingschein und sagte: Du bist der Herr, und du zahlst. Ab zum Bahnhof und von dort eine Station Richtung Bludenz, verstanden, eine Station. Eine.

Sie hob einen Finger in die Höhe. Sie faßte uns an den Ärmeln: Und bitte, erzählt nichts, ihr seht vor euch, wie soll ich sagen, das Unglück. Und über das Unglück bei andern Leuten spricht man nicht. Bitte, liebe Kinder, sagt, das Auto von der Brigitte ist auf halber Strecke zum Bahnhof verreckt. Nein, sagt nicht verreckt. Nein, sagt einfach stehengeblieben, und war keine Möglichkeit, es rechtzeitig flottzukriegen. Wartet!

Sie lief in ein Zimmer, das sie bis jetzt nicht betreten hatte, und kam mit einem weißen Teddybären zurück. Für euch, sagte sie und gab ihn Oskar, weil du kleiner bist. Ihr könnt ihn euch ja hin- und herschicken.

Draußen auf der Straße vor dem offenen Taxi riß sie den Teddybär Oskar wieder aus dem Arm und drückte ihm einen Kuß auf die Plüschschnauze und gab ihn Oskar zurück. Auf Wiedersehen, Kinder.

Die große Tasche, rief Oskar, wo ist die große Tasche, in der großen Tasche ist alles von uns. Die Brigitte war bereits im Haus, und der Taxifahrer fuhr los.

Wo die große Tasche geblieben war, das weiß ich bis heute nicht, sagt Lilli.

Jedenfalls, damals im Taxi, erzählt Lilli weiter, tröstete ich Oskar und sagte ihm, die Tasche wird dir nachgeschickt, und was von mir in der Tasche ist, kann deine Pflegemutter aussortieren und mir nachschicken. Er hatte immer noch nicht sein Bockgesicht, sein interessiertes Gesicht aber hatte er auch nicht mehr. Ich habe gemerkt, daß er nicht will, daß ihn jemand angreift.

Der Taxifahrer schaute im Rückspiegel nach uns und machte ein freundliches Gesicht. Er redete nicht mit uns. An seinem Amaturenbrett hing mit einem Magnet befestigt ein Foto seiner Familie. Die Frau hält ein Baby im Arm, auf dem Schoß des Mannes, eben des Taxifahrers, sitzt ein Mädchen, in der Hand hält es eine Ente. Im Hintergrund ist eine weiße Tür und ein breites Fenster zu sehen, darum vermutete ich, daß sich die Familie auf einer Terrasse befand, als sie fotografiert wurde.

Am Bahnhof Dornbirn gab Oskar den Hundertschillingschein her, und der Taxifahrer sagte: Warte, du kriegst noch einen Zwanziger heraus. Oskar sagte: Stimmt so. Der Taxifahrer hob seine Hand seitlich über seine Stirn, als hätte er eine Mütze auf dem Kopf, und verbeugte sich.

Danke, mein Herr.

Ich habe zu Oskar gesagt, du spinnst, du spinnst, Oskar, der Zwanziger, mit dem hätten wir unsere Fahrkarten besorgen sollen. Warum hast du das getan?

Das muß man, hat Oskar gesagt. Das gehört sich so.

Dabei schaute er mich verzweifelt an, er war kein Herr mehr, der Trinkgeld gibt, er war der Oskar mit der Rotznase und einem fremden weißen Bären im Arm, der hatte ein nasses Ohr, voll von Oskars Spucke.

Hunger habe ich, maulte er.

Ich habe keinen Hunger, sagte ich, und mir wars auf einmal elend im Magen, und das Wasser stand mir zum Überlaufen in den Augen. Ich mußte mich zusammennehmen.

Hast du wirklich Hunger, fragte ich.

Halb halb, sagte er.

Mit dem Zwanziger hätten wir beim Kiosk eine Schocki kaufen können, sagte ich.

Das nützt jetzt nichts, sagte er. Schau auf den Boden. Ich habe zweimal bisher Schocki auf dem Bahnhof gefunden. Die kaufen sich die Leute, und wenn sie in den Zug einsteigen und sich verabschieden, kann es vorkommen, daß sie die Schocki aus Versehen fallenlassen.

Wann verabschieden wir uns eigentlich voneinander? Ist das vorgesehen? Wird das für uns gemacht oder müssen wir das selber machen?

Die Sorge um Oskar füllte mich aus von den Zehen bis zum Scheitel, ganz schnell stieg die Sorge auf wie kaltes Wasser in mir, so daß nirgends und für nichts mehr Platz war in mir. Liebe Muttergottes, dachte ich, wirf etwas Gutes über ihn drüber. Ich öffnete den Mund, damit ein Teil von der Sorge aus mir entweichen konnte, hinauf in den Himmel, und ich machte die Augen zu.

Ich sah in großer Deutlichkeit einen Mann, seine Füße steckten ohne Strümpfe in Halbschuhen. Seine Haare waren zu einem Pinselschwanz zusammengebunden.

Auf seinem Scheitel trug er eine weiße Touristenmütze, eine solche, wie sich die deutschen Urlauber im Sommer aufsetzen. Als ob man ihn aus dem Bett gejagt hätte, so sah er aus. Der Mann versteckte sich hinter einer Bretterwand. Zwei Polizisten flogen vom Himmel herunter und landeten auf dem Bahnsteig, und ihre Flügel falteten sich an ihren Uniformrücken, und sie stürmten die Bahnhofsklosetts. Der Mann lief herüber zum Kiosk und stellte sich davor, und wir, Oskar und ich, wir standen ja gleich neben dem Kiosk. Plötzlich drehte sich der Mann um, packte Oskar, hob ihn hoch, und mich nahm er mit der linken Hand und schob mich an seinen Körper. Sch, zischte er, als Oskar sich wehren wollte. Bewegt euch nicht. Ich bin bewaffnet. Wenn ihr wißt, was ich meine. Ich drückte mich mit aller Gewalt von dem Mann weg, und er drückte mich mit aller Gewalt zu sich hin. Er roch sauer und nach Zigarettenrauch. Ihr seid meine Kinder, kapiert, sagte er, und ich bin euer Vater. Er gab Oskar einen Kuß und schob dabei Oskars Kopf an seine Wange. Er sagte mit kaum geöffnetem Mund, ich und Oskar sollten miteinander reden, ich schaute Oskar an und Oskar mich, und Oskar sagte, ich weiß gar nicht, was reden, mir fällt überhaupt nichts ein. Redet, redet weiter, sagte der Mann mit dem Pinselschwanz, egal was, redet miteinander und hört bitte nicht auf.

Das alles nützte nichts. Die zwei Polizisten traten vor den Mann hin, der ließ vor Schreck Oskar fallen, und Oskar war wie eine verpuppte Hülse und wurde vom Wind über den Bahnsteig geweht, und das machte ein Geräusch wie mit Tesafilm hart verklebtes Papier, und ein Güterzug fuhr ein, und schnell öffnete ich die Augen, erzählt Lilli, und der Mann, der barfuß in den

Halbschuhen stand und seine Haare zu einem Pinsel-schwanz zusammengebunden hatte und eine weiße Touristenmütze auf dem Scheitel trug, der tat in Wirklichkeit nichts anders, als drei Meter vor uns beim Kiosk über ein Bier zu verhandeln, laut tat er das, und die zwei Polizisten hatten gar keine Flügel, und ich nahm Oskar an der Hand und rannte mit ihm zum Bahnsteig.

Wir sahen, wie die Polizisten dem Mann die Hosentaschen umstülpten, sie rissen ihm die Arme in die Höhe und tasteten den Körper ab. So barfuß in den Schuhen mit der Sommermütze auf dem Kopf sah der Mann zum Erbarmen aus. Wir beobachteten, wie ihn die Polizisten in die Mitte nahmen und abführten.

Als sich Oskar und Lilli im Regionalzug Richtung Bludenz gegenübersaßen, kam die Sonne schräg durch das Fenster und schien Lilli gerade in beide Augen. Da sah Lilli zum ersten Mal die Muttergottes, und ihr Schleierrand war der Strahl, der Lillis Augen traf.

Oskar hatte gesagt: Lilli, du bist ganz weiß, deine Haare zittern nach allen Seiten. Er hatte mit seiner klebrigen, verlutschten Hand nach ihren Haaren gegriffen.

Total elektrisch, sagte er. Elektrisch aufgeladen, wie wenn man das Lineal unter dem Arm reibt.

Der Schaffner ging an den beiden vorbei. Sie fuhren an einer Wiese entlang, auf der Schafe weideten.

Der Bahnof, erinnert sich Lilli, an dem ich und Oskar erwartet wurden, sah aus wie eine supervergrößerte, dreckiggelbe Zündholzschachtel. Ich sah eine Frau in einem kniekurzen hellen Glockenmantel mit großem, aufgestellten Kragen. Sie trug weiße Strümpfe und flache Schuhe. Ein paar Schritte von ihr entfernt stand ein Mann in einer Schnürlsamthose und einem Parka. Ich dachte mir: Wenn sie beide nett sind, und sie würden zusammengehören, könnte ich bei Oskar bleiben, und Oskar könnte bei mir bleiben.

Oskar stand stumm neben mir. Er ließ sich nichts anmerken.

Leider mußte Oskar auf den Mann zugehen, und ich auf die helle Frau. Wir waren ernst und freundlich. Der Abstand zwischen uns betrug circa eineinhalb Meter. Wir stellten uns vor. Freundlich und ernst.

Das ist ein Zeug, sagte der Mann in den Schnürlsamthosen. Warum hat man mich eigentlich hierher bestellt, zu diesem Bahnhof? Du hättest drei Stationen weiterfahren können, Oskar. Jetzt fahren wir eben mit dem nächsten Zug.

Die Frau mit dem Glockenmantel, die mich an der Hand genommen hatte, sagte: Wohin müssen Sie? Ich kann Sie hinfahren. Wir müßten nur rasch ein paar hundert Meter gehen und meinen Wagen holen.

Geht schon, sagte der Mann. Oskar und ich fahren mit dem nächsten Zug, dann haben wir Zeit füreinander, können uns beschnuppern.

25

3

Als schleife man Messer

Lilli sagte über ihre Banknachbarin Elvira, daß die nicht weiß, wo die Sonne aufgeht. Die weiß nicht, wo die Sonne untergeht. Sie hat keine Lernlust. Sie hört nicht richtig zu. Sie fragt mich aus. Nach allem möglichen fragt sie. Sie tut, als wüßte sie nichts. Als wäre sie gerade geboren. Sie flüstert. Das ist lauter als normales Reden.

Ich habe sie durchschaut. Sie flüstert etwas, und alle in der Klasse sind still, jeder neigt seinen Kopf in unsere Richtung. In der Pause bildet sich ein Kreis um Elvira. Sie berichtet von mir. Die Buben interessieren sich nicht für mich. Das wenigstens.

Gleich am zweiten Tag in der neuen Schule habe ich gefehlt. Ich war nicht krank. Ich kann nicht in die Schule gehen, habe ich am Morgen zu meiner neuen Ziehmutter gesagt. Warum kannst du nicht, hat sie gefragt. Ich kann nicht. Sie hat gesehen, daß ich kaum die Schultasche heben konnte. Dann bleib, hat sie gesagt. Ich bin auf dem Bettrand sitzen geblieben, erst als es acht Uhr war, ich habe die ganze Zeit den Wecker im Auge gehabt, erst als es acht war, und ich wußte, jetzt fängt die Schule an, wurde ich allmählich ruhiger. Die Ziehmutter hat mich alleingelassen, sie hat gespürt, was los ist. Um Viertel nach acht kam sie in mein Zimmer.

Ich kenn das, sagte sie.

Was kennen Sie, sagte ich.

Mein Gott, sagte sie, um Gottes willen, Lilli, du darfst nie wieder Sie zu mir sagen. Wirke ich so streng?

Entschuldigung.

Nicht entschuldigen, bitte.

Soll ich den Namen sagen?

Was meinst du? Meinen Namen meinst du? Ich heiße Rut. Rut ohne th. Das ist komisch. Zu dir sage ich es. Sonst habe ich es mir abgewöhnt zu sagen. Es war ein Witz von meinem Vater, weißt du. Ein bitterböser, gefährlicher Witz, weißt du. Das verstehst du nicht. Aber es ist mein Name. Der Name ist ein Witz, aber es ist mein Name. Das verstehst du?

Nein, Entschuldigung. Doch, ja natürlich.

Ich kann dich verstehen, Lilli. Unser Eßtisch hat wunderschönes Morgenlicht, Lilli. Es ist eine gute Idee von dir gewesen, daß du heute nicht in die Schule wolltest.

Es war keine Idee von mir, ich konnte nicht. Ich möchte aber nicht darüber reden.

Wir reden über die Ferien. Es ist ein wunderschöner Tag, Lilli.

Meine Ziehmutter Rut war so aufgeregt, daß ihr alles aus der Hand rutschte. Ich konnte nicht anders und mußte lachen. Wir haben bis nachmittags um vier gefrühstückt. Weil ich mich nicht getraut habe, die Wohnung zu verlassen, es hätte sein können, daß mir jemand aus unserer Klasse begegnet, habe ich mich erst gar nicht angezogen. Bis zum Abend sind wir beide im Schlafanzug gewesen. Eine Stunde hat mich Rut allein gelassen. Es war nicht schlimm.

Am nächsten Morgen konnte ich wieder nicht.

Heute mußt du, sagte Rut.

Ich kann nicht.

Heute mußt du. Ich habe dir die Entschuldigung für gestern geschrieben. Magenverstimmung.

Ich betrat die Klasse, und es war, als hätte ich einen großen, unsichtbaren Besen vor mir, mit dem man Mitschüler aus dem Weg kehren kann.

In der Geographiestunde habe ich mein Heft in die Mitte der Bank gelegt. Ich war als erste fertig, und Elvira konnte in Ruhe abschreiben. Nach der Stunde hat sie zu mir gesagt, weil du einen Anstand hast, kannst du meine Freundin werden, und eine Freundin kannst du brauchen, das sage ich dir, denn Neue werden hier saumies behandelt normalerweise, aber nicht, wenn ich davor bin, und wenn du am Nachmittag mit mir in den Wald hinaufspazierst, erzähle ich dir obendrein etwas, was niemand weiß. Rate, was ich dir erzählen will.

Ich weiß es nicht.

Natürlich weißt du es nicht. Darum sollst du raten.

Das geht doch nicht. Wenn es etwas ist, was niemand weiß, dann kann es auch niemand erraten.

Meine Güte, bist du gescheit. Willst du mich aufziehen?

Nein, bestimmt nicht.

Das will ich hoffen.

Die anderen haben uns zugehört. Elvira hat so laut gesprochen, daß es jeder in der Klasse hören konnte. Trotzdem sagte sie: Du darfst mein Geheimnis niemandem verraten. Es darf sogar niemand wissen, daß ich überhaupt ein Geheimnis habe.

Einige von den Buben hörten diesmal zu. Und alle Mädchen hörten zu. Außer der Dicksten von der Klasse. Die rief herüber: Das Geheimnis von Elvira ist, daß sie kein Hirn hat.

Alle lachten. Ich lieber nicht. Ich glaubte, alle lachen über mich. Ich glaubte, das war ein abgesprochener Trick von der Dicksten und der Elvira. Damit ich etwas sage, entweder zu der Dicken helfe oder zu Elvira. Und egal, was ich mache, sie fallen über mich her.

Elvira reagierte nicht auf die Dickste. Breit und in voller Lautstärke sagte sie: Willst du raten, was für ein Geheimnis ich dir erzähle oder nicht?

Erzählst du mir vielleicht, fragte ich, woher du die schöne Tasche hast?

Sie hatte nämlich eine Tasche, die wunderbar aussah, aus rotem Leder, innen mit Seide gefüttert. Wie kommt sie zu so einer Tasche, habe ich mich wirklich gefragt, für mich war das ein Rätsel, ein Rätsel ist nahe bei einem Geheimnis, sie hat doch nichts, sie wohnt in einem Block, ich kenne ihn vom Vorbeigehen, am ersten Tag hat ihn mir Elvira gezeigt, dort wohne ich, hat sie gesagt, der Block ist nicht viel schöner als der, in dem wir gewohnt haben.

Und als hätte ich es getroffen, wurde Elvira ganz still, als ich das mit der Tasche gesagt habe, sie wurde sogar rot am Kopf. Einen Augenblick lang war ich nicht sicher, was jetzt geschehen würde. Dann nahm sie mich am Arm, lächelte ein Filmschauspielerlächeln und sagte: War ja nur ein Spaß, das mit dem Geheimnis. Ich habe natürlich schon Geheimnisse, aber die erfährt niemand aus meinem Mund.

Sie ging zu den anderen, und um mich kümmerte sich niemand mehr. Während der Stunde flüsterte sie zu mir herüber, diesmal aber so, daß es niemand verstehen konnte: Geh nach der Schule mit mir ein Stück auf den Schloßberg spazieren.

Ich nickte. Ich wollte nicht mitgehen. Aber ich traute mich nicht, es ihr abzuschlagen.

Viel Laub ist auf dem Boden gelegen, und es hat geknistert, und als wir schneller gingen, war es, als schleife man Messer. Die Bäume standen hoch in den Himmel, und ihre Stämme sahen glänzend wie poliert aus.

Sie hatte keinen Blick für die Bäume und die Sträucher und das Laub und die Moossteine und die Sonnenstrahlen. Sie wußte nicht, daß es Buchen waren. Wir gingen, ohne zu sprechen, fast den ganzen Weg. Sie druckste herum, das merkte ich, glücklich sah sie nicht aus. Oben wollte ich ihr die Berggipfel namentlich nennen, ob sie in die Schweiz, nach Österreich oder nach Deutschland gehören, in Deutschland eher Hügel. Das interessierte die Elvira überhaupt nicht. Mein Interesse für die Geographie habe ich von Oskar. Oskar trägt oft einen Schulatlas mit sich herum, der ist schon ganz verschmiert und hat Eselsohren. Ich bin sicher, daß er das immer noch tut. Sein Atlas war zwar in der großen Tasche, und ich hoffe, daß dort, wo Oskar jetzt ist, ein Atlas existiert, den man ihm bei Bedarf ausleiht. Sogar zur Faschingsfeier vor einem Jahr hatte er seinen Schulatlas mitgenommen. Er setzt sich in ein Eck und malt Kringel dorthin, wo er gerne einmal sein würde. Südamerika hat am meisten Kringel. Was er genau an Südamerika findet, kann er selber nicht sagen.

Ich bin neben Elvira auf der Holzbank gesessen und ich habe gesagt: Lang kann ich nicht bleiben.

Jetzt hast du mich gleich in der Hand, hat sie gesagt.

Ich bin furchtbar erschrocken.

Dann will ich lieber nicht, daß du mir dein Geheimnis verrätst.

Was hast du denn, sagte sie. Es ist doch besser, du hast

mich in der Hand, als ich dich. Für dich jedenfalls ist es besser.

Ich möchte niemanden in der Hand haben.

Ich habe einige in der Hand, sagte sie.

Warum habe ich dich in der Hand?

Die Tasche, sagte sie.

Ich will es nicht wissen, sagte ich.

Sie öffnete den Reißverschluß an der Tasche und nahm einen Tausender heraus. Ich schaute weg.

Sie seufzte, aber so, wie es nicht von tief unten kommt, und warf die Haare zurück, und ich habe gesehen, daß sie eine wunderschöne Haarspange hatte. Richtig eingebildet mit den Armen geschlenkert hat sie und mit dem Tausender vor dem Gesicht gefächelt.

Wie findest du meine Lidschatten, hat sie mich gefragt und das Kinn vorgeschoben, wie es manchmal Frauen machen, wenn sie Zigarettenrauch ausblasen. Sie hat die Augenlider niedergeklappt und mir so ihr Gesicht hergestreckt. Zum Neidischmachen wahrscheinlich. Wenn so, dann im Fasching, dachte ich mir, und von Neid war keine Spur in mir. Ich mag das Puderzeug nicht, weil mir dabei meine Mama einfällt, ich habe nichts gesagt und bloß genickt. Genickt, bis Elvira die Augen aufgemacht und herübergeschielt hat zu mir.

Das mit der Tasche, sagte sie. Das mit der Tasche.

Ich will kein Geheimnis wissen, sagte ich.

Willst du mich nicht in der Hand haben?

Ich will gehen.

Ob ich sie in der nächsten Schularbeit und immer abschreiben lasse, so lange, bis die Schulpflicht vorbei ist, fragte sie. Ich habe ja, von mir aus, gesagt, sie kann alles von mir abschreiben, was sie will, alles, was

ich weiß, soll sie meinetwegen auch wissen. Sie sei froh
darüber, sagte sie, weil sie sich auf diese Weise das
Lernen ersparen kann.

Für mich ist es sowieso eins.

Gehen wir, sagte ich.

Langsam, langsam, sagte sie. Ich denke, du willst wissen, woher ich die Tasche habe.

Ich will es nicht wissen.

Diese rote Tasche, hat sie angefangen, das ist eine lange
Geschichte.

Jetzt bin ich doch neugierig geworden. Ich habe versucht zu tun, als wäre ich es nicht. Ich habe nichts
gesagt und zugehört.

Einmal sei sie mit ihrer Mutter in die Schweiz zum
Einkaufen gefahren, erzählte Elvira. Ihre Mutter fährt
oft in die Schweiz zum Einkaufen, weil dort der Zucker
süßer ist und weil man sich richtig austoben kann bei
den Massen von Regalen. Das war vor ein paar Mona-
ten. Beim Migros an der Kasse trat ein Mann zu ihrer
Mutter und sagte, sie muß mitkommen. Ihre Mutter
hat ein erstauntes Gesicht gezogen, und zu Elvira sagte
sie, daß sie vorgehen und draußen auf sie warten soll.
Der Mann ist mit ihrer Mutter nach hinten verschwunden. Elvira stand draußen und hat gewartet und geheult
und durch die große Glasscheibe geschaut. Nicht aus
Angst habe ich geheult, sagte sie, das kannst du dir
hinter die Ohren schreiben, Lilli, sondern aus Wut, und
weil das Schweizerisch um mich herum so laut geredet
worden ist, das hat mich verrückt gemacht, ich hasse
die Schweizer mehr als die Türken, alles Schwule. Da
merkte sie, daß in ihrem tiefen Hosensack ein eckiger
Gegenstand war. Der drückte gegen ihren Schenkel. Es
war ein Parfum aus Paris mit einem sauteuren Preis-

etikett. Elvira glaubte, daß es über hundert Franken gekostet haben muß. Aha, hat sie sich gedacht.

Ihre Mutter ist beißzornig zurückgekommen, sie wollte sich so eine Schande nicht bieten lassen, vor sich hin gemault hat sie und keine Entschuldigungen prinzipiell angenommen und immer gesagt, das sei typisch, und Elvira habe nicht gewußt, typisch für was.

Egal: Elvira zeigte ihr das Parfum, und ihre Mutter riß es ihr aus der Hand, steckte es sich irgendwohin und ist mit Elvira in der Kralle zum Auto gerannt.

Jetzt wußte ich, sagte Elvira, daß meine Mutter das geklaut hat, gefladert hat sie das Parfum, und dreimal hintereinander wie in einem Märchen sagte sie das Wort – gefladert, gefladert, gefladert – und der Kaufhausdetektiv hat sie dabei beobachtet, nur hat der nicht überrissen, daß die Mama die eckige Flasche in meinen Hosensack praktiziert hat. Ich habe es ja selber nicht gemerkt, wie sie es gemacht hat. Meine Mama ist ein Profi, das kannst du mir glauben. Da war so ein Gedränge an der Kasse gewesen, so viele Leute. Und weil der Kaufhausdetektiv nichts bei der Mutter gefunden hat, mußte er sie mit Entschuldigungen laufen lassen, die sie prinzipiell nicht angenommen hat, und sie hat scheinheilig von einer Schande geredet, sie so ungerecht zu verdächtigen, rabäh, rabäh, rabäh, und die Entschuldigungen hat sie nicht angenommen, geschimpft hat sie, das sei typisch, sagte die Elvira. Und Elvira sagte: Ich habe sie in der Hand gehabt, meine feine Mama, den alten Profi.

Was das heißen soll, fragte ich, und es tat mir gleich leid, daß ich Interesse gezeigt hatte.

Folgendes, sagte sie. Langsam, ich bin kein Schnellzug. Wenn man jemanden in der Hand hat, schmeißt man ihn nicht gleich an die Wand, das muß geplant sein. Elviras Vater arbeitet beim Finanzamt, und ihre Mutter hat gesagt, erzähl ihm das ja nicht, wehe dir. Bitte, bitte, erzähl es nicht, wehe mir! Einmal wehe dir, einmal wehe mir. Also, was denkst du, Lilli?

Was soll ich denken?

Was denkst du?

Nichts, du mußt mir sagen, was ich denken soll.

Habe ichs ihm erzählt oder nicht?

Ich hätte nicht, sagte ich.

Elvira hat in einer Auslage eben diese rote Tasche gesehen, und sie hat zu ihrer Mutter gesagt: Wenn du mir die kaufst, erzähl ich die Schande nicht dem Vater.

Ihre Mutter war erschrocken über den Preis von der Tasche, und wegen mir war sie ebenfalls erschrocken, sagte Elvira, und ich war wegen ihr erschrocken, also waren wir quitt. Der Papa wäre auch erschrocken gewesen, der Detektiv war erschrocken, weil er nichts gefunden hat. Alle waren erschrocken. Das Geld von der Mama hat gerade ausgereicht für die Tasche, allerdings konnten wir für das Abendessen nichts mehr besorgen. Gott sei Dank waren Kartoffeln im Keller.

Und jetzt, sagte Elvira, als wir auf der Bank unter den Buchen saßen.

Was jetzt, sagte ich.

Jetzt willst du wissen, wo der Tausender in meiner Hand herkommt. Stimmts?

Ja, sagte ich.

Willst du mich denn doppelt in der Hand haben?

Ich antwortete nicht. Mußte ich nicht. Sie erzählte von allein.

Bald nach der Klaugeschichte ist Elvira mit ihrem Vater nach Bregenz gefahren. Ihre Mutter arbeitet am

Wochenende in einem Pflegeheim, und während dieser Zeit kümmert sich Elviras Papa um alles. Elvira und ihr Papa waren am See spazieren, es war mitten im Sommer und sehr heiß. Beim Molo, das ist ein Spazierzipfel in den See hinaus, begegnete den beiden eine Frau mit einem Roßschwanz, und die gab Elviras Papa einen Brief, mit dem sie sich vorher Luft zugefächelt hat, und er gab ihr auch einen Brief. Sein Brief war mehr ein Päckchen. Es war ein Päckchen.

Im Eissalon wenig später saß zufällig dieselbe Frau mit dem Roßschwanz am selben Tisch. Elvira ist aufs Klo gegangen, und als sie zurückkam, hat sie gesehen, wie die Frau mit ihren nackten Füßen das Hosenbein von ihrem Papa umschlungen hielt.

Elvira hätte damals Kuchen essen können, so viel sie wollte. Und Eis genauso.

Sie hatte extra keine Lust.

Die Frau verabschiedete sich, erzählt Elvira. Servus, hat sie gesagt, Servus. Und zu mir: Servus, du Liebe, schön, dich kennengelernt zu haben.

Mir hat sie gut gefallen, wie sie gerochen hat, mmmm, und dieser hellblonde, bolzgerade Roßschwanz, der einige raffinierte, dunkelblonde Streifen gehabt hat. Kein Vergleich mit meiner Mutter, diese Frau, äußerlich jedenfalls, meine Mutter mit den Pickelnarben auf der Stirn und auf den Backen. Mein Vater, erzählt Elvira weiter, hat mich gefragt, als die Frau nach langem Nachwinken schließlich weg war, ob ich etwas komisch finde, und weil ich nichts komisch gefunden habe, hat er gesagt, ich soll mich nicht so anstellen, natürlich sei etwas komisch, ich soll wenigstens fragen, wer die Frau ist. Sie war sein Schatz. Fertig. Was sonst. Habe ich eh gewußt. Bin ich blöd? Ich bin nicht blöd.

Beim schwarz Steuerberaten, hat Elviras Vater frei heraus erzählt, habe er die Frau mit dem Roßschwanz kennengelernt, die Susanne, die eine Fotoboutique führt, eine sehr erfolgreiche übrigens, und ein Kamerad ist, jedenfalls sein kann. Das bleibt unter uns, hat er zu Elvira gesagt.

Er hat der Elvira verboten, der Mutter davon zu erzählen. So ist sie zu dem Tausendschillingschein gekommen. In der Auslage war nämlich eine Perlenkette gelegen, die 980 Schilling gekostet hat. Weil Sonntag war, konnte ihr Vater sie nicht kaufen. Also hat er ihr die tausend Schilling so gegeben. Ein Deal, sagt Elvira.

Die Kette läuft mir nicht davon, wenn ich sie will, kann ich sie mir jederzeit kaufen.

Warum hat der Papa seiner Tochter das alles erzählt, so gerade heraus, wenn es stimmt, was Elvira sagt, und das stimmt sicher, wenn er auf der anderen Seite so eine Panik kriegt, daß sie es der Mama erzählen könnte.

Warum denkst du, hat dein Papa dir das alles erzählt, fragte ich.

Keine Ahnung. Jedenfalls habe ich ihn jetzt in der Hand. Genauso wie du mich in der Hand hast.

Ich habe dich nicht in der Hand, sagte ich.

Ob dir das paßt oder nicht, du hast mich in der Hand, sagte Elvira.

Seit Lilli das alles von der Elvira weiß, möchte sie ihr gern aus dem Weg gehen.

Elvira hat allen erzählt, daß Lilli jetzt ihre beste Freundin sei und daß niemand ihr blöd kommen soll, und das läßt Lilli keine Möglichkeit, der Elvira aus dem Weg zu gehen.

Elvira ist sehr anhänglich. Inzwischen hat sie wieder

neue Sachen erzwungen, die sie vorweisen will auf der Bank unter den Buchen. Lilli will die Sachen gar nicht sehen, und um Himmels willen bloß will sie nichts geschenkt von ihr. Das macht die Elvira beleidigt.

Lilli wohnt in der Maximilianstraße bei der hellen Dame, die Rut heißt, Rut ohne th. Als vorläufige Zwischenlösung vorerst, hat die Fürsorgefrau gesagt. Und man soll es bittschön nicht herumposaunen.
Rut bemüht sich um Lilli. Machen wir es so: Einen Monat lang ist meine Zeit ganz deine Zeit, sagt sie. Ab dann hat jeder von uns beiden wieder seine Zeit.
Machen wir es so, sagt Lilli.
Das Wort Zwischenlösung gefällt Rut nicht. Es gefällt auch Lilli nicht. Rut arbeitet zu Hause am Schreibtisch, und wenn Lilli heimkommt, ist gekocht. Rut zieht süße Sachen vor. Am liebsten hat sie Kaiserschmarren, sie kocht Omelette, Zwetschgenknödel kann sie. Zum Glück ist Lilli auch eine Süße.
Ich muß dir etwas mitteilen, was wir nicht ernst nehmen wollen, sagte Rut in der zweiten Woche. Es gibt einen Mann in unserem Block, der wohnt im dritten Stock und heißt Hergezeiter. Sein Name steht nicht auf der Klingel und nicht an seiner Haustür. Er ist nicht direkt ein böser Mensch, er spinnt halt ein bißchen. Gegen mich hat er etwas. Ich habe ihn offen gebeten, mir seine Einwände gegen meine Person vorzutragen. Tut er nicht. Er senkt den Kopf, brummelt und geht weiter. Er ist verheiratet. Das weiß ich mit Sicherheit. Merkwürdigerweise habe ich seine Frau noch nie gesehen. Also, auf jeden Fall, mich mag er nicht, er hat mich bisher bereits, jetzt halt dich fest, Lilli, viermal angezeigt. Einmal wegen Wäscheaufhängen auf dem

Balkon, einmal wegen Musikhören in der Nacht, was völlig aus der Luft gegriffen war. Das dritte Mal hat er behauptet, ich hätte heimlich eine Untermieterin. Meine Schwester aus London war für eine Woche auf Besuch. Und das vierte Mal, warte, das fällt mir jetzt nicht ein. Es drehte sich um etwas Ähnliches. Er weiß alles, was in meinem Haushalt vor sich geht. Er hat Einblick in mein Leben. Das braucht dich nicht im geringsten zu beunruhigen, Lilli. Er ist ganz gewiß harmlos und selber zeigt er sich nie. Bei ihm geht alles hintenherum, und das tut ja nicht weh. Also kurz: Er weiß, daß du hier bist, und er hat sich bereits bei der Fürsorge gemeldet. Das hat mir mein Bekannter erzählt, der dort arbeitet. Und mein Bekannter hat mir geraten, ich soll dir sagen, du sollst dich so wenig wie möglich im Hausflur blicken lassen. Ich habe ihm gesagt, wir werden das ignorieren. Trotzdem denke ich, es ist meine Pflicht, daß ich dir das alles mitteile.

Es gibt ein Mädchen in meiner Klasse, das mich besuchen will, sagt Lilli. Darf sie?

Natürlich darf sie.

Schön ist deine Ziehmutter gerade nicht, mit ihrer Fleischnase, sagt Elvira.

Was soll das heißen: Fleischnase, sagt Lilli, das ist ein blöder Quatsch.

Zu fleischig die Nase, heißt das, sagt Elvira, kapischi!

Lilli erzählt, ihr habe am besten gefallen, wenn Rut helle Strümpfe getragen hat, das sieht appetitlich aus wie Schnee und paßt zur Wohnung.

Ruts Röcke gehen übers Knie, sie hat zu Hause Patschen an, weil sie gern an den Füßen friert. In der

Wohnung ist es gemütlich warm. Ich bewohne ein eigenes Zimmer. Es ist um ein klein wenig das kleinste Zimmer in der Wohnung. Drei Zimmer hat die Wohnung. Ich habe zur Rut gesagt, daß ich mir wünsche, daß die Zwischenlösung nie aufhört, trotz dem Herrn Hergezeiter, und sie hat gesagt, sie will am Montag gleich zum Fürsorgeamt gehen und einen Antrag in diese Richtung einreichen. Sie sagt, daß sie wenig Chancen hat, mich zu behalten, weil sie unverheiratet ist, unverheirateten Frauen gibt man keine Kinder, und daß die Sache so ist, wie sie ist, sei eigentlich nicht korrekt und aus einem Durcheinander entstanden, das sei der Trumpf von dem Herrn Hergezeiter.

Da kannst du sehen, Lilli, sagt sie, was für Glück aus einem Durcheinander entstehen kann.

Ich sei ein Glück für sie, sagt Rut. Ein Plus ist, daß sie eine zuständige Person auf dem Fürsorgeamt gut und lang kennt, das sei eine ganze Menge und nicht zu unterschätzen, außerdem: daß sie zu Hause arbeiten kann und daß sie recht satt verdient. Drei Plus sind das sogar für die Leute, die bei der Fürsorge entscheiden. Meine Aussage zählt dort leider nicht. Der Herr Hergezeiter, sagt Rut, ist ein Amtsbekannter, den keiner ernst nimmt, es sei denn, daß plötzlich ein Neuer im Amt ist, der ihn noch nicht kennt.

Was mein Bett betrifft, und daß manchmal, eigentlich jeden Morgen, das Leintuch naß ist: Das hat Rut wunderbar gelöst. Auf die Matratze hat sie einen Gummi gelegt, sie hat mir gezeigt, wie man die Waschmaschine bedient, wenig Waschpulver, wenn man das gleiche oft wäscht, Schongang. Also: Ich ziehe mein Bett ab, stecke das nasse Zeug in die Waschmaschine. Und alles ist gut. So wenig kann alles gut machen. Bei sonnigem

Wetter hänge ich das nasse Zeug an der Wäscheleine hinter dem Haus auf, bei schlechtem Wetter hänge ich es in den Heizungskeller. Nie auf den Balkon. Ich stehe früh auf und kann das alles vor der Schule erledigen. Rut schläft und weiß nichts. Es ist dasselbe, wie wenn sie es wüßte. Am Mittag hole ich die trockenen Überzüge herauf und beziehe mein Bett. Es stinkt überhaupt nicht nach mir in der Wohnung. Einmal ist es mir gelungen, daß es in der Früh trocken war. Ich war der glücklichste Mensch.

Unser Block steht in der Nähe des Berges, auf dem die Buchen wachsen. Der Berg ist wie für mich gemacht. Es gibt zwei Wege, einer hinten hinauf, einer vorne hinauf. Vorne hinauf stehen die Bänke, dort hat mir Elvira ihre Geheimnisse erzählt. Der hintere Weg ist mir lieber, er ist länger und unfreundlicher und macht einige Kurven, die man nicht versteht. Noch nie ist mir dort ein Mensch begegnet. Ich sage niemandem, daß ich jeden Tag auf den Berg gehe, manchmal gehe ich nur ein kleines Stück durch den Wald und kehre wieder um. Ich bleibe eine oder zwei Minuten stehen, bevor ich umkehre. Selten länger. Ich habe dafür meine Gründe. Ich bleibe auf einmal stehen und weiß, wenn ich jetzt noch einen einzigen Schritt mache, geschieht etwas, von dem ich nicht sagen kann, ob es ganz gut oder ganz schlecht ist. Mit wem sollte ich darüber reden. Ich will nicht, daß die Rut denkt, daß ich lüge. Ich will nie einem Menschen etwas zuleide tun auf dieser Welt, das ist für mich ein hundertprozentiger Vorsatz. Ich will nie einen Menschen in der Hand haben. Und, bitte, mich soll auch kein Mensch in der Hand haben. Bitte, liebe Muttergottes, verschone mich vor dem Herrn Hergezeiter!

Ich bin der Rut sehr dankbar für alles.

Sie findet es unheimlich, daß ich so brav bin. Sie kann gar nicht wissen, was für eine Freude es für mich ist, wenn ich ihr in der Wohnung zur Hand gehen kann, Bücher abstauben zum Beispiel. Leider ist das kaum nötig. Sie nimmt den Buchrücken nah ans Gesicht und bläst über die geschlossenen Seiten. Ich male ihr Bilder, leider bin ich im Malen nicht begabt, sie macht kein Zeug aus Lob und Tadel und hängt die Bilder alle über der Eckbank in der Küche auf, kommen neue, gehen die alten.

Mein Interesse an der Geographie gefällt ihr, und sie hat mir eine große Schreibunterlage gekauft, auf der die ganze Welt abgebildet ist. Das wäre was für Oskar! Wenn erst eine kleine Zeit vergangen ist, werde ich Rut fragen, ob sie beleidigt ist, wenn ich die Unterlage meinem Bruder schicke, weil der noch mehr damit anfangen kann als ich.

Übrigens: Meine Mutter ist in einem Sanatorium, weil sie sich oft die Haut aufkratzt, das ist in einem Amtsbrief gestanden, den die Rut zu meiner Information erhalten hat. Unten links auf dem Brief steht: Ergeht an Oskar Straaten. Also erfährt Oskar, was ich erfahre, und das macht mir Sorgen, weil bis jetzt immer, wenn etwas schlimm war, Oskar mich hatte, die er anschauen konnte.

Rut gibt mir den Brief, er ist computergeschrieben.

Was können sie in einem Sanatorium alles bei meiner Mutter bewirken?

Das Kratzen abgewöhnen? Ein neues Gemüt können sie ihr nicht einsetzen.

Nein, das können sie nicht, sagt Rut.

Leider können sie das nicht, sage ich.

Nein, das können sie nicht, wiederholt Rut.
Mit keinem Wort fragt mich Rut aus.

Mein Bruder Oskar, der jetzt die 3. Klasse besucht, hat
mir einen Brief geschrieben, den ersten, die Schrift
macht große Höhenunterschiede und hat Vorlage und
Rücklage, einmal grad, einmal schräg, und das mitten
in einem Wort, ich habe mich so gefreut.
Da steht:

Liebe Lilli,
ich habe etwas an meinem Körper, was ganz besonders
ist und was mir niemand glaubt. Ich kann die winzigsten Sachen sehen. Ich kann fast unsichtbare Sachen
sehen, Sachen, die passieren werden, weiß ich. Und ich
habe etwas in der Richtung gesehen, das kann ich Dir
leider nicht in einem Brief schreiben, sonst könnten
falsche Leute davon erfahren. Ich überlege die ganze
Zeit, wie ich es Dir sagen soll. Das Baby von den
Leuten ist nicht zum Aushalten. Wenn es Dir recht ist,
schenke ich ihm den Teddybär, weißt Du, den, der uns
beiden gehört. Ich fühle mich zu groß für ihn.

Dein Oskar

Der Brief hat mir Mut gemacht. Ich könnte, dachte ich,
dem Oskar schreiben, was mit dem Berg ist und mit
dem Wald. Ich meine, daß ich weiß, daß bald etwas
passieren wird, daß ich bis heute noch nicht weiß, was
passieren wird. Ich war froh, daß Oskar nichts über
unsere Mutter geschrieben hat, so muß ich in meinem
Brief nichts antworten. Auf den Briefumschlag hat
Oskar ein Eichhörnchen gezeichnet. Frei aus der Hand.
Nicht abgepaust.

4

Mir persönlich tut es
um jeden Dollar leid

Oskar erzählt, sein Problem Nummer eins bei den neuen Eltern sei der Durst gewesen.

Am Mittagstisch überfällt mich der Durst, und es stehen keine Gläser auf dem Tisch. Daraus schließe ich, daß Trinken nicht vorgesehen ist. Ich wohne jetzt in einem Energiesparhaushalt, bei einem Ehepaar. Mann und Frau sind mittelgroß. Das Haus hat einen ziemlichen Geruch. Sie haben ein Baby. Die Frau ist Turnlehrerin und sieht zäh aus und hundertprozentig ehrlich, der Mann ist ebenfalls Lehrer, Lehrer für Biologie, er schleicht mit einem weichen Schritt durch die Wohnung. Er hat keinen festen Platz in dem Haushalt, das ist gar nicht notwendig, wo er doch in der Schule das Konferenzzimmer hat und dort ein eigenes Fach im Kasten und einen fixen Stuhl am großen Lehrertisch und eine eigene Schreibunterlage. Das hat er selber betont. Sie als Turnlehrerin hat das nämlich nicht.

Es ist obendrein ein fleischloser Haushalt. Das macht mir nichts. Und ein salzarmer. Sie erklären mir gleich, warum sie kein Fleisch essen, und das ist aus Rücksicht. Wenn man es einem erklärt, sagt die Turnlehrerin, versteht man es, und wenn man es versteht, schmeckt es einem nicht mehr. Der Biologielehrer hat mich gefragt, welche Art von Fleisch mir am besten geschmeckt hat, vorher, und ich sagte: der Schinken natürlich. Der große Schinken, wo ein Blatt so groß ist, daß es eine ganze Weißbrotscheibe abdeckt und noch drüberhängt und den Teller darunter berührt, eine Gurke dazu, die raffiniert aufgefächert ist, vielleicht noch eine Tomatenscheibe, einige Perlzwiebeln, einen kleinen Maiskolben aus dem Glas. Hat uns unsere Mama aufgetischt, wenn sie übermütig war. Das habe ich dem Lehrer nicht gesagt. Auf Butter oder Mayonnaise kann ich ruhig verzichten. Das habe ich dem Lehrer wieder gesagt.

So, Schinken also, sagte er.

Ja, Schinken, sagte ich.

Zum Thema Schinken, und damit ich mir eine Vorstellung mache, was das heißt, wenn sie, meine neuen Eltern, fordern, Rücksicht auf ein Tier zu nehmen, hat der Lehrer vor mir ausgebreitet, wie so ein Schweinetransport vonstatten geht, wenn er, sagen wir, in Norddeutschland startet, über Frankreich bis nach Italien führt und um Österreich und die Schweiz herum einen Bogen macht, weil sie dort nicht durchdürfen. Die Schweine sind, sagte der Lehrer, so eng zusammengepfercht, daß ihnen vor lauter Panik im Hirn etwas aussetzt und dadurch die Hinterbeine lahm werden, die wie mit Hobelspänen gefüllte Hautsäcke sind. Die Schweine stehen auf einem Rost, wegen der Sauberkeit nämlich, damit ihr Kot gleich abfällt, weißt du. Oder rinnt, habe ich ergänzt. Warum rinnt? Dünnpfiff, habe ich gesagt, wegen der Panik. Die Schweinsfüße, die eher zart sind, sagte der Lehrer, diese Füßchen unter den gemästeten Körpern sind eine einzige Wunde. Wenn ein Lastwagenfahrer ein gutes Herz hat, bleibt er unterwegs bei Tankstellen stehen und spritzt mit dem Schlauch in den Schweineanhänger hinein, gegen den Durst von den Tieren einerseits, für einigermaßen Sauberkeit andererseits und zur Abkühlung dazu, wenn

Sommer ist. Die Schweine schreien so laut, daß der Fahrer die Musik im Autoradio überlaut drehen muß, damit er es aushält, sogar beim Fahren muß er das tun, nicht nur, wenn er an den Tankstellen steht, sogar beim Fahren, trotz Motor, und du weißt, wie so ein Motor tut, wenn so ein Laster zum Beispiel bei einer Steigung herunterschaltet. Dafür interessierte ich mich. Gleich, sagte der Lehrer, das ist ein anderes Thema. Sind sie, fuhr er fort, schließlich am Bestimmungsort angekommen, zieht man die Schweine mit Enterhaken aus dem Hänger und in die Schlachthalle hinüber. Dabei sollte ich mir ununterbrochenes Angstschreien in den höchsten Schrilltönen vorstellen. Die Enterhaken übrigens, einfach hinein in die lebendigen Schwarten gehauen, oben, unten, seitwärts, wies grad trifft, ist ja egal, wo die Wurst angeschnitten wird. Der Lehrer wollte, daß es mir unheimlich wird und mir in alle Zukunft hinein jeder Schinken vergeht. Da steht ein Kran und der packt jedes einzelne Schwein an der Achillesferse. Wo? Achillesferse. Weiß ja nicht, was das ist. Zeig dein Bein! Hose hoch! Da. Die da. Au! Tut weh, oder? Tut weh, ja. Und daran wird das Schwein aufgehängt. An einem Bein. So. Au! Entschuldige. Zum Schluß kommt der Schlachter und schneidet ihnen nacheinander den Hals durch. Und das andere Bein, sagte der Lehrer, das freie, das strampelt in die Luft hinein, in die bloße. So beginnt dein Schinken.
Hast du das verstanden?
Das ist nicht schwer gewesen.
Ab und zu eine Leberkässemmel mag ich auch gern, sagte er.
Ich auch, sagte ich. Zum Beispiel würde mich jetzt eine anmachen.

Das fleischlose Essen ist doch ein Problem, Problem Nummer zwei, in der Schule nämlich wegen dem Furzen. Blumenkohl zum Beispiel treibt meinen Bauch auf. Ich bin verpflichtet, wenn ich merke, daß ich einen Furz lassen muß, das Klozeichen in Anwendung zu bringen, das ist die gehobene Hand mit dem nach innen gedrehten Daumen. Mit diesem Zeichen melde ich mich für das Klo an, um dort meinen Furz abzulassen. Nur ist da ein Problem: Meistens weiß ich das nicht früh genug, und wenn es passiert ist, ist es passiert. Dann schreit sicher einer, wähh, was stinkt denn da wie faule Eier, und jeder weiß, daß ich das bin. Ich habe das satt. Wenn ich versuche, den Furz nicht zu lassen, kriege ich Bauchschmerzen, das ist sicher ungesund. Ein wohlerzogenes Kind läßt keinen Furz, sagt das Werkfräulein mit dem kurzen, roten Rock. Läßt keinen fahren, sagt sie genaugenommen. Ich lebe in einem fleischlosen Haushalt, sage ich deshalb ganz laut in die Klasse hinein, ich bin unschuldig. Oskar, wir denken an deine Karriere, sagt das Werkfräulein. Sie möchte, daß man mich auslacht. Meine neuen Mitschüler lachen mich nicht aus. Mich hat noch nie im Leben jemand ausgelacht. Als ich die Schuhe im Kindergarten nicht binden konnte, ist gelacht worden. Aber das darf man nicht überbewerten.

Bei meinen Zieheltern im Lehrerhaushalt bin ich der Vorbeter. Steht die von ihr geerbte Suppenschüssel auf dem Tisch, muß ich klar und deutlich ein Dankesgebet sprechen. Das Baby schreit oft dazwischen, mich stört das nicht. Allgemein stört mich das Baby. Kleinkinder stören eben. Daß die Suppenschüssel von ihr geerbt ist, erwähne ich deshalb, weil es die Turnlehrerin gleich am Anfang gesagt hat, als sie mir die Wohnung und die

Sachen darin gezeigt und vorgeführt hat. Das sollte heißen, ich muß auf die Schüssel achtgeben. Das ist in Ordnung.

In diesem Haushalt gibt es noch eine ältere Frau, welche die Zitterkrankheit hat. Die Turnlehrerin will, daß ich die alte Frau Oma nenne. Die Oma heißt Erika, und deshalb sage ich Erika zu ihr. Die Turnlehrerin sagt: Er ist stur. Ihr Mann sagt: Er weiß, was er nicht will. Zu wissen, was er will, lernt er später. Das hieß nichts weiter, als daß der Mann zu mir helfen wollte. Er hat zu mir geholfen, weil er etwas von mir erwartet. Ich bin am Nachdenken, was.

Die Erika zittert so arg, daß sie den vollen Suppenlöffel ausgeleert hat, bevor er bei ihrem Mund angelangt ist. Lange vorher schon. Schon gleich nach dem Auftauchen aus dem Teller. Wenn es ganz arg ist, füttert sie der Lehrer, er ist ihr Sohn. Er sagt, es ist so schlimm mit der Erika, weil sie ein Arzt behandelt hat, der sich nicht auskennt, und der hat die Erika total falsch eingestellt, und man kann es nicht sofort wieder rückgängig machen, weil der Mensch keine Maschine ist. Das hört sich an, als wäre sie doch eine Maschine und hätte eine Batterie im Rücken und vorne Schalter und Schieber. Als sie von der Behandlung zurückgekommen ist, habe sie so gezittert wie nie. Sie ist nicht schwerhörig, und trotzdem redet die Turnlehrerin mit ihr, als wäre sie schwerhörig. Und halbleise sagt sie: Es ist ein Kreuz.

Manchmal wird die Erika von der Turnlehrerin gefüttert, genaugenommen fast nie, weil sie dabei das schreiende Baby hinter sich zwischen ihren Rücken und die Stuhllehne zwängt, und das eine Zumutung ist. Das im Rücken der Turnlehrerin eingeklemmte

Baby hat mich übrigens auf die Idee mit dem Magneten gebracht. Davon erzähle ich später.

Ich habe mich angeboten, die Erika zu füttern. Niemand wollte das.

Die Erika ist um einiges jünger, als sie aussieht, sagt der Lehrer.

Eine Zeitlang war sie nicht mehr bei uns im Haus. Sie lag in einem Schweizer Spital, weil sie sich, als niemand zu Hause war, auf den Balkon geschleppt und auf die Gartenbank gesetzt und sich mit einer Rasierklinge die Pulsadern aufgeschnitten hat. Leider war es zu kalt und es hat nicht funktioniert. Auf den Balkon hat sie sich deshalb gesetzt, damit es im Wohnzimmer keine Sauerei gibt, wenn das Blut kommt, sie hat es in den Blumentrog neben sich fließen lassen. Was für ein Leidensweg, hat der Lehrer auf seinem weichen Gang durch die Wohnung gesagt. Mir ist eingefallen, daß ich einmal gehört habe, daß eine Frau bei einem Blumentopfwettbewerb Erste geworden ist, weil sie ihre Blumen mit Blut vom Metzger gegossen hat. Weil das sicher nicht richtig ist, wenn einem so etwas einfällt, es mir aber trotzdem eingefallen ist, habe ich es später der Erika erzählt und dazu gesagt, daß ich mich entschuldige, wenn sie deswegen beleidigt ist. Sie war nicht beleidigt, sondern hat mir ziemlich genau auseinandergesetzt, warum das gut für die Pflanzen ist, wenn man sie mit Blut gießt, nämlich weil Blut ein Dünger ist. Haar übrigens ein fast noch besserer.

Das hier ist für den Oskar noch nicht das Endgültige. Das hatte die Frau bei der Fürsorgestelle gesagt.

Ich habe das gehört und mir gedacht, gut, ich stelle mich erst gar nicht richtig darauf ein, auf diesen Haushalt mit der Turnlehrerin und dem Biologielehrer und ihrem Baby.

Bei der Erika war es etwas anderes.

Ich habe die Erika gern gehabt, und weil sie ja nichts richtig tun konnte und alles umgeworfen und verschüttet hat, vieles ist zu Boden gefallen und war kaputt, habe ich ihr viel geholfen, und ich bin ihr so hinter die Geheimnisse gekommen. Nicht erschlichen habe ich mir diese Geheimnisse, sie sind mir freiwillig und bei gesundem Bewußtsein mitgeteilt worden.

Die Turnlehrerin würde niemals in fremden Sachen stöbern. Dazu ist sie zu anständig. Und wenn sie es getan hätte, würde sie es zugeben. Denn sie ist noch ehrlicher als anständig. Die Erika hat in ihrem Kasten Geld versteckt, ein großes gelbliches Kuvert mit Dollarscheinen, das mit Klebstreifen zusammengewickelt ist. Sie besitzt außerdem noch eine Büchse mit Gold- und Silbermünzen, verschiedene Währungen, die Büchse ist ebenfalls mit Klebstreifen gesichert, und in einem kleineren Umschlag bewahrt sie Schwedenkronen auf, ausschließlich Schwedenkronen, Papiergeld. Die betrachtet sie mehr als Andenken. Sie haben einen hohen Wert, weil es viele sind. Die Erika war nämlich, als ihr Mann noch gelebt hat, mit ihm in Schweden und Amerika gewesen. In Schweden war sie lieber als in Amerika.

Die Schwedenkronen finde ich bei weitem nicht so interessant wie die Dollars. Zuerst haben mich die Dollars aufgeregt, weil sie alle gleich aussehen. Ein Ein-Dollar-Schein genau gleich wie die Zehn-Dollar-Scheine und wie die Hundert-Dollar-Scheine. Mit der Zeit habe ich mich richtig angefreundet mit diesen grünen Banknoten. Sie sehen sehr gebraucht aus. Das gefällt mir. Die Erika und ich überlegen stundenlang, was mit diesen Scheinen alles gekauft worden ist, ehe sie in ihrem Kuvert gelandet sind. Mindestens einer davon, wette ich, ist bei einem Bankraub erbeutet worden. Die Erika hält das auch für möglich.

Alles dieses Geld will sie mir schenken, wenn sie einmal gestorben ist. Das sei fix, sagt sie. Wenn niemand zu Hause ist, bringe ich ihr die Kuverts und die Büchse, und wir leeren das Geld auf den Tisch, mischen es extra durcheinander, das heißt, ich tu das, sortieren und zählen es. Ich habe eine Rolle Klebstreifen besorgt, von meinem Taschengeld, das mir laut Fürsorge zusteht. Klebstreifen ist auf die Dauer keine Lösung. Wir schauen uns das Geld nämlich oft an, und immer Klebstreifen herunter und Klebstreifen wieder drauf, das ist keine Lösung, es bleiben pickige Reste an der Blechdose hängen, das ist grausig, und die Kuverts zerreißen, und ich finde es schade, neue Kuverts zu nehmen, ich habe mich an die alten gewöhnt. Wenn ich sie sehe, wird mir ganz warm ums Herz, es müßten genau gleiche neue Kuverts sein, und solche gibt es nicht. Ich habe deshalb der Erika vorgeschlagen, die Kuverts und die Büchse mit Schnüren zu sichern. Sie war einverstanden. Damit die Sache dazu noch schön ist, habe ich aus zwei Wollfäden, einem weißen und einem roten, eine Kordel gedreht, so wie wir es in der Werkstunde gelernt haben. Das sieht aus, als ob diese Kordeln von Anfang an um die Kuverts und die Büchse herum gewesen wären.

Ich schaue immer nach der Schule bei dem Aushang an der Sparkasse nach, wie der Dollar und die Schwedenkrone stehen. Zu Hause rechnen wir aus, wieviel Geld wir grob in Schilling haben, und vergleichen, ob wir seit gestern um ein Futzelchen reicher oder ärmer geworden sind. Die Erika ist schnell im Kopfrechnen. Sie sagt, das macht sie meistens, wenn sie im Stuhl sitzt, daß sie rechnet, dafür braucht man keine Bewegung. Zum Beispiel Multiplizieren mit Komma macht ihr im Kopf keine Schwierigkeiten. Es ist der Erika eine liebe Beschäftigung, mit mir übers Geld zu reden. Mir gefällt es auch. Eigentlich rede ich über nichts lieber als über Geld. Und die Erika auch.

Einmal hatte ich die Geldhäufchen schön ordentlich auf Erikas Zudecke aufgebaut, da standen die Lehrerleute vorzeitig vor der Wohnungstür und läuteten, weil sie sich gestritten hatten, und daß sie sich gestritten hatten, merkte ich daran, daß sie, während sie vor der Wohnungstür standen, immer noch heftig Lärm machten, in der Hauptsache die Turnlehrerin, und das Baby plärrte dazu. Wenn zwei in diesem Haushalt schreien, dann die Lehrerin und das Baby. Die unbetonte Note ist der Lehrer, das sagt die Erika von ihrem eigenen Sohn. Unbetonte Note. Dazu kann ich nur den Kopf schütteln. Stimmen tut es ja.

Jedenfalls schaute ich die Erika an, und sie schaute mich an, und ich holte meine Schultasche, riß den Zippverschluß auf und streifte die Geldhäufchen von Erikas Zudecke herunter in meine Schultasche hinein. Das war ein schönes Geräusch, und daß die Schultasche so ein Gewicht hatte, war besonders schön. Die sollen das nicht wissen mit unserem Schatz, sagte die Erika, und recht hat sie.

Wenn es nach der Turnlehrerin ginge, müßte sich die Erika immer schonen, im Bett liegen und dürfte sich nicht rühren. Schonen wofür, sagt die Erika. Die Turnlehrerin sagt, sie soll Radiohören, die Wünsche werden

51

ihr am Bett erfüllt. Sie weiß nicht, daß der Erika der Blick durchs Küchenfenster auf die Bergkette Trost bringt. Bei Vollmond, sagt die Erika, zieht ein bleicher Schein bis ins Tal, und der gespenstet die Bäume ein und manchmal die Menschen, hoffentlich mich einmal mit. Mich dazu, sage ich. Du weißt ja gar nicht, was das heißt, sagt sie. Das heißt, daß ich eine Gemüsefurz-wolke werde, sage ich, das heißt es. Ihr zuliebe sage ich das. Beim Wort Furz muß sie verläßlich lachen. Und dann haben wir es prachtvoll miteinander.

Zum Vorbeter dazu bin ich noch der Dolmetscher. Ich verstehe Erikas Aussprache nämlich. Warum? Weil ich es erwarten kann, bis es ihre Worte über ihre Lippen geschafft haben. Ich stelle mir das so vor, daß die Erika erst ganz genau aussuchen muß, welche Wörter die richtigen sind, und ja keines zuviel darf dabei sein. Die richtigen Wörter nimmt sie mit einer Art Schaufel auf, so einer Art Fleischschaufel im Hals. Sie muß höllisch aufpassen, wenn sie die Wörter durch den ganzen Hals heraufzieht, daß sie wegen ihrer Zitterei nicht von der Schaufel fallen, und weiter durch den Mund durch muß sie die Wörter ziehen, vorsichtig auf die Zunge legen, schnell Mund auf und raus damit. Ich habe mit Erika darüber gesprochen, wie ich mir das vorstelle, und sie hat mir bestätigt, daß es ganz ähnlich ist. Manchmal kann man zuschauen, wie ihr ein Wort von der Schaufel fällt, dann wackelt sie besonders stark, und die anderen Wörter fallen nach, und sie muß ganz von vorne anfangen. Ich sage: Jetzt sind dir die Wörter von der Schaufel gefallen. Sie nickt.

Wir arbeiten an einer Kurzsprache, die Erika und ich. Allerdings vergessen wir immer wieder, daran weiter-zuarbeiten, darum gibt es bis jetzt erst ein Kurzwort, nämlich: Schaufel. Wenn sie Schaufel sagt, weiß ich, daß ihr jetzt alle Wörter wieder zurück in sie hineingefallen sind.

Die Turnlehrerin regt das auf, wie die Erika spricht, und sie muß nach dem Baby sehen, weil es zum Weinen anfängt. Ihr Mann, Erikas Sohn, hört zu und lächelt dabei. Ich kann ihm allerdings ansehen, daß er nicht dabeibleiben kann mit seinen Gedanken. Man sieht es ihm an und man weiß es, wenn er etwas sagt. Oft sagt er etwas, das überhaupt nicht paßt.

Die Turnlehrerin dreht für Erika das Wunschkonzert im Radio an, und dabei müßte sie wissen, daß die Erika Volksmusik haßt, und wenn Leute einander im Radio grüßen. Fernsehen, denke ich mir, wäre gut für die Erika. Die Turnlehrerin ist natürlich gegen Fernsehen, weil es einen verblödet und dazu noch blind macht. Fleisch und Fernsehen gehören für sie eng nebeneinander. Ihr Mann, wetten, der ja freiwillig vor mir zugegeben hat, daß er gern ab und zu eine Leberkässemmel essen würde, würde auch gern ab und zu eine Serie anschauen.

Die Turnlehrerin redet oft davon, daß man sparsam mit den Lebensgütern umgehen soll. Und daß jeder einen Umweltbeitrag leisten muß. Auch ein Kind wie du, Oskar.

Also gut: Sie soll die Zahnpastatuben, wenn nichts mehr herauskommt, mit der Schere längst aufschneiden. Da ist noch Zahncreme drin für mindestens fünfmal Zähneputzen. Das gleiche gilt für die flüssige Babycreme, die in einer Flasche abgefüllt ist. Man kann mit der kleinen Eisensäge aus der Werkstatt oder mit einem scharfen Messer den Hals abschneiden. Man füllt wenig Wasser ein, schüttelt kräftig, und das gibt wie-

der Babycreme für eine Woche. Das gleiche gilt für den süßen Rahm. Ferner habe ich mir überlegt, wäre es sicher hübsch, wenn man eine leere, große Maggiflasche als Rosenvase verwenden würde. Besonders sparsam. Man braucht nur eine Rose. Rosen hat die Turnlehrerin gern. Der Lehrer bringt ihr selten eine einzelne mit, und seit sie zwei Maggivasen hat, hat er bereits zwei Rosen gebracht. Für die Turnlehrerin sind die Rosen ein Zeichen der Liebe, hat sie zu ihrem Mann gesagt. Mich kränkt es übrigens, daß sie solche Sachen sagt, während ich mitten im Raum stehe. Wenn man zwei Flaschen mit je einer Rose auf den Eßtisch stellt, sieht das aus wie in einem feinen Gasthaus. Die Turnlehrerin hat mir für meine Einsparvorschläge eine Pakkung Kornkeks mit Haselnuß mitgebracht. Die sind ein bißchen trocken. Aber wenn man sie ordentlich mit Spucke einwässert, schmecken sie nicht schlecht.
Einmal im Jahr, sagt der Lehrer, ist es die Pflicht eines jeden, die Natur aufzuräumen. Das heißt, einmal im Jahr nimmt der Lehrer das Baby auf den Rücken, die Turnlehrerin packt für jeden von uns einen schwarzen Plastiksack ein, und wir spazieren am Alten Rhein entlang und sammeln Abfälle, die die Natur verschandeln und niemals verrotten. Wir sind die einzigen, die das machen. Wenn sich der Lehrer bückt, quietscht das Baby und hält sich an seinen Ohren fest. Die Turnlehrerin trägt alte Handschuhe und mir hat sie ähnliche angeboten. Ich habe gesagt, nicht nötig, mich grausts vor nichts, ich greife hinein, da kenne ich nichts.
Ich habe ein perfektes Kugellager gefunden. Im Durchmesser größer als meine Hand, ich habe mir zu Hause Wundbenzin geben lassen und habe es geputzt. Stahl und glänzt wie neu.

Das Kugellager ist der schönste Gegenstand, den ich je besessen habe. Es hat mich einiges gekostet, trotzdem habe ich diesen Gegenstand der Erika geschenkt. Er hat Gewicht, und wenn sie ihn in den Händen hält, zittern sie nicht mehr ganz so stark. Sie kann, wenn sie will, damit spielen, den äußeren Stahlkreis um den inneren drehen, das beruhigt.

Zuerst war der Lehrer nicht unbedingt damit einverstanden, daß ich seiner Mutter etwas schenke, was andere Leute weggeworfen haben, jetzt, wo er sieht, wie es ihr guttut, ist er begeistert. Ich habe ein paarmal gehört, wie er das Kugellager anderen gegenüber lobend erwähnt hat.

Ich habe der Erika viel von der Welt erzählt, wie ich sie mir vorstelle. Sie sagte, die Welt sei nicht viel anders, und ich liege mit meiner Vorstellung nicht weit daneben.

Ich habe den Atlas geholt und ihr gezeigt, wo ich einmal überall sein werde. Venezuela wird eines meiner ersten Ziele sein, weil seine Hauptstadt so wunderschön klingt: Caracas.

Das Schlimmste für die Erika ist, daß man ihr eine Windel anzieht wie einem Baby. Das ist wahrscheinlich der Grund, warum sie das mit der Rasierklinge probiert hat. Das Schweizer Krankenhaus, in dem sie gelegen hat, kostete ziemlich Geld, und die Kasse zahlt nur einen Teilbetrag. Über das wurde damals jeden Abend verhandelt. Es ist ja schließlich deine Mutter, sagte die Turnlehrerin, und ich stand wieder mitten im Raum, du mußt eben das Bücherkaufen einschränken. Bücherkaufen ist die Lieblingsbeschäftigung vom Lehrer, und jeden übrigen Groschen gibt er dafür aus. Er bestellt aus einem Katalog, wo alles günstig ist. Wenn das Paket kommt, gibt es jedesmal einen Streit. Der Lehrer sagt, die sind um die Hälfte reduziert, und die Turnlehrerin sagt, wenn ich alle Schuhe kaufe, die um die Hälfte reduziert worden sind, könnte ich inzwischen einen Schuhladen aufmachen.

Das Baby von den Lehrerleuten schreit viel zu oft. Vielleicht ist es krank, habe ich zur Turnlehrerin gesagt. Sie sagt, das Kind ist einfach nervös, und dabei zieht sie die Mundwinkel nach unten, und es sieht so aus, als ob sie jeden Moment weinen würde. Sie hält sich beide Hände vors Gesicht und sagt, meine Nerven, meine Nerven, senkt den Kopf und geht zur Tür hinaus. Ich könnte explodieren, so regt mich das auf.

Am Dienstag geht die Turnlehrerin auf den Bauernmarkt, um Gemüse für die ganze Woche einzukaufen. Sie fährt mit dem Rad. Wir wohnen etwas außerhalb im Ried, wo normalerweise ein Schilfgebiet ist. Ein verwandter Architekt hat ihnen ein Holzhaus hingebaut. Hier heißt die Adresse: Holderbaum 9. Das Holzhaus war in Zeitschriften abgebildet. Weil es ein Energiesparhaus ist und die Note eins bekommen hat. Manchmal kommen Architekturstudenten und schauen sich das Haus an. Die Turnlehrerin verlangt, daß die Leute vorher anrufen, damit wir noch aufräumen können. Wenn fotografiert wird, ist die Sauerei öffentlich, sagt die Turnlehrerin. Außerdem hat sie bei der Fabrik direkt, um die Hälfte reduziert, vierzig Hausschlapfen bestellt für die Besucher. Mit Schuhen betritt dieses Haus keiner. Außer der Arzt für die Erika. Bei dem kann man nicht gut verlangen, daß er Patschen anzieht, sagt die Lehrerin, und weil sie dabei so in den Mundecken lacht, muß ich annehmen, daß sie über sich selber lacht, das finde ich wiederum einmalig.

Am Dienstag also muß ich schnurstracks nach der Schule nach Hause, weil das Baby allein ist. Ich muß mich sofort darum kümmern. Ich habe noch nie erlebt, daß ich gekommen bin, und es hat nicht geschrien. Als erstes ziehe ich den Schnuller aus dem Versteck und gebe ihm dem Baby in den Mund. Sofort hört es zu weinen auf. Die Idee mit dem Schnuller kommt von der Erika. Ich habe heimlich von ihrem Geld drei gaumenfreundliche Schnuller gekauft. Die Turnlehrerin will auf keinen Fall, daß das Baby einen Schnuller nimmt, und allen ihren Bekannten erzählt sie, daß ihr heiliges Kind noch nie einen dieser grausigen, und dabei verzieht sie das Gesicht wie bei saurer Speise, Schnuller im Mund gehabt habe.

Mit Erikas Einverständnis hole ich manchmal Dollars aus dem Schrank und wechsle sie bei der Bank ein. Ich gehe jedesmal zu einer anderen Bank. Das hat mir die Erika geraten. Ein Kind, das dauernd Dollars eintauscht, das ist verdächtig. Mir persönlich tut es ja um jeden Dollar leid, den ich gegen Schilling umwechsle. Ich hätte gern, wenn einmal Schwedenkronen drankämen. Die erinnern die Erika leider an diese lang vergangene Zeit.

Jetzt zu der Gemeinheit, die mich ärgert: Seit die Erika im Krankenhaus ist und dort neu eingestellt wird, darf ich nicht mehr in ihr Zimmer. Die Turnlehrerin hat es gesagt. Was sollst du in der Oma ihrem Zimmer wollen, wenn sie nicht da ist, sagte sie.

So.

Wie komme ich jetzt an das Geld?

Wenn ich allein im Haus bin, sperrt sie das Zimmer ab.

Das ist eine Beleidigung. Er würde das nicht tun. Ich nehme an, er weiß es nicht. Wenn sie gemeinsam das Haus verlassen, dreht sie bei der Tür schnell um und sagt: Geh du schon voraus, ich habe noch etwas vergessen. Dann sperrt sie ab. Wenn sie zurückkommen, geht sie als erstes heimlich zu Erikas Tür und sperrt flink wieder auf.

Das zahl ich dir heim, Turnlehrerin.

Wenn die Turnlehrerin und ihr Mann das Haus verlassen, fällt mir die Aufgabe des Babysitters zu. Drei Aufgaben also: Vorbeter, Dolmetscher, Babysitter.

Ich nehme das Baby aus dem Bett und setze es auf den Boden. Sitzen kann es. Ich gebe ihm eine Zeitung von gestern, die es zerknüllen kann. Es saugt kräftig am Schnuller, als ob süßer Saft drin wäre. Eine Weile ist es zufrieden. Nicht lange. Ich trage es ins Badezimmer, ziehe es nackt aus, kippe den Korb mit der Schmutzwäsche in die Badewanne und setze das Baby auf den Haufen. Jetzt wäre der Heizstrahler gefragt, den die Erika für ihre Füße braucht. Hier wird nämlich nicht gut geheizt. Zimmer leider abgesperrt. Ich häufe das Baby mit der schmutzigen Wäsche zu. Das gefällt dem Kind und hält es warm. Wenn es brunzt, macht das nichts, die Wäsche wird eh gewaschen. Hilfreich wäre Erikas Kassettenrekorder mit der Mozartkassette. Mozart beruhigt sogar Kühe, hat die Erika gesagt. Zimmer leider abgesperrt.

Mir fällt meine Kindergartentante ein, die sich immer vor mich hingesetzt und mich angeschaut hat, als wäre ich ein Hobby von ihr. Ich mache es nämlich bei dem Baby genauso. Ich setze mich vor das Kind hin und schaue es an. Ob das bei der Kindergartentante ähnlich war? Ich denke mir nämlich dabei Sachen aus, Sachen, die mit dem Baby gar nichts zu tun haben. Ich kann einfach gut denken, wenn ich das Kind anschaue. Das Kind schaut mich ebenfalls an und denkt sich wahrscheinlich etwas, und ich glaube nicht, daß es etwas denkt, was mit mir zu tun hat. So sind wir quitt. Es hat nicht soviel Ausdauer wie ich, nach einigen Minuten hört es auf, mich anzuschauen und wendet sich wieder der Zeitung zu. Mir ist das recht, um so ungestörter kann ich das Kind anschauen und dabei Sachen denken, die mit dem Kind nichts zu tun haben.

So habe ich es der Turnlehrerin heimgezahlt: Ich will aufräumen, bevor sie kommt, ziehe ihr heiliges Baby an, stopfe die Wäsche zurück in den Korb, werfe die Zeitung in den Papiermüll, sehe ein interessantes Bild auf der Zeitung, hole die Zeitung wieder aus dem Eimer heraus, der kippt um, ich finde sechs ausgefüllte, abgelaufene Lottoscheine.

Am Abend habe ich am Tisch gesagt: Im Papiermüll lagen sechs ausgefüllte, abgelaufene Lottoscheine.

Und habe in aller Ruhe weiter das Gemüse gegessen, das ich inzwischen schon hasse.

Von uns jedenfalls sind die nicht, sagte die Turnlehrerin. Oder was soll die Frage.

Ich habe nichts gefragt, sagte ich.

Ihr Mann hat sie angeschaut, und ich habe gesehen, daß er weiß, daß die Lottoscheine von seiner Frau sind.

Das ist eine Unverschämtheit, sagte sie.

Lotto ist ein Sprengstoff in diesem Haushalt, weil erst vor ein paar Tagen ein lauter Streit zwischen ihm und ihr war über dieses Thema. Frage war: Was würden wir mit sechzig Millionen tun? Soviel war zu gewinnen. Er wußte eine Menge. Sie sagte, sie findet Lottospielen ein Kapitalverbrechen. Es sei, sagte sie, ein Betrug an der Seele. Weil er darüber gelacht hat, hat sie gebrüllt.

Ich habe die beiden beim Abendtisch alleingelassen. Ich habe aber gehört, was sie zu ihm gesagt hat. Sie hat gesagt: Oskar ist gefährlich, wenn er lügt.

Sie lügt.

Ich habe mich lediglich gerächt. Jetzt sind wir quitt. Und ich weiß eines: Sie will mich nicht.

Und noch etwas, das muß ich, glaube ich, noch sagen: Mir ist schlecht geworden, als ich darüber nachgedacht habe, daß ich gefährlich sein soll. Was kann das heißen? Daß ich jemanden umbringe vielleicht? Oder eine Bank ausraube? Ich habe gedacht, etwas ist an mir, das ich selber nicht kenne, daß man aber von außen sieht. Mir ist ganz kurz schlecht geworden und ich bin aufs Klo gerannt.

Mit der Zeit hat mir das sogar gefallen. Wer ist schon wirklich gefährlich! Die Turnlehrerin bestimmt nicht, und ihr Mann, der Biologielehrer, überhaupt nicht. Die Erika kann nicht gefährlich sein, weil sie so zittert. Bei einem Baby denkt man dieses Wort gar nicht. Also bin ich der einzige Gefährliche in diesem Haushalt.

Der Lehrer hat gemerkt, daß etwas mit mir ist, und ist dahergekommen und hat gesagt: Du, das hat sie nicht so gemeint, sie hat halt viel zu viel auf dem Buckel und hat viel zu schwache Nerven, und das mit den Lotto-scheinen ist doch viel zu unwichtig, als daß man sich darüber aufregt.

Inzwischen war es mir schon wieder egal. Rede ruhig, was du willst, habe ich mir gedacht, ich bin gefährlich, das ist immerhin etwas. Basta.

Ich lüge auch. Aber ich tu nicht so, als ob ich es nicht

täte. Wenn es günstig ist, lüge ich. Das muß nicht unbedingt einen Schaden anrichten.

Ich weiß, daß sie mich nicht mag, sagte ich zu ihm.

Das stimmt doch nicht, Oskar.

Mag sie mich?

Ja, sehr.

Er kann nicht lügen.

Sie meint halt, sagte er, daß du undankbar bist.

Die Fürsorge zahlt ja für mich, sagte ich.

Komm, setz dich zu mir, sagte er. Reden wir von etwas, was uns beide mehr interessiert.

Wenn der Lehrer so in Gedanken versunken ist, erzählt er mir von seiner Jugendzeit, die schön war und nie wiederkehrt. Er hat als Student Käfer präpariert, und für jeden Käfer gab es vier Schilling. Der Lehrer hat für einen Käfer eine Viertelstunde gebraucht, das ergibt einen Stundenlohn von sechzehn Schilling. So wird man nicht reich. Ach was, sagte der Lehrer, ich war glücklich wie zu Weihnachten, wenn der Engel über einem schwebt, und das jeden Tag.

Und ohne dazwischen Luft zu holen, hängte er daran: Oskar, du mußt unbedingt, und zwar jetzt sofort auf der Stelle, deiner Schwester Lilli einen Brief schreiben.

Ich denke seit drei Tagen daran, und letzte Woche habe ich bereits daran gedacht, sagt er, und ich habe es immer wieder vergessen, darum setzt du dich jetzt sofort hin. Geh in dein Zimmer!

Ich muß mich also hinsetzen und einen Brief schreiben!

Erika ist nicht im Haus. Wie soll ich ohne sie einen Brief an meine Schwester schreiben? An jeden anderen Menschen in der Welt könnte ich einen Brief schreiben, nicht aber an meine Schwester Lilli.

Ich gehe hinüber zum Lehrer und sage: Bitte, kannst du nicht herauskriegen, was für eine Telefonnummer Lillis Ziehmutter hat, ich möchte lieber telefonieren.

Der Lehrer sagt: Nein, das geht nicht.

Warum nicht?

Weil ihr zwei getrennt seid, sagt der Lehrer und fängt an, vor mir auf- und abzuschleichen in seinen großen, flachen Patschen. Getrennt wie die zwei Königskinder, nein, so nicht, wie Brüderchen und Schwesterchen eher. Mach einmal die Tür zu, Oskar.

Das hat es ja noch nie gegeben. Die Tür zu. In diesem Haushalt sind immer alle Türen offen. Ich mache die Tür zu.

Warum kann ich nicht telefonieren, frage ich. Lilli wird sich erschrecken, wenn sie auf einmal einen Brief von mir kriegt. Ich würde jedenfalls erschrecken, wenn sie mir einen Brief schreiben würde.

Vielleicht, sagt der Lehrer, vielleicht würdest du zuerst erschrecken, das kann sein. Wenn du allerdings den Brief aufgemacht und gelesen hast, daß es gar nichts zum Erschrecken gibt, würdest du dich freuen.

Ich weiß, daß sich meine Schwester genauso freut, wenn ich telefoniere, sage ich.

Er geht wieder auf und ab. In welchem Zimmer befinden wir uns eigentlich? Wenn die Tür offen steht, ist das ein Gefühl, wie wenn das gar kein eigenes Zimmer wäre, und keiner fragt, was das für ein Zimmer ist. Bei geschlossener Tür hingegen kann man das fragen.

Also frage ich das.

Warum ich ausweiche, fragt mich der Lehrer. Er ist es, der ausweicht, ich habe schließlich zuerst gefragt.

Jedenfalls: Ich durfte nicht telefonieren.

Ich darf also nicht, sagte ich.

Dürfen ist das falsche Wort, sagte er. Es ist nicht gut, wenn du es tust.

Warum nicht?

Laß mir bitte das Gefühl, daß ich etwas richtig mache, sagte er.

Also schreibe ich den Brief.

Weil ich wetten könnte, daß der Lehrer oder seine Frau meinen Brief hinterher lesen werden, schreibe ich einen komischen Brief, der ein bißchen unheimlich sein soll, und aus Wut schreibe ich etwas Gemeines über ihr heiliges Baby dazu. Ich könnte zum Beispiel schreiben, daß der Lehrer nach Schweiß riecht, das stimmt. Oder daß ich herausgefunden habe, daß die Lehrerin heimlich Lotto spielt und öffentlich sagt, Lottospielen ist ein Kapitalverbrechen. Ich habe mich für das Gemeine über das Baby entschieden. Niemals, das schwöre ich, hätte ich von mir aus meiner Schwester Lilli so einen Brief geschickt.

Ich hätte gewettet, daß der Lehrer den Brief liest und ihn in den Altpapiereimer schmeißt und anschließend mit mir redet.

Er hat ihn in ein Kuvert gesteckt, das er vorher beschriftet hat, und das Kuvert vor meinen Augen zugeklebt. Ich muß, wenn ich Lilli das nächstemal sehe, sie unbedingt fragen, ob sie den Brief bekommen hat. Ich habe den Inhalt so ungefähr auswendig gelernt. Den kann ich ihr vorsagen, daß sie sich erinnert, falls sie den Brief vielleicht weggeschmissen hat.

So schlau bin ich, daß ich den Trick vom Lehrer durchschaut habe: Wenn er die Adresse auf das Kuvert schreibt, kann er, wenn ich im Bett liege, das Kuvert einfach aufreißen, den Brief lesen, ihn wegschmeißen oder ihn in ein anderes Kuvert hineingeben und wieder

Lillis Adresse daraufschreiben. Ganz wie es dem Herrn beliebt.

Erst mit einer Waffe wäre ich wirklich gefährlich.

Eigentlich glaube ich nicht, daß der Lehrer den Brief gelesen hat. Andererseits, wenn er ihn gelesen hätte, glaube ich nicht, daß er sich über das, was ich vom Baby gesagt habe, so sehr geärgert hätte wie seine Frau. Mir ist nie aufgefallen, daß er das Baby besonders gern hat. Ich vermute, es geht ihm auf die Nerven. Das verbindet mich mit ihm.

Jedes Kind in unserer Schulklasse hat ein Zeichen entwickelt, das zu ihm gehört. Das ist wie früher das Wappen bei den Grafen. Ich habe für mich das Eichhörnchen genommen. Ich habe es aus dem Biologiebuch abgepaust und so lange frei nachgezeichnet, so lange, bis es mir gefallen hat. Jetzt kann ich es blind zeichnen, und es sieht immer gleich aus. Das erstemal habe ich es für den Brief an Lilli verwendet, hinten auf dem Brief an sie, statt des Absenders.

Ich möchte die Gabe der Eichhörnchen besitzen. Den Baum steil aufwärts und abwärts springen, von Ast zu Ast, so, als wäre es ein gemütlicher Weg.

Bis die Erika aus dem Krankenhaus zurückkommt, sollte ich mit meiner Erfindung fertig sein. Ich habe mir nämlich vorgestellt, daß ich ihr Gewichte an die Armgelenke binde, und an die Gewichte befestige ich Magnete. Am Tisch bringe ich ebenfalls Magnete an. Und vielleicht noch an der Stuhllehne und auf dem Rücken ihrer Lieblingsstrickjacke. Die Arme wären ruhiger, und sie könnte sogar die Zeitung lesen.

Das ist alles nicht so einfach, und deshalb bin ich in ein

Eisenwarengeschäft gegangen und zu dem Mann hin, der die freundlichsten Augen hatte. Ich erzählte ihm von meinem Problem: Ruhestellung, Zitterverhinderung.

Er hat mein Problem verstanden, ich hätte jubeln können! Der größte Magnet in diesem Geschäft ist der Schraubensuchmagnet, der wie ein U aussieht. In Schneiderwerkstätten gibt es Nadelsuchmagneten, die noch größer sind, sagte der freundliche Mann. Er wußte nicht, wo es hier eine Schneiderwerkstatt gab. Ich war ebenfalls überfragt. Er überlegte lange und kam auf die Idee mit dem Sportgeschäft. Dort gibt es Kraftbänder zu kaufen, die sich Jogger an die Arm- und Beingelenke binden, um zu trainieren. Die Kraftbänder, sagte er, haben zwar keine Magneten, aber ihr Gewicht stabilisiert. Außerdem bieten sie größere Bewegungsfreiheit. An einem Magneten ist man ja wie angeschraubt.

Der Mann war so freundlich, mir solche Kraftbänder für einen Tag zum Ausprobieren zu besorgen. Das hätte er nicht müssen, er bedient ja in der Eisenhandlung.

Probier das bei deiner Großmutter, sagte er, und sag mir Bescheid, solltest du die Kraftbänder nehmen. Ich schlag für dich Prozente heraus, klar.

Es ist nicht meine Großmutter, sagte ich, es ist eine Art Bekannte von mir.

Ich bin am nächsten Tag wieder in die Eisenhandlung gegangen und habe gesagt, die Armbänder funktionieren prima. Das war zum Beispiel so eine Lüge.

Das Geld für die Kraftbänder habe ich aus Erikas Versteck. Folgender Trick war dazu nötig: Ich habe ein Mickymaus-Heft unter meinem Pullover in die Hose gesteckt und zum Lehrer gesagt: Bitte, ich suche seit einiger Zeit ein wichtiges Mickymaus-Heft und kann es nirgends finden. Ich glaube, ich habe es bei der Erika im Zimmer vergessen, als sie noch bei uns war. Darf ich es holen?

Er schaut mich an und versteht nicht. Was meinst du?

Ich will fragen, ob ich in Erikas Zimmer gehen darf.

Aber natürlich darfst du. Warum fragst du denn?

Nur so, sage ich.

Aber das ist doch bockig, sagt er.

Die Turnlehrerin hört uns zu und verzieht nicht das Gesicht.

Dann geh ich jetzt in Erikas Zimmer, sage ich.

Schnell nehme ich ein paar Dollars aus dem Kuvert, ziehe das Mickymaus-Heft aus meiner Hose, stecke die Dollars hinein, gehe zurück und freue mich: Endlich! Hier ist das Heft! Es war tatsächlich bei der Erika.

Ich werde genau mit der Erika abrechnen, wenn sie wiederkommt.

Lilli hat mir geschrieben, daß die Frau, bei der sie wohnt, so lieb ist, man könnte grad meinen, daß sie die Schwester von der Muttergottes ist, oder so ähnlich.

Sie hat Verständnis für die Welt, schreibt Lilli, und kennt sich auf der Landkarte noch besser aus als Du. Sie kann zum Beispiel alle Hauptstädte auswendig.

Lilli schreibt, daß Rut einen Antrag ausgefüllt hat, und wenn es klappt, kann Lilli vielleicht für immer bei ihr bleiben.

Auf Dich wird die Muttergottes einen Schleier werfen, das bringt Dir Trost und Kraft, schreibt sie.

Und die Rut hat meiner Schwester Lilli versprochen, daß sie mit dem zuständigen Mann von der Fürsorge reden wird, das Problem ist, daß ich nicht in seinen Bezirk falle. Vielleicht kann er einen Kollegen von meinem Bezirk anrufen, und ihm meinen Fall schildern, und dann kann ich vielleicht zu Lilli und Rut kommen.

Hab Mut, Oskar. Alles wird gut, Oskar. (Reimt sich)
Deine Schwester Lilli.

Zum Glück, das war wirklich ein Glück, kam genau in dem Moment, als ich den Brief fertiggelesen hatte, die Turnlehrerin in die Küche, wo ich saß und der Brief vor mir lag, und fragte, ob ich einen Moment, sie meinte ein halbe Stunde, auf das Baby aufpassen kann, sie will schnell etwas einkaufen. Zum Glück deshalb, weil ich nichts dringender gebraucht habe, als das Baby irgendwohin zu setzen und anzuschauen, weil ich so am besten an meine Schwester Lilli denken konnte. Was sie gerade tut, war mir egal. Ich wollte mir vorstellen, wie sie aussieht, was sie zum Beispiel anhat, sicher hat sie neue Anziehsachen bekommen von dieser Superfrau.

5

Wem gehörst du, Hund?

Der Weg zog sich in Serpentinen den Berg hinauf, und bei jeder Kehre gedachte Lilli eines Unglücklichen.

Ab der zehnten Kehre gedachte Lilli der Toten, weil ihr kein Unglücklicher mehr in den Sinn kam. Die Toten nahm sie sich im allgemeinen ins Gebet, denn sie wußte niemanden, der in ihrem Leben gestorben war.

Mit Schrecken fiel ihr ein, daß unter den Unglücklichen ihre Mama nicht dabei gewesen war, zu den Toten konnte sie noch nicht gezählt werden, was sollte sie mit ihr anfangen, unglücklich war sie auf jeden Fall, obwohl ihr Unglück anders war, als alle anderen Unglücke, es war keine Kehre mehr übrig, der Weg verlief schräg am steilen Hang entlang aufwärts. Ein kleines Schneebrett löste sich unter ihrem Schuh und schob sich ins Tal, überrollte sich und wurde breit, verlor schließlich an Kraft, blieb stecken.

Oben setzte sich Lilli auf eine Wurzel und drückte mit den Handballen auf die Augen, so lange, bis sich mit Leichtigkeit alles mögliche einbilden ließ. Sie schickte sich mitten nach Afrika hinunter, und statt den aufrechten Menschen sah sie die schwarzen Toten mit den gesenkten Köpfen unter der Erde.

Ihr Herz war schwer.

Das dickste Kind, das sie kannte, hieß Betti.

Unbedingt mußte Betti von ihrem Vorhaben, nach Afrika auszuwandern und in Afrika zu leben, abgeraten werden. Unbedingt. Das wäre viel zu gefährlich. Sie könnte als dicke Frau genausogut hier in dieser Gegend eine sitzende Tätigkeit ausüben, bei der man ihr glänzendes Gesicht sieht und nicht viel mehr, in einem Amt zum Beispiel. Oder als Kartenabreißerin in einem Kino, eingebettet in Säckchen mit gebrannten Mandeln. Diese Frauen sieht man von der Schulter an aufwärts. Warum sollte sie nicht auch hier glücklich werden können? Es gab Kleider aus fließenden Stoffen, mit Bordüren, daß man auf die Bordüren schaut und nicht an den Körper darunter denkt.

Mit dem Wort Bordüre ist Lilli bei ihrem heute Schwersten angelangt.

Die Handarbeitslehrerin, erzählt Lilli, wollte meine Handarbeit beurteilen. Ein gehäkeltes Fernsehdeckchen, hirnrissig, sagte die Rut dazu. Für die Handarbeitslehrerin ist so ein Deckchen in erster Linie eine Frage der Disziplin.

Willst du mir nicht deine Arbeit zeigen, Straaten?

Ja.

Ich habe meinen Stoffsack geöffnet, die Häkelnadel war drin, total verbogen, erzählt Lilli.

Was ist das, Straaten?

Ich weiß es nicht.

Du willst hier nicht etwa frech sein, oder?

Nein, natürlich nicht.

Gut, das hier ist dein Werkzeug. Und wo ist deine Arbeit?

Ich weiß es nicht.

Und daß sich das Werkzeug in beschädigtem Zustand befindet?

Ich weiß nicht, warum.

Frech, faul, dumm.

Das ist nicht wahr.

Du bist frech, weil du widersprichst, du bist faul, weil
deine Arbeit fehlt, und du bist dumm, weil du sagst,
daß du nichts weißt.

Ich weiß nichts.

Weiß in der Klasse jemand irgend etwas?

Jedenfalls hat sich prompt die Elvira gemeldet und
behauptet, sie habe das Deckchen total vernudelt grad
vorhin noch unter meiner Bank gesehen. Sie hat zielsi-
cher mit der Hand unter meine Bank gegriffen und das
Deckchen herausgezogen. Das Deckchen war bis zur
Hälfte aufgetrennt und zwei Reihen mit groben Fehlern
nachgehäkelt. Schlimm sah das aus. Als ob sich daran
jemand die Schmutzhände abgerieben und die Nase
geputzt hätte.

Das ist nicht meine Arbeit. Meine Arbeit ist fertig,
sagte ich. Sonst habe ich nichts gesagt. Ich habe auf
einmal keine Kraft gehabt.

Schlecht arbeiten und lügen, hat die Handarbeitslehrerin gesagt, das paßt zusammen. Richte deiner Pflegemutter, oder wie man in diesem Fall sagen soll, aus, daß
ich mit ihr sprechen will.

Jetzt wußte ich, daß ich die Elvira zur Feindin hatte.
Zwei Feindinnen also: das Werkfräulein und die Elvira.
Die Elvira hat sich gerächt, weil ich ihr aus dem Weg
gehe und Ausreden anbringe, wenn sie mich auf den
Schloßberg begleiten will, und ich es nicht will. In der
Nacht hat die Elvira im Traum zu mir gesagt, sie stellt
mir jetzt eine endgültig letzte Frage, und wenn ich sie
nicht auf der Stelle beantworten kann, muß ich sterben.
Was ist Moos? Zum Glück ist das für mich eine simple
Frage gewesen. Moos, habe ich gesagt, sieht aus wie
ein Skalp mit verfilzten Haaren, der jedoch in Wirklich-

keit, liebe Elvira, ein aufrechter Mensch ist, den man als Nagel verwendet und in die Erde geschlagen hat, bis er schwarz wurde.

In meinen Träumen gewinne ich immer. In der Nacht fürchte ich mich nicht.

In der Religionsstunde sprachen wir von der Muttergottes, und ich bildete sie mir ein, wie sie ihren blauen Mantel über mir schweben läßt, bereit, ihn sofort auf mich niederfallen zu lassen, wenn einer daherkommt, der mir schaden will. Gleich nach der Schule lief ich in den Wald hinauf, über den Zick-Zack-Weg, und obwohl es mittagshell war, erschien mir der Weg düster und schwierig. Viel zu still war der Wald. Niemand kann mir erzählen, daß ich mich täusche, den Wald und den Weg kenne ich, niemals war es dort so still. Schnee lag auf den Ästen der Eiben, die abstanden wie zu einem Kreuz. In den Achseln der Äste sah es nach zäher Spucke aus. Drei junge Tannen bedrohten mich. Der Schnee beugte sie über den Weg. Eine Baumwurzel spreizte sich vor meinen Füßen, eine riß ihr Maul auf. Ich muß um Doppelkraft beten, Kraft für Oskar und für mich, sagte ich bei jedem Schritt, ich muß beten, und statt daß ich endlich gebetet hätte, habe ich es mir nur immer wieder befohlen, ich muß beten, für Oskar und mich, für Oskar und mich. So geht das nicht, so geht das nicht. Ich bin Oskars Schwester und gleichzeitig bin ich seine Mama und für unsere richtige Mama habe ich wieder vergessen zu beten.

Besser eine tote Mutter als eine kranke Mutter wie die unsrige, die sich die Haut aufkratzt.

Sie kratzt sich jetzt mit den Zähnen, überall, wo sie es schafft, man hat ihr nämlich die Nägel ganz niedrig geschnitten. Das ist so. Ganz sicher weiß ich es zwar nicht, ob es so ist. Man denkt darüber nach und man weiß, daß es so sein muß. Als es hieß, unsere Mutter kratzt sich die Haut auf, habe ich die Rut gefragt, was machen die in dem Sanatorium, damit sich unsere Mama nicht weiter die Haut aufkratzt. Sie geben ihr Medikamente, hat die Rut gesagt. Gibt es Medikamente, die machen, daß man sich nicht mehr kratzt? Oder eine Salbe, sagt Rut. Und wenn diese Salbe nichts nützt? Die nützt. Und wenn nicht? Ja, dann. Was dann? Die kennen sich aus, du brauchst dir keine Sorgen zu machen. Glaubst du denn, Rut, daß die nichts weiter machen bei der Mama, als ihr einfach eine Salbe zu geben? Ich weiß es nicht, hat sie gesagt. Ich glaube nicht, daß so eine Salbe nützt, habe ich gesagt. Was, wenn sie nicht nützt, was dann? Dann wird sie angebunden, hat die Rut gesagt und ist im selben Moment darüber so fürchterlich erschrocken, daß sie den Mund und die Augen aufgerissen und sich mit der Hand an den Hals gefaßt hat. Das wollte ich hören von der Rut. Ich habe dasselbe gedacht. Das ist wirklich kein Kunststück, auf so etwas draufzukommen. Wenn man angebunden ist, juckt es einen deswegen immer noch, denke ich mir weiter. Es denkt einfach weiter in mir. Ich würde mit den Zähnen kratzen. Sie wird das nicht anders machen. Das ist doch völlig logisch.

Sie hat sich mit den unsauberen Nägeln ganze Geschwüre auf die Haut gekratzt, das ist jedenfalls die Wahrheit. Die Haut näßt, und der weiße Puder vermischt sich mit dem Blut. Es eitert an manchen Stellen. Wenn sich endlich eine Kruste bildet, zupft meine Mutter daran, und alles fängt von vorne an. Ich weiß das, ich kenne sie ja. An den Beinen ist es besonders schlimm. Sie wird gefesselt, daß endlich die Heilung beginnen kann. Also kratzt sie sich mit den Zähnen. Das wird wieder verhindert. Schließlich kann sie sich überhaupt nicht mehr bewegen. Die Mama kann nur noch schreien und spucken. Sie schreit, was sie zu Hause nie getan hat.

Den ganzen Weg vom Schloßberg herunter habe ich das vor mir gesehen: Sie schreit, weil ihr gar nichts anderes mehr übrigbleibt.

Obwohl es so schlecht war, war es vorher, als wir alle zusammen waren, weitaus besser, weitaus am besten sogar, und ich allein bin schuld, weil ich damals die Idee gehabt habe, daß wir nicht gleich nach Hause gehen, sondern zuerst hinüber zu der Nachbarin. Die Mama schreit, und ich bin schuld, und man gibt ihr deshalb Tabletten, weil, was ist das für ein Zustand, und wenn jeder so schreien würde. Von dem Medikament wird sie ruhig, und ihre Lider decken die Augen zu. Die Krusten bilden sich und fallen ab, und die Haut wird rosarot wie bei einem Baby und zieht Fältchen bei der kleinsten Bewegung.

Wäre sie endlich tot, unsere arme Mama!

Muttergottes, verzeih mir meine bösen Gedanken und verhindere meine schlechten Gedanken und laß nie mehr zu, daß ich schlechte Gedanken habe, und verzeihe mir, daß ich den Oskar überredet habe, mit mir hinüber zur Nachbarin zu gehen, der Oskar ist nicht schuld.

Die Angst war wie Wasser, das steigt und mir bis zum Hals reicht, und ich nach Luft schnappen muß, und Wasser, das mich überflutet, und ich bin gerannt, alle Aufwärtsschritte wieder abwärts, wie eine Verrückte.

Fiel Regen auf den Schnee, gab es erbsengroße Löcher. Ein Hund kam Lilli entgegen, und sie hielt Ausschau nach seinem Herrn. Der Hund tappte zu ihr und schnuffte an ihr hoch. Wem gehörst du Hund? Das Tal steil unten lag eingenebelt und unsichtbar. Lilli wußte, es würde nicht ausreichen und zu keinem Ende führen, man würde hinunterrollen wie ein Faß und am nächsten Baum hängenbleiben und überall blaue Flecken haben und die Kleider versaut. Manche Tannen trugen am Wipfel braune Zapfen, andere hatten zwei Wipfel und standen schief wie angeschossen.

6

Augen leben ja nicht von allein

Wie gesagt: Das dickste Mädchen, das ich kenne, heißt
Betti. Sie ist so groß wie ich und wiegt dreißig Kilo
mehr. Sie sitzt in der Schule hinter mir, das beruhigt.
Die Elvira ist die Schönste in der Klasse. Das finde ich
gar nicht, alle anderen finden es. Sie sieht ein wenig wie
ein Äffchen aus. Die Rut hat mich nach der Hand-
arbeitsgeschichte von der Schule abgeholt, weil sie
wollte, daß ich ihr die Elvira zeige. Sie hat sie gesehen
und hat das gesagt. Und es stimmt. Die Elvira sieht
wirklich wie ein Äffchen aus. Ein bißchen sieht sie so
aus, habe ich gesagt, stimmt. Sie sieht total so aus, hat
die Rut gesagt. Die Rut sagt, wenn die einmal älter ist,
wird das noch mehr herauskommen. Im Geheimen
hoffe ich das. Ich habe absichtlich Bettis Freundschaft
gesucht, das gebe ich zu. Weil niemand sie zur Freundin
haben möchte, ist sie auf mich angewiesen, dachte ich.
Darum wird sie mich nicht wegschicken. Betti wird
gefürchtet.
Dann war sie einmal drei Wochen lang nicht mehr in
der Schule, und der Klassenlehrer hat mir aufgetragen,
ich sollte ihr die Hefte bringen zum Nachschreiben und
von ihrer Mutter eine Bestätigung über die Krankheit
abholen, handschriftlich auf alle Fälle.
Oder bist du nicht ihre Freundin, fragte er laut in die
Klasse hinein.
Ja, habe ich laut zurückgesagt, ich bin die Freundin von
der Betti.

Man kann ja nicht jemanden aus Berechnung zur Freundin machen, und wenn es darauf ankommt, nicht zu ihr stehen.

Soviel ich weiß, sagte der Klassenlehrer weiter in die Klasse hinein, gibt es in diesem Fall hier keinen anwesenden Vater, so einen Fall von Fernbleiben habe ich nämlich noch nie erlebt, das wäre nämlich ein Fall für einen Vater.

Da lacht natürlich eine Klasse. Ich habe mitgelacht.

Das hat mich gefreut, daß der Klassenlehrer mir sein Vertrauen schenkt. Die Betti tut sich schwer in der Schule. Obwohl sie gescheiter ist als wir alle zusammen, tut sie sich schwer. Ich nehme mir vor, der Betti alles zu erklären, was sie nicht versteht. Mich bevorzugt der Klassenlehrer eindeutig.

Die Betti wohnt in der Kaiserin-Elisabeth-Straße in einer Villa mit Flachdach. Es sieht so aus, als ob niemand sich um das Haus gekümmert hat, seit es steht. Die hohe Mauer ringsum ist mit Efeu überwachsen. Im Garten stehen angerostete Eisenstühle im Schneematsch kreuz und quer, mit Sitzen aus roten Plastikschnüren, die durchgeschnitten sind, Raketenhüllen liegen herum und leere Dosen mit der Aufschrift Red Bull. Die Villa hat sehr große Fenster, wie ich sie noch nie bei einem Privathaus gesehen habe.

Ich habe an der Tür geläutet, und niemand ist gekommen, ich bin mit dem Finger auf dem Klingelknopf draufgeblieben. Ein Hund hat angeschlagen, ich habe Angst vor Hunden und wollte wieder weggehen, im selben Moment ist ein Bursch erschienen, der war schwarz angezogen und hatte lackschwarz gefärbte Haare, und irgendwie hat er mich angeblinzelt. Sehr dünn war er und hatte Silberringe an allen Fingern.

Neben sich hat er den Hund gehabt, an einer kurzen
Leine. Das war so ein niederer, wolfsähnlicher Hund
mit ziemlich viel Schwarz im Fell und einer kleinen
Ohren. Der Hund hat gehechelt, ich bin einen Schritt
zurück. Automatisch.
Es gibt eine Möglichkeit, sagte der Bursch. Du mußt
dich von oben bis unten beschnuppern lassen von dem
Mörder, dann erst beruhigt er sich. Er ist zahm wie ein
Schaf. Wenn er das einmal gemacht hat. Und nichts
gefunden hat bei dir. Der ist so ähnlich wie eine elek-
tronische Durchsuchungsmaschine beim Zoll. Ohne
Strom. In Wahrheit ein Schaf.
Der Bursch hat so ungewöhnlich gesprochen, kam mir
vor. Kann man einen Hund Mörder nennen, dachte
ich, und über ihn sagen, er ist ein Schaf?
Gibts Fragen?
Ich habe nichts gesagt und mich nicht gerührt.
Was weißt du, Kind, über Schafe, hat er weiter ge-
fragt.
Ich habe mit der Achsel gezuckt und nichts gesagt und
mich auch sonst nicht gerührt. Ich fürchte mich auch
vor Schafen, wenn sie so im Rudel an den Zaun rennen
und gleichzeitig blöken.
Es gibt grauenhafte Mörder unter den Schafen, sagte
er. Das stimmt sicher nicht.
Also, was ist, je länger ich den Mörder festhalte, desto
mehr glaubt er, du bist eine Feindin und willst mir an
das junge Leben, und er wird immer wahnsinniger pro
Sekunde, bis ich ihn nicht mehr halten kann.
Er hat den Hund ausgelassen, und ich bin tapfer
stramm gestanden, das Herz hat mir bis zum Hals
geschlagen. Ich habe mir gedacht, wenn ich das jetzt
durchhalte, habe ich einen Wunsch frei.

Der Hund kam zu mir, den Kopf hielt er gesenkt, an meinen Schuhen schnupperte er, an meinen Händen schnupperte er.

Beweg jetzt ja die Hände nicht, sagte der Bursch.

Ich bewegte nichts. Der Hund fing sich an zu langweilen, glaube ich.

Und jetzt, hat der Bursch gesagt, steichle ihm über den Kopf bis zum Halsband und stop. Nicht gegen das Fell, das wäre dein sicherer Untergang!

Was ist denn gegen das Fell, habe ich gefragt, ich bringe nämlich jetzt alles durcheinander.

Vom Kopf Richtung Arsch mußt du!

Ich bin mit zittriger Hand vom Scheitel des Hundes bis zum Halsband gefahren, der Hund hat den Kopf gedreht, ich habe sofort losgelassen. Er ist an mir hochgehechelt und hat meinen Hals abgeschleckt. Ich dachte, er beißt mir die Kehle durch. Also doch ein Mörder.

Jetzt bist du abgehakt für ihn. Nun mußt du mir sagen, wer du bist und was dich hierher führt zu dieser Stunde, weil bei mir bist du noch nicht abgehakt.

Er redete wie in einem Film für Kinder.

Ich, ich, habe ich gesagt, ich bin die Klassenkameradin von der Betti, mein Name ist Lilli, und der Klassenlehrer sagt, ich soll ihr die Arbeiten bringen, weil sie ja krank ist, und eine handgeschriebene Bestätigung von der Mutter über die Krankheit soll ich gleich mitnehmen.

Der Hund hat tatsächlich kein Interesse mehr an mir gehabt, er ist vorausgepfotet, hat mit seiner Seite die Tür aufgestoßen und ist verschwunden, alles hat an ihm geschlabbert, kam es mir auf einmal vor, harmlos und wie nichts. Also doch kein Mörder.

Komm rein, hat der Bursch gesagt. Zwei Zähne haben

ihm oben seitlich gefehlt, das hat abenteuerlich ausgesehen, und ich bin in den Hausflur getreten, er war wie ein Schlund, weil alles so lichtlos schwarz war, man hat nicht erkennen können, was sich am Ende des Flurs befindet.

Komm weiter, hat der Bursch gesagt, trau dich ruhig. Tritt ein in das Verließ und laß keinen fahren.

Ich bin hinter ihm her, ein großer, schlaksiger Kerl, sehr groß, und weite, langsame Schritte, er hat nach irgend etwas gerochen, ich weiß nicht, wonach, Weihrauch vielleicht, ich würde den Geruch sofort wiedererkennen, ich glaubte nicht, daß Betti einen Bruder hat, und so einen dünnen dazu.

Komm weiter, strammes Kind, ist es dir zu dunkel. Ich bin Mensch, eine Arschgeige, sagte er zu sich selber, warte, ich mach Licht. Trara-trara, hat er gesungen, es werde, es werde Li-i-cht, vergiß eines niemals, Mädel, am nächsten steht das Unheil, wenn ich singe.

Nun habe ich erst gesehen, daß in dem ewigen Flur riesengroße Bilder hingen, drei auf jeder Seite. Es sind Fotografien in Farbe, und auf allen Bildern ist dieselbe Frau zu sehen. Ein Bild ist mit Ölfarbe gemalt. Das hat mir am wenigsten gefallen. Man kann diesem Bild nicht glauben: Die Frau, als Königin verkleidet, mit Krone und Schärpe, wie im Märchen, in einem weißen Kleid mit vielen kleinen Fellflocken, mit blonden Haaren und strahlenden Augen, in den Augen ein silbriges Fensterchen in der Mitte. Auf der Schärpe, die ihr über die Brust spannt, steht: Norma. Miss Österreich 1970. Bis zum Bauch ist die Frau abgebildet. Starr wie gestorben war das Ölbild.

Bei den Fotografien gefiel mir das Geschäftige. Auf jedem Bild trägt die Frau ein anderes Kleid, einmal hält sie ein Sektglas in der Hand und lacht, einmal zeigt sie einen Ring her und schaut ernst, dazu passend ein dunkelblaues Kleid und ein fast schwarzer Mund. Die Fotografien sind sicher am gleichen Tag entstanden, und sie hat sich für jede neu umziehen und neu schminken müssen. Ich sehe es richtig vor mir. Ich sehe eine Stange, auf der die Kleider hängen. Ich sehe, wie ein Mann am Rücken der Schönheitskönigin den Reißverschluß aufmacht, und wie sie sich mit dem Oberkörper aus dem Kleid herausdreht, weil es so eng ist. Und wie eine knöchrige Frau ihr ständig mit einem Pinsel im Gesicht herumfegt.

Noch nie das Monster gesehen, hat der Bursch gefragt, das ist die Mutter von der Betti. Jetzt ist sie tragischerweise ein bißchen älter geworden, ein klitzeklitzewenig älter.

Er hält zwei Finger übereinander und läßt einen Spalt frei und läßt den Spalt wachsen, bremst, und läßt den Spalt wieder schrumpfen, bremst und läßt ihn wieder wachsen und macht dazu ein Geräusch wie ein anfahrendes Moped. Und mir fällt ein, daß die Betti erzählt hat, ihre Mutter habe vor langer, langer Zeit einmal einen 2 CV gewonnen. Und ich habe es nicht geglaubt.

Auch im Wohnzimmer war alles abgedunkelt. Über einem großen Bild hing ein schwarzes Fransentuch, sicher war darunter wieder die Schönheitskönigin.

Sollen wirs lüften, fragte der Bursch übermütig. Immer war es noch dunkel, ein schwacher Schein vom Flur kam durch die Tür. Ich warne Dich, auf diesem Bild ist die Schönheitskönigin nackt und naß und schaumig.

Quatsch, sagte jemand, es ist eine Wüste auf dem Bild,

darum hängt das Fransentuch drüber, wer will freiwillig bei Tag und Nacht eine Wüste neben sich haben.
Wir schauen Video, hat der Bursch gesagt.
Da habe ich die gesehen, die Quatsch gesagt hat. Auf dem breiten Bett lag ein Mädchen mit ebenfalls lackschwarz gefärbten Haaren. Ihren Kopf habe ich gesehen. Sonst war sie zugedeckt. Sie hat ein grantiges Gesicht gehabt.
Das ist die Tschäin, hat der Bursch gesagt, die Schwester von deiner Betti und gleichzeitig mein Augapfel, schlürf, schlürf. Und ich bin der Tarzan, hat er geschrien und einen Schrei abgelassen und ist in das Bett hineingehechtet.
Hallo, hat die Tschäin gesagt, du siehst aus wie die Hälfte von der Betti, so richtig schön dünn.
Der Hund ist wie eine verstrampelte Decke am Fußende des Betts gelegen.
Störts dich, wenn wir dich so stehen lassen, hat der Bursch gesagt. Wir liegen gemütlich im Bett und schauen uns dabei ein Video an. Schau mit, wenn du Lust hast. Kannst was lernen. Kameraführung und so. Die Betti wird gleich kommen, die ist zum Bier- und Luftholen.
Ich habe mir gedacht, die Betti ist krank, habe ich leise gesagt, und trotzdem hat meine Stimme gescheppert.
Ja, irgendwie ist sie wohl krank, hat die Tschäin gesagt, aber nicht so sehr, daß sie uns kein Bier holen kann.
Sie haben eine Zigarette von Hand gedreht und sich beim Rauchen abgewechselt.
Im Fernseher hat ein blonder Mann, der nichts weiter als einen Slip trug, einer blonden Frau, die einen Slip und einen BH trug und ähnlich ausgesehen hat wie die Schönheitskönigin auf den Bildern im Flur, die Ohren

abgeschnitten mit zwei flinken Hieben und auf einen Goldrandteller gelegt, ihr die Augen herausgebohrt mit einer Speiseeisschaufel, die sind in seiner Hand auf- und abgehüpft, das gibts eigentlich nicht, Augen leben ja nicht von allein. Die Schönheitskönigin hat laut gestöhnt, ist aber stehengeblieben, hat nicht versucht zu fliehen, hat auch nicht gebrüllt vor Schmerz, ihr Mund hat eine Form gehabt, die so aussah, als würde sie das alles freiwillig mit sich machen lassen. Ich habe den Kopf weggedreht und in die Schwärze von dem Zimmer geschaut, und das war noch schlimmer, es hätte dort leicht gleich etwas Ähnliches passieren können, über meinem Scheitel kreist der Unglückshühnervogel. Heilige Muttergottes, wie war das, als sie deinem Jesus überall die brutalen Nägel hineingehauen haben? Der hat es eigentlich auch freiwillig tun lassen, nicht wahr? Und jetzt habe ich wieder hinschauen müssen, denn ein Wort, das gar nicht aufhörte, kam aus dem Mund der Schönheitskönigin heraus wie an einem unsichtbaren Strick gezogen.

Wenn du nicht schauen willst, Lilli, schalt einfach aus!

Das hat die Tschäin gesagt. Ihre Stimme war diesmal sanft. Ich wußte nicht, was ich antworten sollte, mir ist kein Wort aus dem Mund herausgekommen, mit zwei Schritten hat der Mann den Slip und den BH vom Körper der Schönheitskönigin gefetzt, Scherben sind gefallen, eine Blutfahne hat sich aus einem Handgelenk geschwungen, der Kopf der Schönheitskönigin hing schief am Körper, und man konnte von unten einen Blick in das Innere des Kopfes werfen.

Nimm die Fernbedienung und schalt aus, wenn es dir zu schlimm ist, sagte die Tschäin. Die Fernbedienung liegt bei meinen Füßen, ich erreiche sie nicht, mir tut der Rücken weh.

Ich nahm die Fernbedienung und drückte darauf herum. Es tat sich nichts.

Mich stört der Film nicht, sagte ich.

Der Hund sprang vom Bett, jetzt stand die Betti im Zimmer. In Strümpfen. Danke, Betti. Einen Sechserpack Bier im Arm. Servus, sagte sie. Servus, sagte ich.

Der Mörder sprang an ihr hoch, und sie gab ihm einen Klaps. Er ist wieder auf seinen alten Platz getrottet, hat gegähnt und den Kopf auf die Pfoten gelegt und von unten herauf die Betti angeschaut, als wäre sie sein Schatz. Die Betti ist unsere Sonne. Sie trug ein langes T-Shirt mit englischer Aufschrift. Das trägt sie immer, damit man nicht sieht, wieviel Speck sie hat. Arme Betti, zwei Freunde nur, den Mörder und mich.

Das ist echt stark, daß du mich besuchen kommst, Lilli, wie mich das freut, das freut mich wahnsinnig. Ich sollte eigentlich krank sein. Zwischendurch habe ich für die zwei Faulen weg müssen. Es hat mich keiner gesehen, ich war grad nur oben in der *Krone*.

Sie hat den Sechserpack mit dem Bier ans Bett von der Tschäin und dem Bursch gestellt. Komm, wir gehen in die Küche, hat sie gesagt. Vor dem Hund brauchst du dich nicht zu fürchten. Er gehört den beiden. Sie behaupten, er ist abgerichtet.

Restgeld, hat der Bursch geschrien, und die Betti hat zurückgeschrien, gibt keins, hab Schaumrollen gekauft und bereits versenkt, und die Tschäin hat geschrien, Freßsack, elender!

Wir sind in die Küche gegangen. Die war ebenfalls schwarz. Schwarz tapeziert. Und voll, es ist nicht zu sagen, am Tisch war überhaupt kein Platz für irgend etwas, Teller und Tassen und Gläser und Papiertüten vom Bäcker, in die man hineinschauen und alte Semmeln sehen konnte, und gestunken hat es, sauer und muffig und scharf angebrannt, und aus den Schubladen heraus verfault, am Boden sind mindestens fünf Hundenäpfe gestanden, und Milchtüten sind in einer Ecke gelegen, einfach so übereinandergeworfen wie Briketts, ein ganzer Haufen, das ist mir als erstes aufgefallen. Der Herd hat eine Kruste gehabt, der Boden hat gepickt, wo man hingetreten ist. Mich hat es gegraust, zwei Stühle, und auf einen muß ich drauf, und einer so grausig wie der andere, wie kann ein Mensch in so einer Küche so dick werden. Aber ein Fenster mit einer Aussicht, so wunderschön, eine Trauerweide.

Wie heißt der Hund, habe ich gefragt?

Er hat keinen Namen, sagte Betti. Er heißt einfach Hund.

Weil ich zuerst nur den Schmutz und die Unordnung gesehen habe, habe ich gar nicht weiter herumgeschaut. Auch im Dreck ist alles verschieden. Da war nämlich eine Wand voll kleiner Fotografien, wieder von der Schönheitskönigin, nicht sie allein war auf den Bildern zu sehen, wie draußen im Flur, hier zeigte sie sich zusammen mit anderen Schönheitsköniginnen, stehend und sitzend, in Badeanzügen und in Dirndln. Die Bilder waren unter rahmlose Gläser gepreßt, die stumpf und schlierig aussahen und gelblich, jedenfalls die nahe beim Herd. Unter jedem Bild war ein Zettel mit einer Stecknadel an die Wand geheftet, darauf stand in gestochener, rechtsschräger Handschrift: *Norma mit...* und die Namen der anderen abgebildeten Frauen und ein Bindestrich und eine Jahreszahl. Auf keinem einzigen Bild habe ich einen Mann gesehen, keine Kinder waren dabei, keine Tiere und keine Pflanzen, keine Gestirne, weder die Sonne noch der Mond, kein Wasser. Ausschließlich Frauen mit Gegenständen. Autos, Vorhänge, Barhocker, Strohballen, Glitzerlampen, Pferdesättel, Samttreppen. Und wenn man ganz genau sein will, muß man sogar sagen: Es waren eigentlich nur weiße Zähne in Lachmündern mit Frauen und Gegenständen rundherum.

Soll ich dir ein Geheimnis sagen, hat die Betti gefragt. Ich bin nicht scharf auf Geheimnisse, seit das mit der Elvira passiert ist, und deshalb habe ich nichts geantwortet, vor allem, weil ich gefaßt darauf war, daß mich Betti sicher hinterher drängt, ihr nun mein Geheimnis zu sagen, sie ist nämlich davon überzeugt, daß ich eines habe. Daß ihr genau das an mir gefalle, hat sie einmal gesagt, daß ich so geheimnisvoll bin. Mir gefallen meine Geheimnisse nicht im geringsten.

Betti sagte: Meine Mutter heißt gar nicht Norma, meine Mutter heißt Hildegard, kannst du dir das vorstellen?

So schlimm ist das doch nicht, sagte ich.

Als sie Schönheitskönigin geworden ist, sagte Betti, hat sie sich Norma genannt, sofort, noch am selben Abend, das hat sie sich vorher geschworen. Wenn ich gewinne, heiße ich Norma. Und am nächsten Tag ist sie zur Gemeinde und hat einen Antrag abgeholt auf Namensänderung oder so, aber entweder hat sie sich so ungeschickt angestellt oder wieder irgend etwas verschlampt, es ist jedenfalls nicht anerkannt worden, daß sie Norma heißt, drum hat sie sich einfach so Norma genannt und sich einfach überall als Norma vorgestellt, und ich und die Tschäin mußten schwören, daß wir immer sagen, unsere Mutter heißt natürlich Norma, wie sonst, nämlich nach der Marilyn Monroe, die kennst du sicher, die weißblonde Nudel, die überall auf Postkarten und Posters drauf ist. Und Norma drum, weil die MM eigentlich Norma und nicht Marilyn geheißen hat. Sehen sich tupfenähnlich die beiden, findest du nicht? Ich finde es nämlich nicht.

Ich kenne mich nicht so aus, sagte ich.

Wollen wir nicht in dein Zimmer gehen und mit dem Arbeiten anfangen, habe ich gefragt und die Schulbücher ausgepackt und gleich wieder hineingesteckt in die Schultasche, ohne sie mit irgend etwas in Berührung kommen zu lassen.

Phh, mir wird schlecht, wenn ich das alles sehe, das schaffe ich nie, hat die Betti gedampft. Dabei hat sie ja noch gar nichts gesehen. Und wozu, bitte, brauche ich Geographie und Englisch und Mathematik, es dauert sowieso nicht lange, und ich habe mich totgefressen, das würde mich berühmt machen, sag das dem Klassenlehrer, ihn würde das ebenfalls berühmt machen: Der berühmte Lehrer der berühmten Schülerin, die geplatzt ist. Die Tschäin will mich dabei auf Video aufnehmen.

Du schaffst es, habe ich gesagt und ihr Mut zugenickt und bin aufgestanden.

Ach, wenn ich nur halb so viel Lust zum Lernen wie zum Essen hätte, wäre ich Klassenbeste, hat die Betti getan, als ob sie jammert. Damit ich nicht merken soll, daß sie wirklich knapp vor dem Jammern steht. Sie plapperte nach. Das wußte ich. Wenn man in deinem Bauch Kohle abbauen könnte und so weiter. Ähnliches ist sicher schon oft zu ihr gesagt worden.

Mir ist bei jedem Augenzumachen das Bild mit den abgeschnittenen Ohren und den hüpfenden Augen auf dem Teller dagestanden und das Bild von der Frau, die das alles selber mit sich gemacht haben wollte, und ich habe zu Betti gesagt, daß ich das grauenhaft finde und mich nicht mehr durch das Wohnzimmer hindurchtraue.

Das Schrecklichste hast du gar nicht gesehen, hat die Betti gekichert, nämlich der Mann, der nichts weiter als den Slip anhat, der öffnet der Frau gegen Schluß noch die Schädeldecke mit einer Black & Decker und reißt ihr mit seiner Krallhand das Hirn heraus, das die längste Zeit nicht herausgehen will und an so Fäden dranhängt wie Kässpätzle. Das sieht aus, als wäre das Hirn des Menschen mit Kaugummi in den Schädel hineingepickt. Und dann nimmt der Mann mit dem Slip drei Pfannen aus dem Kasten, eine für die Augen, die hüpfen drin, und eines fällt auf den Teppich und hüpft, und er hat Mühe es aufzuheben, mit der Gabel ist er hinter dem Ding her, eine andere Pfanne braucht er für das Hirn und die dritte für die Ohren, dann stellt er die Pfannen auf den Herd, schön aufpassen, daß nichts anbrennt, er begießt die Schweinerei mit Whisky und flambiert das Ganze, Serviette um den Hals, Mahlzeit.

Hör auf, Betti, mir wird ganz anders, habe ich gesagt.

Das ist ein Quadratscheiß, hat die Betti gesagt, wer brät Körperteile und verspeist sie, das gibts doch nicht! Laß dir das doch nicht einreden! Außerdem, wenn du halbwegs genau hinschaust, kannst du sehen, daß das Hirn aus Schaumgummi ist. Hast du gedacht, die machen einen Film mit einem richtigen Hirn?

Und die Augen, habe ich gefragt.

So irgendwelche Bälle, die kennst du, kannst du beim Lolly-Bolly kaufen, zehn Stück zwanzig Schilling, und angemalt, fertig, nehme ich an.

Aber wie macht man das, daß es so aussieht?

Die kennen sich halt aus. Profis. Vollprofis. Ein Quadratscheiß ist das.

Mein Knie hat gezittert und ist auf- und abgeschnappt. Da hat sie mich auf ihren Schoß genommen und geschaukelt wie ein Baby. 's ist alles nicht wahr, hat sie gesungen, 's ist alles nicht wahr. Wie sitzt es sich auf meinem Bauchspeck?

Sollen wir jetzt endlich lernen, habe ich gefragt, und mir die Augen ausgewischt, ich habe nämlich, während die Betti mir vorgesungen hat, ein bißchen weinen müssen.

Gut, von mir aus, lernen wir, sagte sie. Vorher können wir quatschen, ich koch uns etwas, wir essen gemütlich und lernen gemütlich. Bald kommt die Mama von der Arbeit, die hat es nicht gern, wenn ich vor ihren Augen esse. Also muß ich vorher essen.

Was arbeitet deine Mutter, fragte ich, weil ich mir gar nicht vorstellen konnte, was Schönheitsköniginnen für Tätigkeiten ausüben.

Oje, die Quetschfrage, sagte sie. Meine Mama ist in einem Fitnesstudio beschäftigt, als Empfangsdame, behauptet sie, macht in Wahrheit alles, vom Putzen bis Vorturnen. Sie spannt die Kunden in die Maschinen ein, und die Maschinen tun mit der Kundschaft etwas, was der Kundschaft guttut. So verlieren die Kunden an Gewicht und kriegen Muskeln. Mich will sie auch einspannen in so eine Maschine, in die Wankelmaschine zum Beispiel. Das ist so ein Gurt um deinen Bauch, ein breiter Gurt, und wenn die Maschine eingeschaltet wird, watscht der Gurt deinen Bauch ab, eine Viertelstunde lang oder eine halbe, wenn's nötig ist. Bei mir würde es wahrscheinlich eine Stunde lang gehen. Der patscht am Bauch herum, bis der freiwillig kleiner wird oder so. So etwas will ich nicht. Meinen Bauch werde ich verteidigen. Die Maschine für mich gibt es noch nicht. Mein Bauch fordert Erfindungsgeist. Für mich stell ich mir einen großen Fleischwolf vor, so groß wie eine Zementmischmaschine, größer noch, in die stopft man mich oben nackig und frisch gebadet hinein, und unten komme ich wieder heraus, als eine einzige Wurst oder als hundert Würste, wie man die Maschine halt einstellt, je nach Bedarf, oder in einzelnen Batzen, die automatisch zu Hamburgern zusammengeboxt werden, Betti rot weiß, mit Ketchup und Mayo. Das laß ich nicht zu. Keine Maschine laß ich an mich heran. Meinen Speck brauche ich als Reserve. Ich sage nur eines: Afrika. Afrika. Afrika. Schau dir einmal die Vinka an. Als die aus Sarajewo gekommen ist, war sie Haut und Knochen.

Die Vinka geht probeweise in unsere Klasse, es ist ein Schulversuch. Sie sitzt hinten, und der Lehrer lernt mit ihr Deutsch, wenn wir anderen Stillbeschäftigung halten, das ist sehr angenehm.

Betti sagte: Was glaubst du, wie lange reicht meine Fleischreserve? Dabei hat sie den Bauch hin- und hergeschoben. Für einen Monat, denke ich mir, bin ich gerüstet, was meinst du, Lilli?

Keine Ahnung, sagte ich, ich habe noch nie über Fleischreserven nachgedacht.

Ich ja. Was denkst du denn, was ich in Afrika brauche!

Geh nicht nach Afrika!

Was willst du?

Ich würde an deiner Stelle nicht nach Afrika gehen, Betti.

Hast du denn wirklich geglaubt, ich will wirklich nach Afrika gehen?

Nein, das habe ich nicht geglaubt.

Ich habe es geglaubt. Meine größte Angst ist, mich zu blamieren, und obwohl die Betti keine Freunde hat außer mir und dem Hund, habe ich trotzdem Angst, mich vor ihr zu blamieren.

Wundere dich bitte nicht, wenn die Mama nach Hause kommt, sagte sie. Wundere dich nicht, wenn sie als erstes sofort auf ihr Fitneßruderboot steigt und zum Rudern anfängt ohne ein Wort, das ist nämlich so ein Gelöbnis oder so etwas, was sie abgelegt hat.

Warum spannt sie sich nicht selbst bei ihrer Arbeit ein in dem Studio und macht zu Hause Feierabend, habe ich gefragt.

Sie will ja nicht abnehmen, meine Mama, sie will für die Brust, die Schultern und den Bauch etwas tun, verstehst du? Ich verstehe es genausowenig.

Sie wird es wissen, sagte ich.

Man möchte es glauben.

Ist sie nett?

Doch, sehr. Wenn sie rudert, wundere dich also nicht, spricht sie kein Wort. Sie ist nett. Doch, sehr. Ich kann froh sein, daß ich sie habe. Wenn sie einen Herzinfarkt kriegen würde zum Beispiel, was ja jederzeit passieren kann, wenn man so übertrieben rudert, in letzter Zeit ist mir aufgefallen, daß sie blaue Lippen kriegt, das ist ein sicheres Zeichen, daß etwas mit dem Herz nicht stimmt, dann werde ich mit ziemlicher Sicherheit der Tschäin übergeben, und dann habe ich nichts mehr zu lachen, dann, das schwöre ich, esse ich, bis ich platze, das habe ich der Tschäin prophezeit, und sie hat gesagt, wunderbar, ich soll es ihr rechtzeitig mitteilen, wann es soweit ist, sie holt die Videokamera, mit solchen realistischen Hard-Core-Videos kann man ein Schweinegeld machen. Ich sage es ihr aber vorher nicht, weil ich nämlich sowieso etwas anderes vermute, weißt du was?

Nein.

Daß mich die Tschäin eiskalt verhungern läßt. Sie selber braucht ja nichts außer Joghurt. Die Mama und ich haben viel Kummer mit der Tschäin, weil sie wieder arbeitslos ist. Die Mama setzt große Hoffnungen in ihren Freund, in den da. Der ist nämlich geschäftstüchtig. Der hat immer irgend etwas an der Hand.

Was macht der denn, habe ich gefragt.

Eigentlich alles, hat Betti gesagt. Geschäftchen, Zeug von der Schweiz herüber oder so. Zur Zeit will er die Mama überreden, daß sie ihren Chef überredet, einen Raum für Aromabehandlung zu machen, in ihrem Studio, wo sowieso schon alles vollsteht, du machst dir keine Vorstellung, wie das manchmal stinkt dort. Weißt du, da hat man so Fläschchen mit Duftwasser, und riecht daran, das kostet was, und man wird putzgesund. Ohne jede Tablette.

Wenn man was hat, habe ich gefragt.

Was meinst du?

Gegen welche Krankheiten?

Alle.

Alle?

Es gibt gegen alle Krankheiten einen bestimmten Geruch. Man muß nur wissen, welcher Geruch für welche Krankheit ist. Man muß sich auskennen. Das ist das Geheimnis. Mehr steckt nicht dahinter.

Und der Freund von der Tschäin kennt sich aus?

Der Freund von der Tschäin hat eine Bekannte, die

kennt sich aus, der ist der Laden verreckt. Und die hat so Zeug verkauft. Und jetzt gäbe sie die Fläschchen ganz billig ab. Massen von Fläschchen mit allen Düften und eine Liste dazu, welche Düfte bei welchen Krankheiten nützen. Ob auch Scheißeduft dabei ist, habe ich den Freund von der Tschäin gefragt. Prr, Lilli, und wundre dich nicht, daß meine Mama so braun ist. Sie setzt sich nämlich in das Bräunungsstudio, so etwas haben die dort. Immer wenn gerade ein Kunde in einer Maschine steckt und kein neuer Kunde kommt oder wenn alle Maschinen besetzt sind, legt sie sich unter die Höhensonne, und deshalb sieht sie braunrot aus. Rothaut, sagt die Tschäin.

Aus dem Zimmer, in dem die beiden lagen, war ein langgezogener Heulton zu hören. Das ist das Hirn, sagte Betti, so ein Quadratscheiß!

Kennst du eine Krankheit, bei der man sich überall kratzt, fragte ich.

Krätze?

Ich weiß nicht.

Die habe ich schon gehabt. Da kriegt man Salbe zwischen die Finger geschmiert und überall sonst. Mehrmals täglich muß man sich mit dieser Salbe behandeln.

Das hätte man sicher auch mit einem Geruch behandeln können, oder?

Wahrscheinlich. Mampf, mampf, Lilli, jetzt an die Eier und den Speck, hat die Betti gesagt und einen Kreis auf ihrem Bauch gerieben. Magst du Eier mit Speck? Eine amerikanische Spezialität. Das essen die beim Frühstück. Ich zeige dir, wie das mit dem Speck geht. Kein Flöckchen Fett dazu, weil der Speck an sich Fett hat. Nichts weiter als: ab mit dem Speck in die Pfanne, warten, wenden, warten, wenden, fressen. Ist das ein Leben, ha?

Das ausgelassene Fett stank und rauchte, und der Rauch drehte sich zur Küchentür hinaus, und der Freund von der Tschäin hat aus dem Wohnzimmer geschrien: Hilfe, das Haus wird ausgeräuchert, man will uns töten und selchen, Hilfe! Und die Tschäin hat gebrüllt, daß es ihr die Stimme überschlagen hat: Hör auf zu fressen, du fett gemästete Sau!

Der Betti war das gleich.

Mir ist nicht gut, sagte ich, ich muß sofort vors Haus.

Das war der Betti nicht mehr gleich. Draußen sagte sie: Ich habe gedacht, daß du zu mir hilfst.

Man kann nichts dafür, wenn es einem tatschartig schlecht wird, habe ich gesagt, und damit sie nicht ganz beleidigt ist, habe ich behauptet, daß es nicht der Speck und die Eier waren, sondern der Film, der immer wieder vor meinen Augen steht. Was nicht gelogen ist.

Der Quardratscheiß?

Darf ich hier draußen warten, bis deine Mama kommt und mir die Unterschrift gibt?

Und lernen?

Ich kann da nicht mehr hinein, sagte ich. Und das war die volle Wahrheit. Hoffentlich habe ich jetzt nicht drei Feindinnen – die Elvira, die Handarbeitslehrerin und jetzt noch die Betti. Betti hat mir die Schultasche geholt. Ich habe das als ein gutes Zeichen verstanden.

Ich kann dir gleich verraten, hat die Betti gesagt, daß ich zu Hause bin und nicht in die Schule gehe, hat nichts mit mir zu tun, ich bin pumperlgsund.

Ich habe vor der Haustür auf ihre Mutter gewartet. Es war kalt und still. Wenn uns die Natur besser angezogen hätte, für mich wäre es kein Problem gewesen, nie wieder ein Haus zu betreten. Im Winter wäre ich sogar lieber draußen geblieben als im Sommer. Ich will nach keinem Haus riechen, nach keinem. Ich will auch nicht nach der Wohnung von der Rut riechen, obwohl die Rut mit keinem Menschen in meinem Leben zu vergleichen ist. Ihre Wohnung ist die beste Wohnung, ich möchte trotzdem nicht danach riechen. Wenn es auf dem Schloßberg eine Höhle gäbe und wenn mir heute noch, sofort auf der Stelle, ein Fell wachsen würde, ich wäre glücklich und würde tun, was daraus folgt. Jedoch die Erfüllung dieses Wunsches laut, halblaut oder still vom Himmel zu erbitten, habe ich mich nicht getraut, weil ich wußte, daß es ja eh nicht geschehen wird, weil es nicht geschehen kann, und ich enttäuscht wäre.

Mit Bettis Mutter habe ich vor dem Haus in der Kälte geredet, das heißt, sie hat mit mir geredet. Es war ihr recht, daß wir nicht hineingingen. Ihre blonden Haare waren zu einer Zwiebel auf dem Kopf gedreht. Sie hatte grüne Schatten über den Augen. Das Gesicht war tatsächlich braunrot. Sie trug einen glänzenden Anzug mit Neonstreifen an den Armen und an den Beinen. Ich erkannte nichts an ihr, sie hatte keine Ähnlichkeit mit der Schönheitskönigin. Mit meinem Rücken als Unterlage hat sie die Entschuldigung für den Klassenlehrer auf ein Blatt aus meinem Rechenheft geschrieben. Ohne lange nachzudenken und ohne im Schreiben innezuhalten. Hinterher hat sie das Blatt gefaltet und mir gegeben.

Was ich dir jetzt sage, Lilli, ist streng vertraulich. Die Betti ist mir zur Zeit eine große Hilfe. Wir haben Schwierigkeiten mit unserer Tschäin. Sie hat Zeug genommen, und ich habe ihr versprochen, daß ich sie zu keinem Arzt bringe, wenn sie mir verspricht, daß sie das Zeug nicht mehr nimmt. Das hat sie mir versprochen, und ich glaube ihr. Das Problem ist: Ich vertraue der Tschäin, dem Zeug vertraue ich nicht. Das macht sie immer noch an, das ist ja klar. Sie hat zwar den Freund jetzt, wir wissen eigentlich nichts über ihn, außer daß er alle möglichen Geschäfte macht und offensichtlich, was das Zeug betrifft, einen guten Einfluß auf sie hat. Er hat nämlich das Zeug früher selber genommen, jetzt nicht mehr. Er ist sogar striktest dagegen und redet auf sie ein, wenn sie schußgeil ist, was, o Gott, jeden Tag vorkommt. Er sagt, er kriegt sie auf die andere Seite. Das sagt er, und ich weiß, man braucht es ihm nicht zu glauben. Was soll ich anders tun, als ihm zu glauben. Man muß etwas glauben. Die beiden wollen heiraten und bei uns wohnen, und ich habe ja keine Zeit. Der Grund, Lilli, und sie hat meine Hand fest gedrückt und mir tief in die Augen geblickt, ihre Augenschminke war verschmiert, und das hat ausgesehen, als hätte sie wirklich großen Kummer, der Grund, Lilli, ist der, daß Betti die beiden einen Monat lang beobachten und mir berichten soll, was sie so tun. Ich kann dann besser entscheiden.

Ich bin wahrscheinlich mit offenem Mund dagestanden, das ist eine Unart von mir, wenn ich konzentriert zuhöre, geht mein Mund automatisch auf. Ich wollte fragen, was man dem Bursch und der Tschäin für eine Geschichte wegen dem Schulschwänzen erzählt hat. Ich habe mich nicht getraut.

Bettis Vater, hat sie weitererzählt, joggt manchmal am Haus vorbei, im Sommer kommt er bis vor die Tür, und ich gebe ihm eine Dose Isostar, ich muß jetzt hinein.

Übrigens war die Rut bei der Handarbeitslehrerin und hat ihr die Leviten gelesen. Was sie gesagt hat, weiß ich nicht. Sie hat ihr die Leviten gelesen. Das dürfte schlimm sein. Jedenfalls ist die Handarbeitslehrerin in einer Weise freundlich zu mir, daß es mir graust.

7

Schaufel

Es stand nur noch der Stamm mit einer himmeltraurigen Laubfahne hoch droben, an die sie mit ihrer Säge nicht drangekommen waren, erzählt Oskar. Die Äste hatten beim Herunterfallen Büsche und Zaun zusammengehauen, Zweige und Blätter waren über die Wiese und die Beete und die Straße verstreut, und die Männer haben inzwischen einen Haß gehabt, das war, als vorübergehend gar nichts weiterging, das Beste am Ganzen. Die Äste waren bereits zersägt und auf den Anhänger geladen worden. Der stand quer über die Straße und sperrte sie von der einen Seite ab. Vier Männer kämpften gegen die Birke. Zwei waren an dem Kran beschäftigt, der auf den Unimog montiert war. Einer von ihnen mußte die Hauptarbeit tun, in dem Eisenkorb hoch in der Luft ganz vorne an der Spitze des Kranarmes. Dieser Arbeiter hatte die Motorsäge und den größten Zorn. Sein Kollege dirigierte unten an drei Hebeln. Sie schrien sich Sachen herunter und hinauf, und es funktionierte alles zusammen nicht, vielleicht war etwas kaputt an den Hebeln, der Kranarm jedenfalls ruckte immer zu weit, entweder zu weit vor, dann haute es den Mann oben an den Stamm, dann war das ärgste Gebrüll, oder zu weit zurück, dann konnte er überhaupt nichts ausrichten. Die anderen beiden Männer standen auf der Wiese herum und schauten zu und hielten abwechselnd das Drahtseil fest, das an der Spitze der Birke festgehakt war. Vielleicht gehörten diese beiden gar nicht zu den Arbeitern, sondern standen nur so da und hielten nur so das Seil fest, weil man sie gefragt hatte, ob sie vielleicht so gut wären, wenn sie Zeit hätten, und sie hatten Zeit und waren so gut. Zum Fahrradgeschäft hin war die Straße mit rot-weißen Plastikstreifen abgesperrt, und weiter vorne an der Kreuzung war ein Umleitungsschild aufgestellt worden, trotzdem kamen immer wieder Autos. Die mußten umkehren. Das Interessanteste war der Mann mit der Motorsäge, den kannte ich, den Rothaarigen, vom Sehen im Supermarkt, der kauft wie ich immer Leberkässemmeln. Die Säge muß sehr schwer gewesen sein, die ganze Zeit tuckerte sie vor sich hin, der Mann sah ziemlich stark aus, trotzdem blieb ihm nichts anderes übrig, als sie bei der Arbeit mit beiden Händen zu halten, für eine Hand war sie einfach zu schwer. Immer wieder nahm er einen Anlauf, und das ging jedesmal so vor sich: Er ließ einen Schrei ab, damit der unten bei den Hebeln Ruhe geben sollte, und wartete, bis der Korb nicht mehr wackelte, hob die Säge erst mit einer Hand, ließ vorsichtig das niedere Geländer los und faßte mit der zweiten Hand nach und wartete wieder einen Moment. Wir hörten, wie der Motor von der Säge aufheulte, die Sägekette berührte ganz kurz den Baum mit ihren brutalen Zähnen, der Korb wackelte, und der Mann mußte sich wieder am Geländer festhalten, und die Säge tuckerte wieder harmlos, und er fluchte herunter, als ob der Kollege unten, der wirklich überhaupt nichts getan hatte, schuld gewesen wäre. In der Mitte des Baumstammes sah ich einen Schnitt. Der war eher ein breiter Kratzer und mehr nicht.

Zuerst haben sie in dieser Art weitergearbeitet. Schließlich haben sie es eingesehen und aufgegeben.

Ziemlich viel Leute schauten ringsum zu und machten inzwischen Witze. Der Mann, der zehn Meter hoch stand, hat sich einfach nicht getraut, das war der Grund, mir hat er leid getan.

Aus einem Nachbarhaus rief eine Frau: He! Weil einer der Zuschauer fast in ihre Blumen getreten wäre.

Siehst du überhaupt etwas, hat mich ein Lulatsch gefragt, der eine Kapuze über den Kopf gezogen hatte, und ich habe deutlich, Ja, mehr als genug, gesagt, weil mir das grad noch gefehlt hätte, bei jemandem auf den Schultern zu hocken, und wenn es mir nicht mehr paßt, sagen zu müssen, darf ich bitte herunter, und er fragt, warum denn, und ich muß sagen, weil ich nach Hause will, und in Wirklichkeit will ich gar nicht nach Hause, sondern einfach nur herunter, muß aber dann gehen und sehe das Ende nicht.

Schließlich ist man ganz anders vorgegangen, das hat nämlich so keinen Sinn gehabt. Der Mann auf dem Kran hat das Drahtseil, das ganz oben aus der Birke herunterhing, vorne am Kran festgehakt und ist gefährlich am Kranbalken entlang heruntergeklettert, und von unten haben sie zu ihm hinaufgeschrien: Paß auf, paß auf, bist du wahnsinnig! Ganz kurz hat er fast den Griff verloren, das waren mulmige Sekunden, Menschenskind. Als er unten war, er war eindeutig der Chef von den Arbeitern, tat er so, als wär es nichts Besonderes gewesen, und schickte die Zuschauer weiter zurück. Vorsicht, Vorsicht, hat er gerufen, bitte, zurücktreten! Mir konnte er nichts vormachen, ich habe nämlich genau gesehen, daß er oben Angst gehabt hat, daß er sich nicht getraut hat, mit der Motorsäge mitten in den Baum hineinzufahren. Der hätte nämlich auseinanderbrechen und ihn von dort oben herunterhauen können. Und um uns unten zu zeigen, daß er keine Angst hat, ist der Mann über den Kran heruntergeklettert, was sicher wahnsinnig gefährlich ist, obwohl nicht ganz so gefährlich wie das andere. Niemand von unten hätte sich getraut, so hoch oben mit einer Motorsäge zu arbeiten, er hätte sich also nicht zu schämen brauchen. Er hat sich geschämt. Was war mit der Motorsäge, die hat er oben gelassen, wahrscheinlich fürchtete er sich vor der Säge mehr als vor dem Baum. Das kann ich verstehen. Er stieg in den bulligen, kleinen Lastwagen und fuhr den Laster, der unheimlich stark war, ganz langsam ein Stückchen vor, von der Birke weg. Er lehnte sich aus dem Fenster und brüllte herum in alle Richtungen. Gleichzeitig hat sein Kollege hinten an den Hebeln herumgemacht, damit der Kran oben an dem Baum reißt, und das hat der Kran getan, als wär er lebendig und hätte denselben Haß wie der Chef. Das Seil spannte sich gerade wie ein Bleistiftstrich. Der Kran war unheimlich stark. Er hat gezerrt und gedreht mit aller Kraft, hin und her und hin und her und auf und ab dazu. Den Unimog hat es gebeutelt. Die Birke hielt sich im Prinzip gerade. Das heißt, oben hat sie sich gebogen, der Stamm unten blieb gerade wie ein Einser. Nur hat er geächzt und gestöhnt. Ich habe mich gefragt, was das wohl kostet. Wer das wohl zahlt, habe ich mich gefragt, wo doch die alte Frau Grabher, der der Baum gehört hat, jetzt tot ist. Ich habe drauf gewartet, daß die Motorsäge aus dem Korb an der Spitze des Krans fällt.

Ich hätte längst heim müssen zum Mittagessen, daß Anschnauze fällig wird, habe ich gewußt. Es war so spannend. Auf jeden Fall wollte ich erleben, wie der Baum ausgerupft wird, wie er fällt, das wollte ich noch sehen. Ich glaubte nicht, daß er fällt, ich glaubte eher, daß er ausgerupft wird. Das wollte ich unbedingt sehen. Die Turnlehrerin würde dafür kein Verständnis haben, ihr Mann schon, der muß, als Biologielehrer muß er. Ich nahm mir vor, die Geschichte mit der Birke so zu erzählen, daß die beiden den besten Eindruck bekommen, von mir nämlich, meine ich. Ich werde sagen, bei den Bäumen ist es so wie bei den Tieren, vor allem bei den Schweinen, wenn sie zum Beispiel von Norddeutschland nach Italien gebracht werden, natürlich ist es nicht genauso bei den Bäumen, aber so ähnlich ist es. Die Lehrerleute werden denken, ich habe bei ihnen aufgepaßt und unter ihrem Dach etwas gelernt. Habe ich ja. Sie haben gern das Gefühl, daß es so ist. Und ich mache ihnen das Gefühl gern. So haben wir alle etwas davon. Sie haben ein gutes Gefühl, weil sie mir etwas beigebracht haben und nicht alles umsonst war, und ich habe gesehen, wie die Birke ausgerissen worden ist, das ist auch ein gutes Gefühl.

Schließlich ist der obere Teil der Birke abgebrochen und hing wie eine Krawatte an dem nackten Stamm herunter. Jetzt war natürlich alles leicht. Der Chef traute sich jetzt wieder auf den Kran, und Stück für Stück schnitt er den Rest von dem elenden Baum zusammen. Und er hat gar keinen Zorn mehr gehabt. Das hat alles miteinander vierzig Minuten gedauert. Ich weiß das deshalb so genau, weil man, als der Baum weg war, auf einmal die Kirchturmuhr sehen konnte. Ein Vorteil wenigstens war das.

Ich bin gerannt. Mein Schulweg dauert über eine halbe Stunde. Theo wohnt in meiner Nähe. Der ist langsam gegangen, weil er beim Rennen Seitenstechen kriegt. Bei ihm macht das nichts aus, wenn er zu spät kommt.

Daheim kocht seine schöne Schwester, und die kann gar nicht schimpfen, behauptet der Theo. Die kann nicht anders als nett sein, sagt er. Ach ja, das habe ich vergessen, ich war mit dem Theo zusammen, als die Birke weggemacht wurde. Theo und Daniel sind meine Freunde. Der Daniel ist vorher gegangen, weil bei dem setzts gleich was. Sie wollen, daß ich ihr Freund bin. Ich sage: Meinetwegen. Sein müssen tut es nicht. Interessanter ist der Daniel. Er weiß viel. Ihn interessiert am meisten der Adolf Hitler. Er weiß fast alles über ihn. Der war ein Hundling, sagt er. Mich interessiert das genauso.

Vor dem Haus am Holderbaum stand ein Sanitäterwagen. Ich bin reingerannt, weil das nur mit der Erika zu tun haben konnte.
Da waren zwei weißgekleidete Sanitäter, die waren grad dabei, die Erika auf einer Bahre in ihr Zimmer zu tragen. Die Turnlehrerin ist mit Erikas Kopfkissen am Kopfende von Erikas Bett gestanden und hat wie bei einem Start darauf gewartet, daß Erikas Kopf sich der Matratze nähert. Sie hat schnell das Kissen hingelegt, und die Sanitäter haben Erikas Kopf draufgebettet, ein Sanitäter war bei den Armen, der andere bei den Beinen im Einsatz. Ich habe das Gesicht von der Erika zuerst gar nicht sehen können, als sie auf der Bahre lag. Ihre Wollsocken habe ich sehen können. Jetzt konnte ich ihr Gesicht sehen. Sie hat ein bißchen gezuckt, als sie die Matratze berührt hat. Aber viel weniger als früher, und ich dachte, zum Glück, jetzt ist sie endlich richtig eingestellt worden. Ihre Augen waren ganz gerade auf die Decke gerichtet. Ich habe meine Schultasche in die Ecke geworfen und bin zu ihr hingegangen und habe gesagt:

Jetzt bist du ja wieder bei uns, Erika.

Ich habe extra nicht gesagt, bei uns zu Hause, weil ein Zuhause ist es für die Erika genausowenig wie für mich. Sie hat ihre Hand von der Decke weggezittert, und hat sie mir auf den Arm gelegt, weiter ist sie nicht gekommen, außerdem hat die Hand dort nicht gehalten, sie ist abgerutscht an meinem Arm. O je, dachte ich, doch nicht richtig eingestellt.

Die Turnlehrerin ist mit den Sanitätern zum Zimmer hinaus, sie hat sich zu mir umgedreht und gesagt: Kümmer dich ein bißchen um die arme Oma, ich bin gleich wieder zurück.

Ich habe gehört, wie der Lehrer heimgekommen ist und wie sie vor der Tür verhandelt haben.

Die Erika hat wahnsinnig schlecht ausgesehen. So als hätte man ihr eine Schicht Fleisch unter der Haut entfernt. Eingefallen wie ein Totenkopf.

Ich bin über der Zeit, hat sie gesagt.

Ich habe nicht verstanden, was sie damit meint. Daß ich bei ihr bin, hat sie gefreut, sie hat mich mit den Augen fixiert. Die Augen sahen irgendwie, wie soll ich sagen, stechend und glasig aus, beides zugleich, stechend und glasig, einmal, als würde sie mich kennen, einmal, als würde sie mich nicht kennen. Der Blick hat sich mir bis ins Herz gebohrt. Das vergesse ich nie wieder, obwohl ich es will. Ich habe lieber ihre Hand angeschaut und ihren Hals und ihre Stirn, und habe ihre Augen ausgelassen, alles war mir vertraut, die Augen nicht. Vielleicht hat man in der Schweiz in diesem Krankenhaus die richtige Erika aus der Haut gezogen und eine fremde Frau hineingesteckt, die jetzt hinterlistig aus den Augenlöchern herausschaut und sich rasend schnell an die Umgebung gewöhnt, während die richtige

Erika immer noch richtig eingestellt wird, kann ja sein, daß man den Angehörigen einstweilen einen Ersatz schickt, damit sie nicht so ungeduldig werden, wahrscheinlich ist das allerdings nicht.

Die Sanitäter sind mit dem Sanitätswagen abgefahren, der Lehrer ist ans Bett von der Erika getreten und hat gesagt: Mama, ich bin froh, daß du wieder bei uns bist. Ich habe ihm das geglaubt. Er hat seine Mutter gern. Er ist kein Übertreiber.

Ich fragte die Erika, ob sie erstens weiß, wie ein Telefon funktioniert. Sie sagte, sie kennt keine einzige Frau, die davon eine Ahnung hat. Mit dem Reden ist es bei ihr viel schlechter geworden. In diesem Punkt kann man dem Schweizer Krankenhaus kein gutes Zeugnis ausstellen.

Ich habe die Erika noch gefragt, zweitens, ob sie weiß, wie lang die Zunge von einem Frosch ist. Wußte sie wieder nicht. Ich erklärte ihr, daß ein Frosch, wenn er eine Beute vor Augen hat, seine Zunge ausrollt wie einen Teppich, und schnapp, hat er die Beute und er rollt die Zunge wieder ein, und im Mund erst, bei geschlossenen Lippen, rollt er die Zunge wieder aus und verspeist die Beute. Zum Schluß fragte ich die Erika, wer der Adolf Hitler war, ob sie das wüßte. Gewaltverbrechen, sagte sie.

Die Turnlehrerin hat einstweilen das Essen ins Rohr gestellt. Komm ins Eßzimmer, sagte sie zu ihrem Mann, und du auch, Oskar, wir müssen etwas besprechen. Und du, Oma, hat sie zur Erika gesagt, schläfst ein bißchen. Ich löffle dir später die Suppe, jetzt schläfst du.

Im Eßzimmer erzählte die Turnlehrerin, daß die Sanitäter im Auftrag des Arztes folgendes mitgeteilt hätten, nämlich, daß an erster Stelle bei der Erika auf die Ernährung zu achten sei. Das Problem sei, daß sie die Essensaufnahme verweigert, und wenn sie das tue, müsse augenblicklich in der Klinik Bescheid gegeben werden. In diesem Fall tritt künstliche Ernährung auf den Plan. Sie will nichts essen, sagte der Arzt, und es soll vorgekommen sein, daß solche Leute verhungert sind.

Was ist künstliche Ernährung, fragte ich.

Die Turnlehrerin hat mich gemustert und gesagt: Ich habe sowieso das Gefühl, daß der Oskar der einzige ist, zu dem die Oma noch einen Draht hat, und deshalb trage ich dir jetzt auf, mein lieber, kluger Oskar, daß du darauf achtest, daß die Erika etwas in den Magen bekommt. Soweit ich mich erinnern kann, hast du dich sowieso einmal freiwillig bereit erklärt, sie zu füttern.

Hat niemand interessiert, sagte ich.

Oskar, Oskar, hat die Turnlehrerin gejammert, doch nur deshalb nicht, weil wir dich nicht überfordern wollten. Probiers einmal, und wenn es nicht klappt, denken wir uns eine andere Methode aus.

Meine Frage, was künstliche Ernährung ist, hat sie nicht beantwortet, weil sie es wahrscheinlich nicht hundertprozentig genau gewußt hat, und aus dem Rohr hat es gedampft. Es gab einen Gemüseauflauf, der von der großen Hitze auf die Hälfte niedergebrannt war. Es hat eklig bitter gerochen. Ich hasse Gemüseauflauf.

Die Turnlehrerin hat aus der Gemüseterrine zwei Schöpflöffel genommen, ließ sie in den Mixer plumpsen, dazu leerte sie zwei Tassen Wasser. Das hat sie gemixt, und das war die Suppe für die Erika. Der Lehrer wollte die Erika holen und an den Tisch setzen.

Dazu war sie natürlich noch viel zu schwach. Die Turnlehrerin drückte mir Erikas Suppenteller in die Hand, der Lehrer tauchte den Löffel ein. Nur Mut, sagte er und tätschelte mir dabei leicht auf die Schulter.

Die Erika hatte große Mühe beim Sprechen. In der einen Stunde, seit sie hier war, hat sich das verschlechtert. Ihre Augen jedenfalls waren wieder normal, das war mir das Wichtigste.

Ich konnte sie erst gar nicht verstehen. Ich stellte den Teller ab und legte meinen Kopf dicht an ihr Gesicht. Alles hat gezittert. Ich habe gleich mitgezittert. Was haben die mit ihr gemacht, frage ich mich! Zittern tut sie, sprechen kann sie schlechter, was soll da neu eingestellt worden sein! Erikas Hals roch wie Arznei, das ja.

So verstand ich, was sie mir sagen wollte: Oskar, tu mir einen Gefallen und schütt die Suppe ins Klo und komm wieder und sag, daß ich sie gegessen habe.

Ins Klo geht nicht, sagte ich, das würden die merken.

Ich schaute zum Fenster, und da ist mir die Idee mit dem Gummibaum gekommen. Ich kippte die Suppe in den Blumentopf und verteilte mit den Fingern die Erde darüber. Ich habe es nicht gut hingekriegt, an der Oberfläche war es immer noch grünlich weiß, weil das Suppenzeug so schlecht absickert. Ich hoffte, daß die Turnlehrerin nicht zum Fenster geht. Das ist ihre Angewohnheit, zu stöhnen, wie schlecht die Luft ist, jedesmal, wenn sie Erikas Zimmer betritt. Sie lüftet und fächelt mit den Fensterflügeln. Deshalb öffnete ich das Fenster von mir aus einen Spalt und habe der Turnlehrerin damit einen Gang abgenommen. Ich wischte meine Erdfinger an der Hose ab. Die Erika schaute mich so dankbar an, das werde ich nie vergessen, aber es war total übertrieben. Was für eine Dummheit einem in den Kopf kommen kann, wenn man aufgeregt und auf etwas Außergewöhnliches nicht gefaßt ist: das mit der fremden Person in der Haut von der Erika.

Sie hat gesagt: Oskar, du bist Gold wert, und beim Wort Gold hat sie mit einem Auge gezwinkert, das hatte garantiert etwas zu bedeuten. Und daß das etwas zu bedeuten hatte, habe ich bereits am selben Tag gemerkt.

Die Lehrerleute lobten mich ausführlich, daß ich das geschafft habe mit dem Suppe füttern. Sie, das spannte ich, wollte es ein bißchen so hindrehen, daß für sie selber etwas von dem Lob übrig war, daß es eigentlich ein Wunder sei, wie man mich hingekriegt hat, daß ich auf einmal so nett zu der Erika bin. Ein bißchen wollte sie es so hindrehen. Wer hätte das gedacht von unserem Oskar noch vor einem Monat, so ungefähr, den Lottoschein hat sie mir nie verziehen. Ich habe in meinem Essen herumgestochert. Ich muß wirklich sagen, es war scheußlich, hat scheußlich ausgesehen und genauso geschmeckt. Ihm hat es nicht geschmeckt, und ihr hat es nicht geschmeckt. Trotzdem haben wir alle so getan, als ob man es essen könnte. Ich bin überzeugt, beide haben darauf gewartet, daß ich etwas gegen die Suppe sage. Hätte ich etwas gesagt, ich wette, der Lehrer hätte mich unterstützt, er hätte die Hand seiner Frau gedrückt und gesagt, wäre ja ein Wunder an einem Tag, an dem so viel passiert, oder so etwas Ähnliches, und sie hätte weinen und aus dem Eßzimmer rennen können, und das Essen wäre für sie beendet gewesen. Ich habe gegessen.

Und weil die Lehrerleute mir jetzt besonders gut waren, meldete ich an, daß ich zu jedem Essen in Zukunft einen Hafen voll Wasser brauche, aus dem ich mindestens drei Gläser füllen kann. Das war kein Problem. Kaum hatte ich meinen Wunsch gesagt, stand schon eine Orangensaftflasche auf dem Tisch. Ausessen ist in diesem Haushalt Pflicht. Weil die armen Kinder auf der Welt verhungern, darf nichts auf unserem Teller bleiben. Gegessen habe ich. Sonst keiner. Der Lehrer und die Lehrerin taten beide so, als wollten sie gleich anfangen mit dem Essen und hätten erst noch etwas zu reden. Red erst aus, bevor du ißt. Iß erst aus, bevor du redest. Reden soll man in diesem Haushalt beim Essen nicht, man soll schweigend genießen. Ein guter Trick. Wenn man nicht essen will, muß man reden. Das Baby saß auf dem Schoß von der Turnlehrerin, und sein Latz war voll mit ausgespucktem Gemüseeintopf. Das Baby hat nichts in sich hineingelassen von dem Fraß.

Die Turnlehrerin sagte zu ihrem Mann: Ich bin am Nachmittag bei einem neuen Frauenarzt. Und daß der ausschließlich Privatpatienten nimmt. Sie haben lange darüber geredet. Er fragte, ob das denn wirklich sein muß, wo bisher der Kassenarzt genügt hat. Jetzt hatte sie ihren Grund zu heulen, und sie heulte und hat dabei den Unterarm vors Gesicht gehalten. Soviel ist dir meine Gesundheit wert, nämlich gar nichts, hat sie geschluchzt. Das Baby rutschte von ihrem Schoß und fiel auf den Boden. Es hat gebrüllt. Ich habs gehalten und bin mit ihm eine Weile unter dem Tisch sitzengeblieben. Das war wie ein Haus, und das Baby hat mir im Gesicht herumgeschleckt. Die Lehrerin verließ den Mittagstisch. Ich krieg keinen Bissen mehr hinunter, rief sie. Hat sie doch den richtigen Trick gefunden. Bravo. Der Lehrer räumte das Geschirr in den Spüler. Ich konnte sehen, wie er seinen Teller und ihren Teller in den Ökokübel geleert hat. Der einzige, der diesen Quatsch im Bauch hatte, war ich.

Das Baby bleibt bei Oskar, hörte ich sie draußen sagen, denn wie ich dich kenne, damit meinte sie ihren Mann, mußt du ja etwas für deine Naturbetrachtung tun.

Ich kann dableiben, wenn du es für nötig hältst, sagte der Lehrer.

Ich habe von unter dem Tisch heraus gerufen: Kein Problem. Ich mache das. Die Erika und das Baby. Dabei bin ich mir stark vorgekommen.

Die Turnlehrerin beruhigte sich rasch, während des Umziehens veränderte sie ihre Laune, sie trug ein Kleid, das ich nicht kannte, und Schuhe mit kurzen Stöckeln. Und sie war geschminkt, wie ich es nicht kannte. So schön war sie auf einmal, daß ich ihr alles verziehen habe. So ein roter, leichter Mund und Augenbrauen, schöne. Sie ist ausgetauscht worden, dachte ich, nicht die Erika, sie lächelt, wann hat die Lehrerin gelächelt, nie.

Toni! rief der Lehrer.

Ich erinnerte mich, daß sie Antonia hieß. Sie war sofort zur Tür hinaus. Es hat dabei leicht geflattert. Keinen zweiten Blick hat sie zur Erika hineingeworfen. Das wäre zuviel gewesen für ihre Nerven.

Der Lehrer hat nämlich die Angewohnheit entwickelt, daß er auf den Berg steigt. Er nimmt ein Notizbuch mit. Er macht das jeden Tag. Es hat keinen Sinn, wenn er es nicht jeden Tag macht. Das muß man einsehen. Es ist ein gezielter Versuch. Er schreibt jeden Tag auf, was sich in der Natur verändert hat seit gestern. Ein ganzes Jahr lang will er das durchhalten, ganz egal, wie das Wetter ist und am Ende will er vergleichen und einen Überblick bekommen. Er sagt, ein Problem ist für ihn, daß er, wenn er im Notizbuch schreiben will, immer stehen bleiben und das Notizbuch an einen Baumstamm legen muß, um zu schreiben, oder auf sein Knie, und dabei auf einem Bein stehen muß, was er nicht gut kann, und darum wackelt er, so daß die Schrift mitwackelt, und es ist zu befürchten, daß er sie im nächsten Jahr nicht mehr lesen kann und am Ende nicht vergleichen und keinen richtigen Überblick bekommt, und ein ganzes Jahr für die Katz war.

Jedenfalls ist es kein guter Zustand. Deshalb habe ich folgende Erfindung für ihn gemacht:

Erfindung für meinen Ziehvater:

Der Wanderstock

Er besteht aus einem Stab mit einem kleinen Brett darauf. Das Brett ist gerade auf die Stelle angenagelt, wo der Stock oben abgeschnitten ist. Über das Brettchen ist ein Gummi gespannt. Unter den Gummi kann man das Notizbuch klemmen. Es hält. Auch beim Gehen. Wenn man Notizen aufschreiben will, bleibt man stehen, befreit das Notizbuch vom Gummi, legt es auf das Brett und schreibt munter drauflos. So kann man locker beim Wandern Notizen machen. Außerdem ist ein Stab beim Wandern sowieso nützlich.

Der Lehrer hat mich sehr gelobt. Ein Wanderstehpult, sagte er. Kenne ich nicht, dieses Wort. Schreibstock, habe ich vorgeschlagen. Er will, glaub ich, lieber Wanderstehpult dazu sagen. Manchmal, bevor er losgeht, sagt er: Wo ist mein Wanderstehpult?

Diese Erfindung habe ich vor längerer Zeit gemacht.

Der Nachmittag hat sich gut eingeläutet, der Lehrer ist mit dem Wanderstehpult abmarschiert, das Baby ist sofort eingeschlafen mit dem Schnuller im Mund.

Die Erika hat mich an ihr Bett gewinkt und mir aufgetragen, ich soll das Telefonbuch holen.

Wollen wir nicht lieber Geld zählen, fragte ich.

Später, sagte sie.

Er kommt gleich vom Berg zurück, sagte ich.

Ich soll einen Notar anrufen, sagte sie. Was ist ein
Notar, habe ich gefragt. Das ist einer, der Geldge-
schäfte erledigt, hat sie gesagt. Ich bin erschrocken,
weil ich das eigentlich nicht wollte, daß fremde Menschen von unserem Geheimnis etwas wissen, und
warum brauchen wir einen Notar, um das Geld zu
zählen, das haben wir bis jetzt immer selber herge-
kriegt.

Warum, fragte ich.

Ich mag nicht mehr leben, sagte sie. Ich will sterben.

Das hast du schon einmal probiert, sagte ich.

Man kann jemanden mit dem Kissen ersticken, sagte
sie, man kann den elektrischen Heizofen ins Wasser
werfen, wenn einer im Bad liegt, man kann ihm giftige
Tabletten in seinem Essen auflösen. Du hast ein gutes
Gedächtnis, Oskar.

Mir ist eisig im Gesicht geworden, ihre Augen waren
jetzt wie von einer fremden Person und haben mich
nicht losgelassen, sie hat mich angeschaut, als würde sie
mich nicht kennen, und überlegen, was ich für einer
bin. Außerirdische kommen manchmal zu uns und
erforschen uns.

Schau ins Telefonbuch, sagte sie. Notar. N.

Unter Notar ist im Raum Dornbirn nichts gestanden.
Sie sagte, ich soll das Bezirksgericht Bregenz anrufen
und mich dort nach einem Notar erkundigen. Bei der
Gerichtsstelle war eine freundliche Frau am Apparat,
die nannte mir einen Notar in Dornbirn. Es gibt also

einen. Daß der nicht unter Notar im Telefonbuch steht, ist ein Fehler. Der Notar heißt wie unser Schulwart: Wohlgenannt. Diesen Notar Wohlgenannt habe ich antelefoniert. Dabei zog ich das Telefon an der langen Schnur zu Erika ans Bett.

Ich habe ein Papier geholt, die Erika sagte, ich sollte folgendes schreiben und beim Telefongespräch mit dem Notar vom Blatt lesen:

Ich bitte Sie in einer dringenden Erbschaftsangelegenheit in den Holderbaum 9 zu kommen. Je schneller, um so besser. Die Klientin ist bettlägrig und sprechbehindert.

Ich habe holprig abgelesen, besonders das Wort Klientin, weil ich es nicht kannte. Der Notar Wohlgenannt meinte wohl, einige Schüler erlauben sich einen Scherz. Er hat ins Telefon geflucht und aufgelegt. Ich rief wieder an und hielt diesmal der Erika das Telefon an den Mund. Sie sagte, so gut sie es konnte: Bitte, mein Enkel spricht für mich. Legen Sie jetzt nicht auf. Und hat noch zweimal Bitte! gerufen. Diesmal legte er nicht auf, und ich habe den ganzen Text noch einmal vom Blatt abgelesen. Diesmal konnte ich das Wort Klientin einwandfrei herausbringen.

Das hast du gut gemacht, Kleiner, sagte der Notar Wohlgenannt freundlich, ich bin in knapp einer Stunde bei euch, es geht mir entweder gleich oder erst übermorgen.

Lieber gleich, sagte ich, ohne bei Erika zurückzufragen, und erklärte ihm genau, wie er über die Autobahn zum Holderbaum kommt.

Nach einer halben Stunde stand er bereits an der Tür. Er sieht aus wie ein Ausländer. Hochgezwirbelte, schwarze Haare auf den Seiten und vorne ein breiter

Busch Haar, der einen runden Schatten auf die Stirn wirft.

Der Notar trug Anzug und Krawatte, und auf der Krawatte war ein Fettfleck. Oder vielleicht ein Schwitztropfen von seiner Stirn oder ein Spuckfleck.

Der Notar zog einen Papierblock aus der Tasche und ein Diktiergerät und fragte die Erika, um was es sich im einzelnen genau handelt.

Erst hat die Erika eine lange Pause gelassen. Sie hat Luft geholt und die Luft angehalten. Ziemlich lange. Sie hat den Mund erst wenig, dann mehr aufgemacht und mit offenem Mund die Luft langsam herausgelassen, was hohl geklungen hat, weil die Zunge im Mund rund wie eine Rinne war, und als die Luft endlich aus ihr heraus war, hat sie den Mund immer noch offengelassen. Und so ist sie eine Weile geblieben. Schließlich hat sie den Mund wieder zugemacht.

Schaufel, habe ich gesagt.

Die Erika hat genickt.

Der Notar runzelte die Augenbrauen und schaute zu mir. Das geht ihn nichts an. Mir war das Herz schwer. Und ich habe immer tief aufschnaufen müssen. Das ist automatisch so gegangen.

Der Notar verstand die Erika nicht, als sie zu reden anfing, er ist eben ungeduldig, wie alle ungeduldig sind. Also wie immer: Sie redet, und ich übersetze:

Schreiben Sie!

Schreiben Sie!

Der Notar schaltete das Diktiergerät ein, legte es neben Erika aufs Kopfkissen und setzte sich zurecht.

Ich will, keuchte Erika, ich will, daß nach meinem Tod mein Vermögen in seine Hände fällt.

Und sie hat meinen vollständigen Namen angegeben.

Und ich habe es genauso gesagt. Straaten mit doppelt a, habe ich hinzugefügt.

Ich besitze ein Sparbuch mit einem Geheimcode, redete Erika weiter. Ich sagte es wieder genauso. Ich sagte nicht: Sie besitzt ein Sparbuch mit einem Geheimcode. Sondern: Ich besitze ein Sparbuch mit einem Geheimcode. Genauso, als ob ich die Erika wäre.

Erklären Sie mir, wie ich das Sparbuch dem Oskar überschreiben lassen kann. Schauen Sie mich nicht so an. Alles, was noch klar bei mir ist, ist der Kopf.

Und sie hat sich mit der Hand an die Stirn gezittert. Das habe ich nicht nachgemacht. Was sie sagt, mache ich nach, nicht, was sie tut. Manchmal macht die Turnlehrerin sie nämlich nach, sie will es nicht, sie tut es automatisch.

Das handhaben Sie am besten ganz einfach so, antwortete der Notar wie alle anderen laut und langsam, daß Sie dem Kind das Geheimwort sagen, oder wenn es ein zu kompliziertes Geheimwort ist, ein neues Geheimwort bei der Bank beantragen, das sich das Kind leichter merken kann, und nach seiner Volljährigkeit kann das Kind, denn bis dahin wollen wir das Konto sperren, frei über das Geld auf dem Sparbuch verfügen. Ich werde das, wenn es Ihr Wille ist, in diesem Sinne in der Urkunde niederschreiben.

Er schaltete das Diktiergerät aus und sagte: Zwei Dinge muß ich dazu vermerken. Erstens: Falls es ein anonymes Konto ist, würde ich es, vorausgesetzt, Sie sind einverstanden, nach Ihrem Tod gar nicht in die Verlassenschaft aufnehmen, was für den Augenblick heißt, ich würde es nicht in das Testament aufnehmen. Ich tu einfach, als hätte ich es nicht gehört, und wir löschen diese Stelle auf dem Diktiergerät, und zwar sofort.

Die Erika schüttelte den Kopf. Alles ins Testament, sagte sie.

Alles ins Testament, sagte ich.

Zweitens, sagte der Notar Wohlgenannt, hätte ich eine Frage: Sind Anverwandte ersten Grades da? Ein nicht geschiedener Mann zum Beispiel oder ein Sohn oder eine Tochter?

Sie hat einen Sohn, sagte ich, und Erika nickte dazu.

Also zweitens, sagte er. In diesem Fall muß ich Sie darauf aufmerksam machen, daß Ihr Sohn einen rechtlichen Anspruch auf einen Teil des Erbes hat, das heißt, er hat die Möglichkeit, wenn er im Testament übergangen wird, dagegen Rekurs einzulegen.

Was heißt Rekurs einlegen, fragte ich, es interessiert mich nur so.

Der Notar Wohlgenannt schaute mich lange an, und er hat sich dabei sicher viel durch den Kopf gehen lassen, nicht allein, welche Antwort er geben soll auf meine Frage, die sicher eine leichte Frage für ihn war, viele andere Sachen werden ihn außerdem beschäftigt haben. Er sagte zu mir: Er kann machen, daß du dein Geld nicht kriegst.

Erika sagte etwas: Mein Sohn wird das nicht tun, übersetzte ich. Darauf zuckte der Notar Wohlgenannt mit der Schulter.

Die Erika sagte noch etwas. Sie möchte, sagte ich zu dem Notar Wohlgenannt, daß Sie alles für sie regeln. Überhaupt alles. Sie will Ihnen das Codewort sagen.

Ich bin dafür, sagte der Notar Wohlgenannt, daß das Kind kurz hinausgeht.

Erika schüttelte mühsam den Kopf. Ich stand auf und ging hinaus, die Erika wird mir sowieso hinterher alles erzählen, und ich höre es lieber aus ihrem Mund. Was der Notar Wohlgenannt zu Erika sagte, dauerte genauso lange wie eine Daniel-Düsentrieb-Geschichte. An diesen Nachmittag wollte ich den Daniel Düsentrieb auf einmal nicht mehr zum Vorbild haben.

Nach einer Weile rief mich der Notar Wohlgenannt zurück ins Zimmer.

Ich brauche jetzt nur noch Ihre Unterschrift, sagte er gutgelaunt zur Erika. Dazu setzen Sie sich wohl am besten etwas auf. Er zog sie hoch, und ich habe schnell zwei dicke Polster hinter ihren Rücken geklemmt. Ich sagte zu Erika: Warte einen Augenblick, ich habe eine Erfindung gemacht für dich.

Ich rannte in mein Zimmer, holte die Armgewichte unter dem Bett hervor und war gleich wieder im Krankenzimmer. So als ob gar nichts dabei wäre, legte ich die Gewichte um Erikas Handgelenke. Der Schreibarm sank ruhig nieder auf das Papier. Ein bißchen hat er noch gezittert, man mußte genau hinschauen, um das Zittern zu sehen. Dem Notar ist der Mund offengeblieben, und für mich war das Wichtigste, daß die Erika gelacht hat. In letzter Zeit hört man nichts, wenn sie lacht. Sie kann nicht mehr richtig mit Schall lachen. Das war schon so, bevor sie in die Schweiz gebracht worden ist. Das haben sie dort also auch nicht richten können. Es ist, wie wenn man im Fernsehn den Ton abschaltet. Sie macht den Mund richtig weit auf zum Lachen, aber man hört nichts. Ich habe schnell meinen Kopf ganz kurz zu ihr auf die Armgewichte gelegt, bin aber gleich wieder von ihr weg.

Das ist der Grund, warum er alles kriegt, hat sie gesagt, das hat noch nie einer für mich getan.

Ich habe es dem Notar korrekt übersetzt. Der Notar hat gelächelt und genickt.

Mit schleppender Schrift schrieb Erika ihren Namen. Gut leserlich.

Die Honorarnote kriegen Sie per Post, sagte der Notar.

Bitte, tun Sie das nicht, hat die Erika heftig abgewinkt. Ich will keinen Brief von Ihrem Büro im Haus haben, das ist nicht günstig. Erklären Sie Oskar, wo Ihr Büro ist, und er soll dort hinkommen und den Brief abholen.

Inzwischen verstand sie der Notar von selber.

Du weißt ja bestimmt, wie man eine Einzahlung tätigt, fragte er mich.

Keine Ahnung, sagte ich, habe ich noch nie gemacht.

Ich zeige es dir in meinem Büro, sagte er und drückte mir dabei so kräftig die Hand, daß mir die Tränen in die Augen schossen und meine Knie einknickten. Spinnt der!

Schnell, sagte die Erika, als der Notar Wohlgenannt abgefahren war.

Ich will nicht mehr reden, sagte ich, ich muß Hausaufgaben machen.

Ich will nicht mehr leben, sagte sie.

Das hast du mir schon gesagt. Ich muß jetzt Hausaufgaben machen. Sachunterricht, Straßennamen.

Du sollst es tun, sagte sie.

Was soll ich tun?

Mir beim Sterben helfen.

Warum willst du denn eigentlich sterben? Ich möchte nicht sterben.

Ich will es.

Das glaub ich.

Aber ich habe auch Angst davor.

Das glaub ich.

Darum mußt du es tun, wenn ich es nicht weiß.

Was muß ich denn tun?
Mich totmachen.
Wenn du tot bist, renn ich davon.
Das ist mir egal.
Es könnte mir etwas passieren.
Dir passiert nichts.
Es könnte.
Dann ist es halt so. Ich kann nicht mehr reden.

Dort, wo die Birke gestanden hat, ist jetzt ein Loch, und was für eines. Der Himmel wirkt höher. Wenn man am Zaun steht, sieht man durch bis zur Kleiderfabrik. Daran muß man sich gewöhnen. Theo hat in eine Kastanie ein Kreuz geritzt und sie neben dem Baumstrunkloch vergraben. Wenn das einen Kastanienbaum abgäbe, ich müßte lachen.
Ich habe vorgeschlagen, daß er einen Brief dazulegen soll. Er wollte nicht. Ich habe ihn gedrängt. Das ist ein Blödsinn, einfach eine Kastanie in den Boden zu stecken. Einen Brief nicht, sagte er, höchstens einen Zettel, einen Zettel, der am Rand verkohlt ist. Warum muß er verkohlt sein am Rand, fragte ich. Das ist spannender. Das ist mir plemplem vorgekommen. Er hat so einen Zettel mitgebracht, ich habe draufgeschrieben:
Hier starb eine Birke, Gewaltverbrechen.

Ich habe aus Dummheit meine Hand über den Wassertopf gehalten, als das Wasser kochte. Ich habe mich saumäßig verbrannt und dazu noch Anschnauze gekriegt. Das hat so gemein weh getan, und deshalb glaube ich dem Daniel nicht, wenn er behauptet, daß sich der Adolf Hitler ohne Betäubung auf seinen

Bauch das eigene Hitlerzeichen gebrannt hat. Und zwar eigenhändig. Mit dem Brennglas. Selber.

8

Nein, ich habe Sie nicht erkannt

Oskar rief an, die Rut war am Telefon, er hat kein Wort
mit ihr geredet, nur: Ich soll an den Apparat kommen,
und zu mir hat er gesagt, daß einer von seinen Leuten,
entweder die Turnlehrerin oder der Biologielehrer, in
den nächsten Tagen bei uns anrufen wird, und dann hat
er Servus gesagt und aufgelegt. Ich war darauf nicht
gefaßt gewesen, es war viel zu kurz, ich kann nicht
einmal darüber nachdenken, wie seine Stimme geklungen hat, fröhlich oder traurig oder wie, und jetzt habe
ich Heimweh nach meinem Bruder. Heimweh ist es
genaugenommen nicht allein, ich muß ihm von etwas
erzählen, was in mich gefahren ist, und er soll sagen, ob
es schlimm ist, am liebsten, daß es nicht schlimm ist,
dem Oskar glaube ich nämlich. Mit Heimweh meine
ich, daß ich dem Oskar alles glaube.
Ob ich etwas habe, hat die Rut gefragt. Ob sie beim
Oskar zu Hause rückrufen soll, hat sie noch gefragt.
Ob ich etwas gegen sie habe. Nein, natürlich nicht.
Was ich sie schon lange einmal fragen wollte: Was
gebenedeit heißt. Es klingt nach Gebeinen, also Knochen. Und nach Scheit, also Brennholz.

In den Tagen vorher machte eine Sage auf Lilli großen
Eindruck: Da war ein Mädchen, das hieß Europa, und
sie war so schön, daß sich alle Männer in sie verliebten.
Sogar Zeus, der mächtigste aller griechischen Götter.
Er war zwar verheiratet. Seine Frau hieß Hera. Sie war

seine Frau und seine Schwester. Einmal sah Zeus die
wunderschöne Europa mit ihren Freundinnen am
Strand spielen. Da verwandelte er sich in einen Stier
und näherte sich ihnen und tat zahm. Europa fand, daß
sie noch nie einen so prächtigen Stier gesehen hatte.
Weiß war er, er hatte eine breite Stirn und sein seidiges
Fell glänzte. Er stand vor ihnen und rührte sich nicht.
Er fürchtete, seine Kraft könnte die Mädchen erschrek-
ken. Und er senkte die Augenlider, und seine Wimpern
lagen wie zwei Fächer da. Er fürchtete, das Feuer in
seinen Augen könnte die Mädchen erschrecken. Die
Mädchen traten nach einer Weile zu ihm hin und strei-
chelten ihn und setzten sich eine nach der anderen auf
ihn drauf, und er rührte sich immer noch nicht. Nun
setzte sich Europa auf seinen Rücken, und er rannte
davon. Jetzt hatte er sie. Der Stier stürzte sich in die
Fluten des Meeres und schwamm mit Europa auf seinem Rücken davon. Immer weiter entfernten sie sich
vom Ufer, denn der Stier Zeus wollte verhindern, daß
ihn seine eifersüchtige Frau überraschte. Nach langer
Zeit tauchte eine Insel auf. Zeus ging mit Europa an
Land. Das heißt, der Stier trug sie an Land. Nun verwandelte sich Zeus in einen gutaussehenden Mann,
und er sprach zu Europa: Dies ist die Insel Kreta, auf der
ich König bin, und du sollst meine Königin sein, ich
liebe dich nämlich unsterblich. Und deshalb sollst auch
du unsterblich sein, ich will es, und zum Zeichen und
Beweis dafür gebe ich dem ganzen Erdteil, auf dem
meine Insel liegt, deinen Namen: *Europa.*

Ich war tief in Gedanken versunken, das machte die
Stimme vom Herrn Günther, unserem Geographieleh-
rer, und ich dachte mir: Wenn Griechenland die Wiege

Europas ist, dann ist Linos Georgiadis Zeus in der Gestalt des gutaussehenden Mannes. Ich muß dazu sagen, daß Linos Georgiadis ein Grieche ist, der in meine Klasse geht. Er lebt schon immer in Vorarlberg und kann Deutsch wie jeder. Er ist hier geboren. Seine Eltern haben vor seiner Geburt in der Schweiz gearbeitet, dort lernten sie sich kennen. Sie haben Sehnsucht nach ihrer Heimat. Das bilde ich mir nur ein, ich weiß es nicht sicher. Linos Georgiadis ist großgewachsen, hat lockige, schwarze Haare und eine gelbliche Haut und meistens eine königsblaue Jacke an, die ihm phantastisch steht. Und das Schönste an ihm sind seine Wimpern, die wirklich, wenn seine Augen geschlossen sind, wie zwei Fächer daliegen. Für seine Augen finde ich keinen Vergleich. Am ehesten würde Samt passen, nein, Samt ist zu stumpf. Die Augen von Linos Georgiadis leuchten. Ich sitze in der Klasse schräg hinter ihm, ich muß ihn immer anschauen, und dann liegt mein Herz schwer und glücklich tief in mir. Ich habe Briefe aufgesetzt, von denen ich wußte, daß ich sie nie an ihn abschicken werde, alle sind zerrissen worden in kleine Schnipsel. Er ist leider einer, der Briefe wahrscheinlich nicht mag. Er will nichts lesen. Wenn am Freitagnachmittag Bücher ausgeliehen werden, taucht er gar nicht in der Schule auf. Am schönsten fand ich den Brief, in dem ich geschrieben habe: Mein Herz liegt schwer und glücklich tief in mir. Leider habe nicht ich mir diesen Satz ausgedacht. Ich habe ihn aus einem Buch in der Schülerbibliothek, die ich häufig besuche, abgeschrieben. Dieses Buch war voller Liebesgedichte und Liebesbriefe. Verschiedene Männer und Frauen haben sie geschrieben.
Man hat mir angetragen, daß ich die Schülerbibliothek

zusammen mit einer Lehrkraft betreue, weil niemand öfter als ich dort ist. Ich habe gesagt, ich will lieber nicht. Ich will nämlich wirklich nicht. Die Direktorin sagte, du bist zu bescheiden, Lilli.

Betti erzählte mir, und überhaupt nicht schadenfroh, daß Linos Georgiadis in Aischa verliebt sei. Das wundert mich wirklich nicht. Aischa ist ein türkisches Mädchen, eine Klasse über mir. Sie ist in der ganzen Schule berühmt, weil sie so gut Geige spielen kann, und bei jeder Feier läßt man sie vorspielen, sie tut dabei angeberisch, als ginge ihr das auf den Geist. Vielleicht tut sie gar nicht so, sondern mag wirklich nicht dauernd vorspielen, das könnte ja sein. Das würde ihr niemand glauben, und jeder würde sagen, sie gibt an. Im Schulhof ist sie immer von einer Gruppe von Mitschülerinnen umgeben, sie führt nicht das Wort, ich beobachte sie seit einiger Zeit und ich habe noch nie gesehen, daß sie einmal längere Zeit geredet hat. Sie steht da, lächelt und schaut an den anderen vorbei, und die anderen unterhalten sich untereinander, sie reden gar nicht zu Aischa hin und könnten genausogut irgendwo anders beieinanderstehen, trotzdem stehen sie um die Aischa herum. Sie ist der Mittelpunkt. Am Geburtstag der Direktorin hat sie vor der ganzen Schule gespielt, draußen im Schulhof während der großen Pause, alle Schüler waren um die Stiege herum versammelt, und Aischa spielte von der obersten Stufe auf uns und die Frau Direktor herab. Es war die Idee des Schreibmaschinelehrers. Aischa trug ein dunkelblaues Glanzkleid und im Haar hatte sie eine Schleife aus weißer Spitze. Ich verstehe nichts von Geige. Es war wahrscheinlich gekonnt. Der Applaus ist jedesmal, wenn sie vorspielt, groß. Sie ist unser Schulstar, sagt die Betti. Sie würde gut zu Linos Georgiadis passen, das muß ich zugeben, obwohl mir dabei furchtbar wird und ich mir die Fingernägel in den Daumen drücken muß, bis es am Knochen nicht mehr weitergeht. Sie ist genauso schön wie Linos Georgiadis. Sie ist zart und hat Haare wie Schwarzlack, und ihre Augen muß man ehrlich genauso loben wie seine. Ich habe keine Chance.

Ich habe etwas getan. Das habe ich getan, weil ich hundertprozentig glaubte, es nützt ganz bestimmt nichts. Ich bin nach langer Zeit wieder einmal auf den Schloßberg gegangen und habe, ohne allerdings den Namen der Muttergottes in den Mund zu nehmen, auf demselben Weg, auf dem ich sonst gehe, wenn ich zu ihr bete, vor mich hin gesagt: Wenn der Aischa etwas Schlimmes passiert, habe ich nichts dagegen, wenn der Aischa etwas Schlimmes passiert, habe ich nichts dagegen. Ich redete das so lange vor mich hin, bis ich dabei an ganz andere Sachen denken konnte, und der böse Satz automatisch fehlerfrei herausgeflüstert kam. Bei der letzten Bank, wo der Himmel in einem großen Stück durch die Bäume sichtbar ist, bin ich aus meinen Gedanken aufgeschreckt und habe meinem Mund zugehört. So, jetzt sage ich es extra weiter, habe ich gedacht, und zwar grad extra genau an dieser Stelle, wo ich, als ich das letzte Mal hier war, mich nicht mehr weitergetraut habe, weil ich merkte, daß gleich etwas passieren wird. Komisch, daß mir das entfallen ist und ich nicht mehr darüber nachgedacht habe. Ein Punkt, über den ich mit Oskar reden muß. Diesmal jedenfalls hatte ich nicht das Gefühl, daß gleich etwas passieren wird, und es ist nichts passiert, ich habe den bösen Satz weiter vor mich hingesagt, bis ich oben aus den Bäumen heraus war. Man kann also nicht behaupten, daß ich der Aischa etwas Schlimmes gewünscht habe, der Satz sagt ja lediglich, daß ich nichts dagegen habe. In Wirklichkeit hab ich ihr etwas Schlimmes gewünscht, nicht den Tod, sondern die Häßlichkeit und daß es aufhört, daß sie geliebt wird.

Wenn Aischa aus der Geigenstunde kommt, steht Linos Georgiadis wie zufällig am Eingang der Schule herum, das weiß Betti, weil sie genau um diese Zeit zum Gitarrenunterricht geht. Betti haßt Gitarre und geht nur aus dem Grund in die Schule, weil sich das ihre Mutter zu Weihnachten gewünscht hat, und wenigstens ein Wunsch ihrer Mutter soll sich erfüllen. Betti sagte zu mir, bevor Aischa herauskommt, müßtest du den Linos sehen, er zieht einen Kamm heraus und fährt sich über die Haare. Er spuckt sich in die Hände, und wellt mit den Fingern durchs Haar, es ist ein Gedicht, wahrscheinlich, damit seine Locken niedriger werden. Und grad seine hohen Locken finde ich so schön, habe ich gesagt, und sie hat Sch-sch gemacht.

An mir gefällt ihm nichts. Ich bin nicht schön. Ich bin nicht zart. Ich habe keine Augen wie Samt, ich habe so wässrige Augen, die sind nicht blau, die sind nicht grün, die sind nicht grau. Meine Nase ist zu groß, und das ist häßlich, obwohl die Rut sagt, gerade meine Nase findet sie einmalig. Wunderbar, klassisch. Das sagt sie halt, weil sie mich gern hat. Außerdem sind meine Haare wie Fäden, die herunterhängen, und sie haben keine richtige Farbe. So als ob bei meiner Schöpfung die Farbe nicht mehr ausgereicht hätte und verdünnt worden wäre. Rut sagt, das ist die Haarfarbe aschblond, und das ist etwas ganz Besonderes. Wenn jemand schön ist, ist er nur schön. Wenn er nicht schön ist, darf er dafür einmalig sein und besonders und klassisch und noch so ein ganzer Haufen. Glatze: In der Volksschule gibt es einen Bub, der trägt Sommer wie Winter eine Kappe, und einmal im Schulhof hat sie ihm einer heruntergerissen. Da war kein einziges Haar, und die Kopfhaut war blaß wie Briefpapier. Man ist erschrocken. Ich habe seit neuestem einen Pagenkopf, weil die Rut findet, daß ein Pagenkopf für meine dünnen Haare das Beste ist. Das hat geklungen, als hätte sie jede Hoffnung aufgegeben. Als wir, der Oskar und ich, noch bei unserer Mutter lebten, hatte ich Haare, die bis auf den Hintern reichten, sie sind nie geschnitten worden. Meine Mutter hat damit die verschiedensten Frisuren ausprobiert, was manchmal sehr weh getan hat. Dem Linos Georgiadis bin ich mit den langen Haaren nicht aufgefallen und mit den kurzen genausowenig. Bei Dauerwellen würde er sofort wissen, daß ich sie nur deshalb gemacht habe, weil ich in jemanden verliebt bin, und man würde in der Klasse herauskriegen, in wen ich verliebt bin, die Elvira würde das sofort herauskriegen, alles, was weh tut, kriegt sie sofort heraus, und vor einer Glatze würde es Linos Georgiadis grausen. Die Schönheit des Kopfes hängt von den Haaren ab, das weiß ich, bei den Haaren habe ich keine Chance. Die Haare sind dabei noch das Wenigste. Wenn ich Linos Georgiadis nämlich sagen müßte, was ich wirklich bin, zum Beispiel müßte ich es sagen, wenn es mit mir und ihm so gut werden würde, wie es nur werden kann, angenommen, im Spaß einmal angenommen und ausgedacht, das wird man dürfen, so wäre in Wirklichkeit überhaupt gar nichts gut, sondern sogar das Allerschlimmste würde auf mich warten: Vor der Hochzeitsnacht müßte ich ihm gestehen, daß ich in der Nacht das Bett naß mache. Ich habe keine Chance.

Ich bin froh, daß die Betti wieder zur Schule geht. Sie sagt, sie hat zu Hause alles ausgekundschaftet, was es auszukundschaften gibt. Und was ist herausgekommen, frage ich.

Der Freund von der Tschäin hat immer Geld, sagt Betti. Sie hat nicht herausfinden können, woher er es hat, dazu müßte sie ihm über die Schweizer Grenze folgen, aber sie hat ja keinen eigenen Paß.

Und die Tschäin, frage ich.

Die? Was soll mit der sein?

Ich weiß es nicht, sage ich.

Die hat dir gefallen, stimmt, weil sie so schön dünn ist, sagt die Betti.

Ich habe sie ja kaum gesehen, sage ich. Und mich hat sie auch nicht gesehen.

Sie hat mich nach dir gefragt. Ob die liebe Kleine wieder einmal kommt, hat sie gefragt.

Das hat sie nicht gesagt.

Das schwöre ich bei meiner Reserve.

Mir fiel nichts anderes ein und ich sagte: Richte der Tschäin einen schönen Gruß von mir aus. Wie geht es ihr?

Der geht es ausgezeichnet schlecht. Hauptsache ist, sagt die Betti, daß ihr Freund sie gut behandelt. Sie ernährt sich ausschließlich von Eis, mit Vorliebe Vanille und Haselnuß oder Vanille und Kaffee oder Vanille und Schokolade, Fruchteis mag sie nicht, und ohne Vanille kriegt sie gar nichts hinunter. Er zahlts, und sie wird nicht dick. Besser kann es einem nicht gehen. Sie kotzt jetzt übrigens nicht mehr.

Geht sie nie aus dem Haus?

Doch, in die Natur.

Die Betti ist kein neugieriger Mensch wie die Elvira,

die der neugierigste Mensch ist, den ich kenne. Die Betti ist wahrscheinlich deswegen nicht neugierig, weil sie zu gutmütig ist, um mit irgendwelchen Neuigkeiten irgend etwas anzufangen, was ihr irgend etwas bringt. Sie fragt mich nicht aus, obwohl sie genau weiß, daß ich ein Fall von der Fürsorge bin. Die meisten in meiner Klasse haben mich am Anfang mit den Augen angestochen, wenn sie meinten, ich schau grad weg. Ich liebe es, die Betti nach der Schule ein Stück nach Hause zu begleiten. Das geht so: Ich begleite sie an der Hauptstraße entlang bis zum Gasthaus Frühlingsgarten, das ist für mich ein Umweg, von dort hat sie es nicht mehr weit. Wir stehen ein bißchen und reden, und sie sagt nach einer Weile, weißt du was, ich begleite dich ebenfalls ein Stück. Dann gehen wir denselben Weg zurück, zotteln bei der geschlossenen Schuhfabrik vorbei, überqueren auf dem ausgetretenen Pfad die Wiese, auf der die Mostbirnenbäume wachsen, beim alten Krankenhaus setzen wir uns auf die Mauer und reden weiter und verabschieden uns endlich. Seit die Betti wieder in der Schule ist, haben wir es jeden Tag so gemacht. Niemand achtet auf uns, wir könnten ebenso unsichtbar sein. Was die Betti zu dick ist, bin ich zu dünn, wenn man uns zusammenmischt, verschwinden wir, uns ist das recht. Über was reden wir eigentlich?

Ich habe die Betti gefragt, ob ich sie einmal am Dienstag zur Gitarrenstunde begleiten darf, ich würde draußen auf sie warten oder derweil einige Einkäufe für die Rut machen. Die schlaue Betti hat mich sofort durchschaut. Klar, sagte sie, wenn du unbedingt den Linos sehen willst, wie er sich nicht traut, die Aischa anzureden, gern.

Und es war genauso, wie sie gesagt hat. Der Linos

Georgiadis ist sich mit den Fingern durchs Haar gefahren, die Locken sind aufgesprungen, es sieht wunderbar aus, wie ein Gedicht. Er trägt seine berühmte, königsblaue Jacke, und seine Schuhspitzen sind aus Metall und glänzen.

So. Und jetzt die Sache, über die ich mit Oskar reden möchte: Viel zu früh kam nämlich Aischa an diesem Dienstag von der Geigenstunde, niemand war darauf gefaßt, Linos Georgiadis nicht und Betti nicht. Sie kam aus der Schule gestürzt, hat sich die Hände vors Gesicht gehalten und ist an uns vorbeigerannt, wo hatte sie ihren Geigenkasten, und die Betti sagte: Huidi-bui, was war hier los, die weint.

Sie drückte mir ihre Gitarrentasche in die Arme und lief hinter der Aischa her. Wenn sie rennt, wackelt ihr alles bis zu den Schultern hinauf, alles von den Knien aufwärts, erst den Kopf hält sie wieder gerade. Ich erinnere mich, daß ihr einmal einer nachgerufen hat, der stand in einer Gruppe von Kollegen: Solche Titten, nur leider am Arsch unten! Die Betti sagte hinterher, sie hat nicht verstanden, was der gerufen hat. Sie hat es verstanden, das habe ich ihren Augen angesehen. Da glänzte groß geschrieben heraus, daß sie genau verstanden hatte. Sie hat wie ich keine Chance. Trotzdem wäre ich lieber so dick wie die Betti, und am Morgen wäre mein Bett trocken. Nein, das ist lieber nicht wahr.

Was passiert ist, muß so angefangen haben: Der Linos Georgiadis hat gesehen, daß die Betti und ich zusammen auf dem Schulhof standen, und als die Aischa aus der Schule gestürzt kam, und er nicht wußte, was los ist, muß er sich gedacht haben, daß die Betti es weiß, weil sie ja hinter der Aischa hergerannt ist, und jetzt, da allein er und ich auf dem Hof waren, dachte er, daß ich etwas weiß, weil ich ja mit der Betti zusammen war. Er hat mich nämlich angeschaut. Er hat mich angeschaut. Das ist mir blitzschnell durch den Kopf geschossen, das Komplizierte mit mir und der Betti und der Aischa und dem Dastehen und dem Nachrennen, das ist mir eingefallen, als Linos Georgiadis den Kopf zu mir hergedreht hat, er schaut mich an, weil er meint, ich weiß, was mit der Aischa los ist, nur darum schaut er mich an. Aber er schaut mich an. Ich war so aufgeregt und habe wieder den Fingernagel in den Daumen gepreßt, ich höre erst auf damit, wenn das alles vorbei ist, und dann habe ich einen Daumen mit einer Wunde und sage mir, die Wunde ist damals passiert. Der Linos Georgiadis hat zu mir herübergeschaut und seine so wundersanften Augenbrauen gehoben und geschluckt hat er und genickt und gelächelt. Wenn ich in diesem Augenblick wenigstens über mein Gesicht Bescheid gewußt hätte! Ich glaube, ich habe ein bereitwilliges Auskunftsgesicht gemacht, ein vernünftiges Gesicht, das sich vernünftige Sorgen macht. Ich konnte keinen Schritt auf ihn zugehen, das habe ich nicht zusammengebracht.

Er hat sich nicht nach Aischa erkundigt.

Lilli, sagt er, play guitar. Zeigt dabei auf Bettis Gitarrentasche in meinen Armen, ich habe das Ding gehalten wie ein Kind aus Kunstleder.

Und ich sage: Ich bin noch am überlegen, ob ich soll.

Play guitar, sagt er und: Servus! Und wirft eine Hand in die Luft, dreht sich auf dem Absatz, der zur Fußmitte hin schräg ist und aus lauter Lederschichten besteht, um und geht und nach zwei Schritten rennt er so ein bißchen, geht wieder, rennt, geht, er geht breitbeiniger, als man unbedingt gehen muß, er tut, als ob er etwas mit der rechten, äußeren Schuhseite aus seinem

Weg schießt und räuspert sich, daß es im Schulhof hallt. Es ist geschehen, weil ich auf dem Schloßberg gebetet habe, darum ist die Aischa aus der Schule gestürzt und hat etwas, und Linos Georgiadis drehte sich jetzt sogar noch einmal zu mir um, noch einmal warf er die Hand in die Luft, alles noch einmal hat er gemacht, es ist mir mehr gegeben worden, als ich haben wollte, vielleicht darum, weil ich bescheiden war beim Beten, weil ich nichts verlangt, sondern gesagt habe: Ich habe nichts dagegen, wenn...

Die Betti hat es nicht geschafft, die Aischa abzufangen. Sie sei gerannt wie eine Wettziege, ohne sich umzudrehen, nicht auf Zurufen habe sie gehört. Nichts hat genützt.

Ich kann nicht warten, bis du mit deiner Stunde fertig bist, sagte ich, ich habe vergessen, daß heute Ruts langer Tag ist, sei mir nicht böse, Betti, ich muß heim und gleich mit dem Kochen anfangen.

Die Betti war enttäuscht, und diesmal hat sie mich nicht durchschaut.

Mein Gedächtnis ist mehr als ein normales Gedächtnis. Bei Dingen, an die ich mich unbedingt erinnern muß, wird mein Kopf zu einem Videorecorder. Mein Vorhaben war: Jetzt schnell auf den Schloßberg, bis zur ersten Bank, dort hinsetzen und alles, was passiert ist, noch einmal anschauen. Zuerst einfach noch einmal anschauen. Ein zweites Mal wieder von vorne das Ganze, diesmal genau anschauen. Das Gesicht von Linos Georgiadis. Die Augenbrauen. Die Sprenkel in seinen Augen. Was denkt er sich hinter diesem Gesicht. Und so weiter. Ich habe es kaum erwarten können.

Auf dem Weg von der Schule weg ist mir Aischas Vater entgegengekommen. Ich habe gegrüßt, er nicht. Er holt seine Tochter von jeder Geigenstunde ab. Jetzt im November ist es um diese Tageszeit dunkel, dieser Vater läßt seine Tochter im Dunkeln nicht auf der Straße allein, niemals dürfte sie allein auf den Schloßberg gehen, nicht einmal am hellichten Tag. Was tut er, wenn seine Tochter nicht in der Schule ist? Betti würde sagen, er dreht durch. Und was macht er, wenn er durchdreht? Betti würde sagen: Er geht hinein zur Frau Direktor. Und was tut die? Die ruft die Polizei an. Sicher nicht. Todsicher. Nie! Todsicher! Könnte in dem, was ich der Aischa gewünscht habe, dringewesen sein, daß sie stirbt? Logo, würde Betti sagen. Ich kann darauf ganz ruhig antworten: Niemals kann das passieren, es war schließlich die Muttergottes, die mir meinen Wunsch erfüllt hat, und die Muttergottes läßt kein Kind sterben. Mir war auf einmal schlecht, ich war gedankenlos herumgegangen und war in eine Siedlungsgegend geraten, wo ich noch nie gewesen war. Ich fing an zu laufen, ich wollte eigentlich nirgendwohin laufen, mir war das Gehen zu langsam, beim Laufen fühlten sich meine Backen so weich an, sie hüpften auf und ab, und als ich merkte, daß ich weinte, weinte ich wahrscheinlich bereits mindestens zwei Minuten lang. Die Häuser und Zäune und Vorgärten und Telefonstangen, was noch alles um mich herum war, die Briefkästen, die zusammengebundenen Johannisbeersträucher, das alles, was ich nicht kannte, war so düster und zeigte auf mich und sagte, Du gehörst nicht hierher. Ich bin zufällig hier, sagte ich, ihr seht ja, daß ich es gutmachen will, darum laufe ich, was gar nicht nötig wäre, Gehen würde ja genügen, ich laufe, um euch meinen guten Willen zu zeigen. Ich habe viel guten Willen und sonst nichts. Ich dachte an Rut. Die Rut gehört zu mir, ein bißchen wenigstens, und das wird auf alle Fälle wahrscheinlich immer mehr, jeden Tag lernen wir uns besser kennen.

Das hat keinen Wert! Ich bin zugegebenermaßen eine Zwischenlösung, das hat die Rut selber gesagt, und daß sie dazugesagt hat, das Wort gefalle ihr nicht, was hat das für einen Wert? Gut, gefällt es ihr eben nicht, das ist doch dem Wort egal, ob es der Rut gefällt oder nicht. Ich will zum Oskar.

Kann man das nicht zurückholen: Ich sitze beim Bach, dessen Namen ich nicht mehr weiß, und der blaugefrorene Oskar kommt daher, unter seinem Anorak den Pyjama, und sagt, komm, Lilli, komm nach Hause, da bist du ja, und ich darf wieder nein sagen, nein, ich will nie wieder nach Hause. Und der Oskar kriegt es fertig. Er will nach Hause. Ich dagegen muß sagen, gehen wir hinüber zu der mitleidigen Frau, und wir gehen und kriegen eine Suppe, und die mitleidige Frau ruft an. Und wenn sie diesmal nicht anrufen würde.

Unter den Bäumen beim Schloßberg war es Nacht. In mir drinnen war das Weiche fest geworden, ich war geworden wie eines dieser Wörter, denen es egal ist, ob man sie mag oder nicht, das sind solche bockigen, fest gewordenen Wörter, die im Wörterbuch hocken, wie die Lilli auf der ersten Bank am Schloßberg. Und ich habe nicht an Linos Geogiadis gedacht, sondern an die Aischa.

Die Aischa, das habe ich vor Wochen herausgebracht, wohnt mit ihrem Vater und zwei Brüdern, die beide älter sind und nicht annähernd so schön wie sie, über einer ausrangierten Stickerei. Die Sticksäle unten dienen einer Farbenhandlung als Lager. Die Aischa hat keine Mutter mehr. Sie ist gestorben. Das sei nachgewiesen, behauptet Betti. Nicht einmal die Elvira hat eine anderer Vermutung. In der alten Stickerei wohnen noch ein paar türkische Familien, die sind nicht verwandt mit der Aischa und haben keinen Kontakt zu denen. Aischas Vater arbeitet in einem türkischen Restaurant, das ihm sogar teilweise gehört, außerdem gehört ihm teilweise ein türkisches Gemüsegeschäft in einer anderen Ortschaft, wo, weiß ich nicht, er verdient nicht schlecht, das weiß alles die Betti, und deshalb, weil ihr Vater Geld hat, kauft er der Aischa die schönsten Kleider überhaupt, und die Wohnung in der Fabrik ist nur scheinbar ärmlich, nur scheinbar deshalb, weil die anderen Wohnungen dort ärmlich sind, Aischas Wohnung ist ganz oben unter dem Dach, und sie geht über die ganze Länge und Breite des Hauses, eine Riesenwohnung in Wirklichkeit, und von ärmlich keine Spur. Überall Teppiche. Und Dinge aus Messing. Niemand von der ganzen Schule steht da wie Aischa. Die Elvira verblaßt daneben. In allem. Aischa ist eine türkische Prinzessin.

Das ist mir klar, ich soll nichts wissen. Daß Linos Georgiadis die Aischa liebt, soll ich nicht wissen, und wenn sein Herz schier verbrannt wäre, er will das niemandem zeigen, und darum hat er nicht gefragt, ob ich weiß, was mit der Aischa ist, sondern hat gesagt: Lilli, play guitar. Er ist auf und davon. Ich will ihn in Zukunft nicht mehr so oft von schräg hinten beobachten. Man kann sich allein durch Blicke verfolgt fühlen, hat die Betti einmal gesagt, dabei ging es zwar um etwas anderes, ich glaube um ihren Vater, den sie manchmal durchs Küchenfenster beim Joggen beobachtet und der selber gesagt hat, daß er das merkt. Wenn Aischas

Vater fastet, geht er mit seiner Tochter in sein eigenes Speiselokal und schaut voll Güte zu, wie sie eine österreichische Suppe ißt. Alles das weiß ich von Betti. Die Betti weiß alles über alle. Das ist zum Lachen. Weil ich die Betti mag, sage ich, sie ist eine, die nicht neugierig ist. Wie kann ein Mensch über alle alles wissen und gleichzeitig nicht neugierig sein? Doch nur, wenn ihm alle alles über sich sagen, freiwillig. Ich habe der Betti über mich nichts gesagt. Nichts von unserer Mama. Nichts vom Oskar. Nichts von meinem Bett jeden Morgen. Nichts von der Muttergottes. Und von meinem bösen Gebet werde ich ihr auch nichts sagen.

Liebe Muttergottes, wenn es geht, daß der Linos Georgiadis die Aischa nicht mehr liebt, ohne daß die Aischa deswegen gleich eine schwere Krankheit hat oder sogar sterben muß, mach, daß es so geht. Und wenn es so nicht geht, dann mach, was nötig ist, damit der Linos Georgiadis mich liebt, von mir aus laß der Aischa etwas passieren, von mir aus etwas Schlimmes, von mir aus das Letzte.

Es war heraus und ist nicht zurückgenommen worden. Es tut mir leid. Und es tut mir nicht leid. Vom Oskar will ich hören, daß es nicht besonders schlimm ist, so etwas zu beten. Daß es aber vielleicht doch etwas nützen könnte. Ich nehme an, Oskar wird sagen: Lilli, es ist nicht sehr wahrscheinlich, daß Beten überhaupt etwas nützt.

Bei der Schillerallee, wo das Kunstwerk aus den zweiundzwanzig roten und drei schwarzen Steinen steht, die alle einmal in den Bach geschmissen worden waren, weil sie niemandem gefallen haben, dort schaut mir auf einmal jemand ins Gesicht.

Du bist doch die Lilli.

Ich habe sie nicht erkannt, auch an der Stimme nicht, an der Größe nicht, an der Kleidung nicht.

Ja, ich bin die Lilli, sage ich.

Ich bin die Tschäin, kennst du mich nicht mehr?

Nein, ich habe Sie nicht erkannt.

Wieso sagst du Sie zu mir?

Sie sind älter als ich.

Sag nicht Sie zu mir.

Gut, ich sage es nicht mehr.

Geh jetzt weiter, ich geh auch weiter.

Gut. Wiedersehn.

Tschau.

Irgendwann ein paar Tage später kam mir die Betti entgegengewackelt und hat gesagt, daß sie mir jetzt erzählen wird, was die Aischa für eine Krankheit hat. Es ist so komisch, daß du dich gleich niedersetzen mußt, weil sonst glaubst dus gar nicht. Die Aischa blutet nämlich, weil sie das erstemal ihre Regel hat, und gemerkt hat sie es, jetzt wette, wann, jawohl, genau in der Geigenstunde. Sie hat aufs Klo müssen, zieht sich die Hose herunter, setzt sich auf die Brille und sieht die Sauerei in der Unterhose.

Ich bin rot geworden. Ich selber habe die Regel nämlich noch nicht gehabt. Die Betti hat gesagt: Das kommt, weil die Aischa mit ihrem Vater nicht darüber reden kann und mit ihren Brüdern sowieso nicht. Die Aischa hat in der Nacht weitergeblutet, und das Leintuch war voll Blut am Morgen, das hat sie als Ganzes in den Problemmüll gesteckt. Sie hat weitergeblutet und sich Tempotaschentücher in die Unterhose gestapelt, bis ihr Hintern ausgesehen hat wie meiner. Sie hat nicht gewußt, was es ist, und hat gedacht, daß sie daran sterben muß.

Und das hat die Aischa dir gesagt?

Ja.

Wie hast du sie denn gefragt?

Ich hab sie überhaupt nicht gefragt. Ich bin nämlich nicht neugierig.

Wie kann das gehen, daß man solche Angst hat, und daß die Aischa trotzdem einfach so zu jemandem hingeht und sagt, Betti, das und das.

Sie ist nicht einfach zu mir hingegangen und hat gesagt, Betti, das und das.

Was sonst?

Ich bin zu ihr hingegangen.

Du hast sie also doch gefragt.

Ich habe sie nicht gefragt. Ich habe sie angeschaut, und auf einmal ist mir die Erleuchtung gekommen, und ich habe es ihr auf den Kopf zu gesagt.

Und sie?

Das sei ziemlich kompliziert gewesen, die Aischa zu beruhigen, hat die Betti erzählt. Die Aischa kriegt nämlich kein Taschengeld, und wenn sie sich Tampons kauft, muß sie ihrem Vater Geld klauen.

Ich möchte wissen, ob Beten nützt. Ich hätte damals nicht feig sein sollen, als ich oben auf dem Schloßberg glaubte, daß mir gleich die Muttergottes wieder erscheint, wenn ich weitergehe. Oskar wäre weitergegangen, weil es interessant ist, wenn etwas passiert. Sollte sie mir je wieder erscheinen, darf ich in der Aufregung nicht vergessen, sie zu fragen, ob böses Beten überhaupt etwas nützt. Manchmal spreche ich zwei Sätze aus meinen Gedanken laut vor mich hin und ich bin froh, daß ich sie nur zu mir gesagt habe. Zu niemandem darf ich so reden. Das muß ich mir einbleuen! Im höchsten Fall zum Oskar.

Betti weiß viel, über Linos Georgiadis weiß sie noch etwas, weil sie sein Englischbuch ausgeliehen hatte, und darin lag ein Zettel und darauf stand: Liebe Aischa! Ich hoffe, Du beantwortest mit Ja! Aber ich akzeptiere auch ein Nein! Linos.

9

Er hat ungekämmte, verfilzte Haare

Weißt du, was mich wundert, sagte die Rut, daß du mich noch nie nach der Telefonnummer vom Oskar gefragt hast.

Das hat mich im Augenblick selbst gewundert, erzählt Lilli, und ich habe mich vor der Rut geschämt, und das war wieder ihr furchtbar, und so sind wir zwischen meinem Zimmer und dem Wohnzimmer hin- und hergeschlichen, einer hinter dem anderen, und es war auf der Kippe, ob wir gleich ganz viel oder den Tag lang überhaupt nichts mehr miteinander reden.

Schließlich sagt sie: Tut mir leid, Lilli, ich sollte mich nicht in diese Sachen einmischen.

Macht wirklich nichts, Rut, sage ich, macht nichts, ist nicht wichtig.

Sie läßt sich einfach alles anmerken. Ich hoffe, daß man mir nicht alles sofort anmerkt. Ich wäre gern ein stilles Wasser. Bin ich wahrscheinlich leider nicht. Auch egal. Auf meine Lautstärke allerdings muß ich achten. Ich will nicht geheimnisvoll wirken, ich will Geheimnisse haben, das heißt: Nie darf etwas geschehen, was mir meine Geheimnisse nimmt. Es ist ein Blödsinn, auf Geheimnisse stolz zu sein. Ein Geheimnis ist etwas Schlechtes. Wenn es etwas Gutes wäre, könnte man es ja jedem sagen. Dann wäre es aus mit mir. Wenn sich die Rut leicht nach vorne krümmt und die Fäuste vor der Brust übereinanderreibt, hat sie ein schlechtes Gewissen. Man könnte sie so abfotografieren. Manchmal glaube ich es ihr nicht. Das macht nichts. Sie will mir zeigen, daß sie mich mag und denkt, am besten zeigt man das, wenn man zeigt, daß man ein schlechtes Gewissen hat. Das habe ich verstanden inzwischen.

Ich habe von Ruts Wohnung aus die Elvira angerufen, und sie hat mich angerufen, sie hat mich sicher wer weiß wie viele Male angerufen, ich sie erst einmal. Die Betti habe ich angerufen, oft schon, sie mich ebenfalls oft. Andere Mitschüler auch schon. Es stimmt, ich habe nie daran gedacht, den Oskar anzurufen. Und er hat mich erst einmal angerufen. Es ist mir nie in den Sinn gekommen, daß ich ihn telefonisch erreichen kann. Der Gedanke, daß es leicht geht und jederzeit sein kann, hat mir gleich ein Herzklopfen bis in den Hals hinauf gepaukt.

Willst du ihn nicht anrufen, hat die Rut schließlich gefragt.

Ich weiß nicht. Warum denn? Soll ich?

Es ist etwas mit dir, sagte sie, du möchtest nicht darüber reden, ich weiß. Ich denke mir, daß du Sehnsucht nach deinem Bruder hast.

Hab ich.

Bitte, ruf ihn an! Ruf ihn einfach an. Du kannst ihn jederzeit anrufen. Du mußt mich nicht fragen.

In einer Viertelstunde oder in einer halben Stunde.

Ich muß aufpassen, daß ich mit der Rut nicht in einen Wirrwarr gerate, es hat bereits angefangen, wir schauen uns manchmal von der Seite her an.

Oskar erzählt, er habe überhaupt nicht gern telefoniert, er sei nicht gern an den Apparat gegangen, wenn es geläutet hat. Wenn wir allein zu Hause waren, ich und die Erika, dann habe ich das Telefon läuten lassen, bis es von selber aufgehört hat. Und wenn die Lehrerleute im Haus waren und einer gerufen hat, Oskar, geh bitte ans Telefon, ich kann jetzt nicht. Ich bin drangegangen, ganz langsam, manchmal war eben nur noch der Hupton zu hören, und die Lehrerleute waren zornig. Besonders er kann keinen Anruf auslassen. Er ruft sofort alle möglichen Leute an und fragt sie, ob sie vorhin angerufen hätten.

Daß man die Lilli telefonisch erreichen kann, das weiß ich. Ich denke nicht oft an sie. Manchmal denke ich dafür besonders stark an sie. Das hat immer mit etwas Bestimmtem zu tun. Einfach so denke ich eigentlich nicht an sie. Und schließlich habe ich sie einmal wenigstens angerufen. Das hat sich ergeben. Ich sagte zu meinem Ziehvater, ich möchte, daß ich die Lilli besuchen gehe, das wollte ich einfach, ich bin am Morgen aufgewacht und wußte, daß ich das will. Am Abend vorher habe ich alle Leute mit Namen auf einen Zettel geschrieben, mit denen ich irgend etwas, egal was, bereden könnte. Etwas Wichtiges auf alle Fälle. Für das, was ich genau bereden wollte, ist die Lilli übriggeblieben.

Mein Ziehvater sagte, ruf sie ruhig an, deine Schwester, du kannst sie jederzeit anrufen, du mußt nicht fragen.

Ich wußte die Nummer nicht.

Du weißt die Nummer von deiner Schwester nicht?

Nein, weiß ich nicht.

Es ist mir ganz egal, was er sich denkt. Seit neuestem sind mir die ganzen Lehrerleute ganz egal und ihr Baby dazu. Wenn ich aus diesem Haus weg bin, denke ich das Leben lang nicht mehr an diese Leute. Sie werden mir nie wieder einfallen. Ich werde nie wieder in diese

Gegend kommen. Nicht einmal zufällig. Und die Lehrerleute werden von sich aus nie nach Caracas kommen. Zufällig kommt man dorthin sowieso nicht.

Ich wollte die Lilli besuchen. Ich wollte nicht, daß sie uns besucht. Die Turnlehrerin hat das jedoch gleich für eine gute Idee gehalten. Sie hat mitgehört, was ich zu ihrem Mann gesagt habe.

Ja, ruf deine Schwester an und lade sie und ihre Ziehmutter gleich zu uns ein, aber bitte am Nachmittag, nur am Nachmittag gehts.

Ich sagte, einladen muß du oder du, ich bin hier nicht der Hausherr.

So ein Blödsinn, sagte sie.

Sie weiß, daß es bald zu Ende ist mit uns, daß ich nicht mehr lange hierbleibe, ich glaube folgendes: Sie hat sich gleich am Anfang in der ersten Sekunde, als sie mich gesehen hat, hat sie sich gedacht, den will ich nicht lange hierhaben. Das glaube ich und das weiß ich. Sie wird das nie im Leben zugeben, sie wird es ablügen.

Ich habe angerufen und zu Lilli gesagt, daß sie in den nächsten Tagen einen Anruf von einem der Lehrerleute bekommen wird, und damit war das Telefonat erledigt.

Das war der komischste Anruf, den er je erlebt hat, hat der Lehrer gesagt. Er hätte ja nicht zuzuhören brauchen.

Die Lehrerleute haben vergessen, bei der Lilli und ihrer Ziehmutter anzurufen, und ich wußte nicht, was ich machen sollte, ob ich selber anrufen oder ob ich sie daran erinnern sollte.

Meine Sache ist eben nicht ihre Sache.

Ich habe den Oskar angerufen, sagt Lilli.

Sie hat mich angerufen, bestätigt Oskar. Und ausgerechnet bei diesem Anruf bin ich von selber und gleich drangegangen, als ob ichs gespürt hätte. Es war mittags, nach der Schule, ich war allein mit der Erika, und die Erika hat in ihrem Zimmer geschlafen.

Hallo, Oskar, habe ich gesagt, ich muß dich unbedingt sehen.
Ich habe gesagt: Ich möchte dich auch sehen, Lilli.
Über deinen Brief muß ich mit dir reden, Oskar.
Über was in dem Brief?
Daß so geheime Sachen an dir passieren.
Ach das.
Was sind das für geheime Sachen?
Es ist nichts, ehrlich.
Aber du hast das geschrieben.
Ich habe das geschrieben, weil ich irgend etwas schreiben wollte, was komisch klingt, weil ich geglaubt habe, daß meine Leute meine Briefe lesen. Darum habe ich auf ihr Baby geschimpft. In Wirklichkeit habe ich nichts gegen das Baby, es stört mich eigentlich nicht.
Weißt du, ob deine Leute meinen Brief gelesen haben?
Das weiß ich nicht. Da hat doch eh nichts Komisches dringestanden.
Wie geht es dir, Oskar?
Gut. Und dir?
Ich muß mit dir über etwas reden, Oskar, über das ich mit sonst niemandem reden kann.
Über was?
Das geht am Telefon nicht. Ich will dich besuchen kommen, Oskar, ich bin neugierig, wie deine Leute sind. Geht das?

Ich will lieber dich besuchen kommen, Lilli.

Ich würde lieber zu dir kommen, Oskar. Geht das nicht?

Das geht schon. Das haben sie gesagt. Sie haben gesagt, das geht ohne weiteres. Und du sollst so gut sein und deine Ziehmutter fragen, ob sie mitkommt, meine Ziehmutter möchte jemanden haben zum Reden.

Das geht sicher. Man muß sich halt danach richten, wann sie frei hat.

Ich muß gleich eines dazusagen, Lilli, nämlich es geht nur am Nachmittag.

Am Nachmittag geht es der Rut, am Dienstagnachmittag allerdings nicht, sonst immer. Kann ich, wenn ich komme, mit dir reden, Oskar?

Ich habe das nicht so gern gehabt, erzählt Oskar, daß die Lilli geheimnisvoll tut. Außerdem bin ich überhaupt nicht einer, mit dem man über Sachen reden kann, über die man sonst mit niemandem reden kann. Ich habe das nicht gern, wenn man mit mir über solche Sachen reden will. Ich selber rede nicht über Sachen, über die ich sonst mit niemandem reden kann. Über solche Sachen rede ich eben mit niemandem. So eine Sache hätte ich zwar auch gehabt. Und eigentlich hätte ich doch gern mit der Lilli darüber geredet, darum habe ich sie angerufen und darum wollte ich, daß ich zu ihr gehe und nicht sie zu mir. Jetzt hat sie selber eine Sache, über die sie mit mir reden will. Ich bin neugierig, ob mich ihre Sache interessiert. Ich glaube, daß sie mich nicht besonders interessiert. Und wahrscheinlich hätte ich sowieso nicht mit der Lilli darüber gesprochen, daß die Erika zu mir gesagt hat, ich soll sie töten, weil es bei ihr selber nicht funktioniert hat damals auf dem Balkon. Ich soll die Erika töten. Die Lilli wäre ja umgefallen.

Oskar erzählt, daß er an nichts anderes mehr gedacht hat, Tag und Nacht. Zuerst dachte ich darüber nach wie über eine Erfindung, wie über den Wanderstock für meinen Ziehvater. Ich dachte, wie macht man es am geschicktesten, daß die Erika stirbt und daß sie nichts spürt und daß niemand etwas merkt. Das alles, erzählt Oskar, hat ihn so niedergedrückt, als hätte er es schon getan. Er fertigte wieder eine Liste. Ich habe ein Blatt aus dem Rechenheft gerissen und von oben nach unten einen Strich gezogen. Links wollte ich schreiben, was dafür spricht, daß ich es tue, rechts, was dagegen spricht. Ich habe nichts darauf geschrieben. Was mir eingefallen ist, wäre zu gefährlich gewesen, wenn jemand das Blatt erwischt hätte. Links wäre gestanden: Weil es die Erika will. Rechts wäre gestanden: Gefängnis.

Mit der Lilli darüber zu reden, ist auf alle Fälle ein Blödsinn. Mit der Erika rede ich überhaupt nichts mehr. Ich warte längst nicht mehr ab, bis sie heraushat, was sie sagen will. Weil ich mich davor fürchte.

Am besten ist, man wird einer, vor dem man sich fürchtet. Wenn man sich vor jemandem fürchtet, fragt man ihn nicht Sachen, die brenzlig sind, man tut ihm schön und läßt ihn in Ruhe. Und wenn er zur Tür hereinkommt, wird es still. Man fürchtet sich in erster Linie vor großen, starken Männern, das weiß ich. Ich werde wahrscheinlich nie ein großer Mann. Damit ich wenigstens stark werde, habe ich angefangen, jeden Morgen Liegestützen zu machen. Ich kriege zwei her. Ich habe einfach keine Kraft in den Armen. Ich denke, wenn ich einen Monat lang jeden Tag zwei Liegestützen mache, kann ich mich im nächsten Monat auf drei steigern und dann auf vier und dann auf fünf. So muß es mir gelingen, bis ich ein Mann bin, hundert Liegestützen am Tag fertigzukriegen. Leicht! Vielleicht sogar mehr. Wahrscheinlich werde ich achtzig Jahre alt. Ein Jahr hat zwölf Monate.

$80 \times 12 = 960$

Ich bin neun Jahre und sieben Monate alt. Das sind zusammen hundertfünfzehn Monate. Die muß ich wegzählen, weil ich erst jetzt angefangen habe, Liegestützen zu machen.

$960 - 115 = 845$

Die Rut, erzählt Lilli, hat mir von sich aus angeboten, daß sie mitgeht, wenn ich den Oskar besuche. Ich nehme mich jetzt zu Hause zusammen, und es geht sehr gut. Am Abend wollten wir zum Beispiel Fernsehen und nach ein paar Minuten haben wir den Fernseher abgeschaltet, weil wir uns viel lieber unterhielten. Wir mußten beide darüber lachen.

Wir fahren mit dem Zug zwei Haltestellen, und dann heißt es, eine halbe Stunde zu Fuß gehen. So weit abgelegen wohnt Oskar mit seinen Leuten. Ich bin aufgeregt. Zuerst habe ich das kornblumenblaue Kleid angezogen, das mir die Rut hat umnähen lassen. Ich bin in Jeans gegangen, hat keinen Wert, nichts paßt mir. Wir meldeten uns vorher selbstverständlich telefonisch an und brachten Kuchen mit, Kirschstreusel und Sacher.

Eine Frau öffnete uns die Tür. Das wird die Turnlehrerin sein, von der mir Oskar am Telefon gesprochen hat. Sie ist sehr freundlich und bittet uns in die Küche, die übergeht in ein Eßzimmer und durch eine Schiebetür abgetrennt werden kann. Sie lobt meinen Haarschnitt und wundert sich, daß ich Oskar nicht ähnlich sehe. Die Küche ist sehr gemütlich, eine Ecke besteht ganz aus Fenstern mit Holzrahmen, durch die freundlichen Vorhänge fällt im Frühling bestimmt die Sonne herein. Hier steht der gedeckte Tisch, in der Mitte ein Gugelhupf, außen herum im Kreis Teller und Tassen mit Untertellern und gefalteten Servietten und Löffeln und Kuchengabeln, die bei Gugelhupf nicht nötig wären. Unseren Kuchen nimmt mir die Frau aus der Hand, ich habe ihn später gar nicht mehr gesehen. Es wäre ein wirklich guter Kuchen gewesen.

Tee oder Kaffee, fragt die Turnlehrerin. Mir gefällt, daß sie jedem Wort frisch nachlächelt, auf der Seite heben sich die Lippen so schön über die Zähne. Sie trinkt Tee, die Rut trinkt Tee. Ich sage, ich weiß nicht oder doch, auch Tee. Was, alle Tee! Gut, nehme ich Kaffee, sage ich und frage, wo denn der Oskar ist. Die Turnlehrerin sagt: Der füttert die Oma zu Ende, eine gute Reissuppe, willst du einen Teller, ist noch warm.

Von einer Oma weiß ich nichts. Von einer Oma war nie die Rede gewesen. Die Rut hebt den Kopf und schaut kurz zu mir. Sie wundert sich wie ich. Sogar eine Oma. Der Oskar ist zu beneiden, das ist völlig Wurscht, daß die seine Briefe lesen. Und das Baby, frage ich. Die Turnlehrerin antwortet, spricht nicht zu mir, sondern zu Rut hinüber: Mein Mann ist mit dem Kind eine Runde auf dem Rad und so.

Darf ich trotzdem gleich zum Oskar, sage ich, ich bin so gespannt. Automatisch lächle ich ebenfalls meinen Worten nach und hebe dabei ebenfalls die Lippen an der Seite, automatisch mache ich das, nicht um sie auszuspotten. Das sieht bei mir sowieso ganz anders aus.

Außerdem: Nur wenn sie mit mir redet, lächelt sie so freundlich, wenn sie mit der Rut redet, biegen sich die Mundwinkel nach unten, vermutlich wieder automatisch. Ich rechne damit, daß sie gleich weinen wird. Viele Frauen weinen bei der Rut gern.

Die Turnlehrerin zeigt mir, in welchem Zimmer der Oskar die Oma zu Ende füttert. Die Rut steht auf und kommt zu mir, legt ihre Hand auf meine Schulter, da sagt die Turnlehrerin zur Rut: Ich glaube, wir beide sollten die beiden jetzt lieber . . .

Ich gehe hinein. Vor Schreck schüttet Oskar die Suppe aus. Die alte Frau liegt auf einem hohen Bett und zu meiner Begrüßung bewegt sich ihr Arm, als ob er von Fäden an einer Stange geführt würde. Ich gehe einen Lumpen holen wegen der verschütteten Suppe und sehe schon die Turnlehrerin der Rut gegenüber sitzen und in ihre Hände hineinschluchzen. Das ist schnell passiert. Sie bemerken mich nicht. Ich kehre auf Zehenspitzen wieder zurück. Jetzt erst schaue ich Oskar ins Gesicht, und mir fällt sofort wieder ein, wie er mich einmal gesucht hat, ich bin auf einem Stein gesessen und wollte nicht mehr nach Hause zurück.

Gleich, Lilli, sagt er. Das ist die Erika.

Guten Tag, sage ich, ich bin die Lilli.

Oskar hat immer noch das Kindergartengesicht. Seine Beine kommen mir lang vor, und er wirkt sehr dünn und zornig, ich fürchte mich vor ihm. Ich war gespannt, was er zu meinem Haarschnitt sagt. Er hat gar keine Veränderung bemerkt. Er hat die Decke mit der verschütteten Suppe mit einem fachmännischen Wirbel zusammengerollt, und ich sah den Körper von der Erika in einem weißen Nachthemd. Sie hatte die Beine ein wenig angezogen. Die Knie bewegten sich wie zwei

Keulen. Ich wußte gar nicht, wie man sich in einem solchen Fall verhält, und habe noch einmal Grüß Gott gesagt.

Die Erika kann heute nicht sprechen, sagte Oskar. Warte.

Er nahm die schmutzige Decke und ließ mich allein mit der alten Frau, die man hier Oma nennt und zu der er Erika sagt, sie hat an mir vorbeigeschaut. Ich denke natürlich gleich, die mag mich nicht. Ihr Gesicht ist wie aus Seife. Und sie bewegt sich, als ob sich etwas in ihr drinnen den Pelz schüttelt. Zittern ist feiner, das war grob, fast Fuchteln. Oskar kommt mit einer anderen Decke zurück und legt sie über die alte Frau. An den Seiten stopft er die Decke unter die Matratze. Das preßt die Knie und die Arme der Frau nieder, und sie wird ruhiger. Oskar kann das gut und flink. Niemanden schaut er dabei an. Er hat ungekämmte, verfilzte Haare.

Wir sind hinter das Haus gegangen, und Oskar hat gesagt: Wenn es an der Zeit ist, muß ich dir ein strenges Geheimnis anvertrauen, daß du beim Totumfallen nicht verraten darfst, Lilli.

Was ist es denn, dreht es sich um deine Gabe, daß du die winzigsten Sachen sehen kannst?

Nein, hat Oskar gesagt, es ist diesmal etwas ganz Großes.

Sag es mir wenigstens ungefähr, drängte ich.

Es ist etwas Gutes für uns, sagte er.

Womit hat es zu tun?

Das kann ich nicht sagen.

Mit unserer Mama?

Nein, mit der Mama hat es nicht zu tun.

Was kann es sein, wenn es etwas Gutes ist?

Daß es uns gutgeht, daß es uns nie schlechtgeht. Mehr kann ich nicht sagen.

Was heißt das, Oskar?

Daß wir nie arm sein werden. Mehr kann ich nicht sagen.

Hat es mit Geld zu tun, Oskar?

Daß wir reich sind vielleicht. Wahrscheinlich sind wir bald sehr reich, und es ist nicht wie im Märchen, das könnte ich nämlich nicht leiden. Jetzt sag ich nichts mehr, ganz egal, was du mich fragst.

Ich habe ihn noch gefragt, ob er wenigstens einen Freund hat in der Schule, und er hat den Theo genannt, für den seine schöne Schwester sorgt, die blonde Locken hat wie ein Engel und die mehrere ganz sauteure Pelzmäntel besitzt. Von einem Sebastian hat Oskar noch geredet und von einem Daniel, die aber nicht seine Freunde genannt werden können. Dieser Sebastian habe gesagt, wenn er volljährig sei, würde er sich umbringen, weil man, wenn man volljährig ist, machen kann, was man will.

Oskar, habe ich gesagt, du mußt wieder einmal deine Nägel schneiden. Wenn die Nägel so lang sind wie bei dir, sammelt sich unheimlich viel Dreck, und das ist ungesund.

Was ist die Sache, über die du mit mir reden willst, fragte er plötzlich, und ich habe ganz den Mut verloren, und gesagt: Es ist nichts.

Er hat genickt. Mir kam vor, daß es ihm langweilig ist mit mir.

Bist du gern hier, Oskar?

Was?

Ob du gern hier bist.

Es geht.

10

Sollen sie in mich hineinleuchten, da ist alles dunkel

Heute vormittag hatten wir schulfrei, weil Theos Mutter gestorben ist. Ich, erzählte Oskar, dachte nie ans Sterben, aber daß ich im Sommer begraben werden wollte, das war mir immer klar. Der schnelle Übergang von der warmen Haut in den halbgefrorenen Boden – das ist nichts für mich. Weihnachten war vorbei, ich habe eine gebrauchte Märklin-Elektrolok aus der ehemaligen Eisenbahnanlage des Biologielehrers gekriegt, ohne Geleise, ohne Transformator, zum Anschauen, nicht zum Fahren, ich schaue sie gern an. Lilli hat von ihrer Ziehmutter restlos neue Kleider bekommen und von noch jemandem ein Halskettchen. Wir haben uns angerufen. Sie mich. Unsere ganze Klasse war auf dem Begräbnis. Gestern sammelte der Lehrer von jedem zwanzig Schilling ein, damit ein Kranz gekauft werden konnte. Weiße Nelken waren auf dem Kranz aufgesteckt, das paßte gut zum Schnee. Am Vormittag hat es nämlich plötzlich zu schneien begonnen, und wie, zur Ehre dieser Toten vielleicht. Ehrengeleit, Ehrengericht, Ehrengeschenk. Seit neuestem interessieren mich manchmal Wörter. Ich habe mir zu Weihnachten einen Duden gekauft. Ich hätte nämlich ebenfalls gern zwei Sachen gehabt. Am ersten Werktag nach Weihnachten bin ich sofort in den Buchladen gegangen, der zudem Tapeten und Teppiche führt, das Geld habe ich aus Erikas Schatz genommen, ohne zu fragen, gebe ich zu. Ich habe es einfach nicht mehr ausgehalten. Feiertage machen mich verrückt. Einmal habe ich das Baby weggeschupft. Zuerst wollte ich einen Tachometer kaufen. Ich besitze kein Fahrrad, also warum. Außerdem, dachte ich, weil das Geld ja eindeutig gestohlen ist, gleicht es sich ein bißchen aus, wenn ich den Duden kaufe. Ganz gestohlen war das Geld nicht, denn die Erika wollte mir vor Weihnachten die ganze Zeit etwas sagen. Das Reden fällt ihr inzwischen noch viel schwerer. Ich wollte ihr nicht zuhören. Ich hörte ihr schon lange nicht mehr zu. Ich glaube allerdings, daß sie mir sagen wollte, ich soll Geld aus dem Schatz nehmen und mir etwas zu Weihnachten kaufen. Ich lese im Duden und lerne auswendig. Das nützt sicher. Auf der Kranzschleife stand geschrieben: Letzte Grüße von Theos Freunden. Theo hat gar nicht soviel Freunde. Er hat eigentlich nur mich, und ich bin nicht sein richtiger Freund. Das kommt daher, weil Theo immer noch wie ein Kindergärtler aussieht und auch so ist. Bei jeder Gelegenheit weint er. Er verzieht dabei den Mund zu einem Haken, und in den Augen steigt das Wasser auf, als hätte er irgendwo im Nasenloch einen winzigen Schlauch. Das macht mich verrückt. Wenn wir gemeinsam nach Hause gehen, bleibt er dauernd stehen, zupft Gräser ab, sammelt Steine ein, wenn es nach ihm ginge, würde er jedesmal den Schulweg verdreifachen, die Zeit, meine ich. Das macht mich verrückt. Wenn er mir zu langsam wird, renne ich vor. Ich kann mir das nicht leisten, so spät nach Hause zu kommen. Theo stört das nicht, wenn ich ihm davongehe. Er weiß, daß, wie spät es auch wird, seine Schwester auf ihn wartet und niemals mit ihm schimpft. Das kann ich mir gar nicht vorstellen. Er behauptet es, und ich muß es ihm glauben. Der Theo lügt nicht. Das macht mich noch einmal verrückt. Mit mir schimpft auch niemand. Es hat auch niemand das Recht dazu.

Ich zum Beispiel habe gar nicht gewußt, daß Theos Mutter überhaupt krank war. Warum erzählt er so etwas zum Beispiel nicht? Mir hat er einmal erzählt, sein Vater habe keine Anstellung und liege immer bis Mittag herum. Das sei nicht das geringste Problem, weil die Schwester, also Theos Schwester, eh so viel verdient, daß es für alle reicht. Sie geht auf den Strich. Wir waren zuerst in der Totenmesse, anschließend sind wir geschlossen in einer Zweierreihe auf den Friedhof gegangen. Unsere Klasse zottelte am Schluß. Vorneweg fuhr die Kutsche, zwei schwarze Pferde waren eingespannt. Die Kutsche der Leichenbestattung ist schwarz lackiert wie ein Klavier. Ich habe so ein Klavier irgendwo einmal gesehen. Es fällt mir nicht mehr ein, wo das war. Obendrein ist die Kutsche noch mit Silber verziert. Der Kutscher, der eine Uniform und einen dreieckigen Hut trug, hat Hü gerufen und die Pferde abgebremst. Die Pferde waren genauso schwarz-silbern geschmückt. Ich besitze keinen schönen Anzug. Die Sargträger sind gekommen und haben den Sarg herausgezogen wie eine Schublade. Einer von ihnen ist ein Sandler, den sehe ich oft auf dem Nachhauseweg. Er sitzt auf einer Bank beim Spielplatz und ist froh, wenn jemand vorbeigeht. Einmal hat er mich zu sich gewinkt. Wir sind ziemlich lang nebeneinandergesessen. Es ist keine richtige Unterhaltung aufgekommen, und ich bin wieder gegangen. Er fragt die Leute, die vorbeikommen, ob sie ihm einen Sigmund Freud leihen, damit er sich eine Jause kaufen kann. Nicht jeder weiß sofort, daß ein Sigmund Freud ein Fünfzigschillingschein ist, aber jeder weiß, daß er das Geld für Schnaps braucht. Schlafen habe ich ihn auch schon gesehen, der Kopf hing ihm über das Ende der Bank, das Kinn zeigte in den Himmel wie ein bewaldeter Berg bei einer Spielzeugeisenbahn. Oft ist er verletzt übrigens. Ding heißt mein Gegner, sagt er. An allen Dingen haut er sich an, ich weiß nicht warum. Theo sagte, wenn der länger nicht mehr auf seiner Bank hockt, liegt er im Krankenhaus, weil sie wieder bei ihm nähen müssen. Einen Tag später sitzt er mit Gips oder mit einem Kopfverband wieder auf seiner Bank. Der Bürgermeister beschäftigt ihn am Morgen, da kann er noch gehen. Ich würde ihm erst Geld geben, wenn ich sicher wüßte, daß ihm niemand sonst mehr etwas gibt. Jetzt als Sargträger hat er die Hand verbunden. Die Arbeit kann er gut, es sieht so aus, als ob er der Chef der Sargträger ist. Er gibt Zeichen und Kommando. Die anderen folgen ihm. Ich bin froh darüber. Seine Nase ist violett und das übrige Gesicht feuerrot. Schnee fällt auf die Sargträger. Auf dem roten Gesicht wird er wegschmelzen wie nichts.

Der Sarg von Theos Mutter sieht vornehm aus, schwarzes, glänzendes Holz mit silbernem Schmuck außenherum. Die müssen den Schmuck extra aussägen und in Silberfarbe eintauchen. Vier Griffe sind am Sarg, ebenfalls aus Silber. Obendrauf ein Kreuz, über das ein Zweig gelegt ist, und von dem Kreuz gehen Strahlen aus, das Ganze wieder aus Silber. Im Sarg drinnen, hat später der Theo erzählt, war ein ausgepolstertes Bett aus glänzendem Stoff, Kopfkissen, Zudecke, Matratze, alles. Was das zusammen wohl gekostet hat. Sicher über zwanzigtausend. Das ist allerdings kein Problem in der Familie, wo doch Theos Schwester sehr reich und freigiebig ist. Ein Reicher in der Familie genügt, finde ich. Ich werde einmal reich sein. Das werde ich übernehmen. Die Lilli hat keine Hand für das Geld. Und Geld hat sie auch nicht.

Jetzt habe ich Theos Schwester zum erstenmal gesehen. Ich habe sie nicht richtig gesehen, weil sie mit einem schwarzen Netz verhängt war. Neben ihr standen Theo und sein Vater. Der hatte viele kleine Wunden im Gesicht. Die Schwester trug einen Pelzmantel, der sicher echt war, nichts Besonderes, dunkelbraun. Theo sagt von ihr, daß sie aussieht wie ein Engel. Das konnte ich am Friedhof nicht beurteilen. In ihrem Kasten hängen noch vier weitere Pelzmäntel, sagt Theo, einer sogar von einem weißen Tiger. Wenn man die alle verkauft, dachte ich, gäbe es dafür eine Flugreise nach Caracas für zwei Personen. Spielend. Es würde noch Geld übrigbleiben für eine Zeitlang dort leben.

Wahrscheinlich wüßte Lilli dort gar nicht, was sie anfangen soll. Die Schwester war wie eine Säule zwischen Theo und ihrem Vater gestanden. Theo hat seinen Kopf in ihrem Pelzmantel vergraben, der Vater soll in das ausgeschaufelte Loch gefallen sein, daß man den Tatsch bis zur Kapelle hinüber gehört hat, wie sein Kopf auf das lackierte Holz aufgeschlagen ist. Das hat mir der Sandler später erzählt. Er geht im Fasching übrigens als Scheich. Wir sind, bevor das passiert ist, leider vom Lehrer abgeführt worden, in Zweierreihen wieder, er ermahnte uns zur Ruhe, obwohl wir eh stockstill waren. Unsere Schuhe haben einen schmalen Weg getreten, keiner hat den Schritt weit ausgeholt. Jeder achtete darauf, daß er in die Stapfen von seinem Vordermann paßt. Ein paarmal wollten wir zurückschauen. Der Lehrer drohte stumm mit dem Finger und hob das Kinn in die gewünschte Richtung vor zur Hauptstraße. Hinterher war schulfrei, weil es sich nicht mehr rentiert hätte, die Beerdigung war genau mitten am Vormittag.

Eine Stunde vor meiner sonstigen Zeit kam ich zu Hause an. Niemand war im Haus. Außer die Erika natürlich. Die schlief. Ich habe zu ihr hineingeschaut, alles war in Ordnung.

Der Ziehvater kommt früher als sonst, es gibt zwar keinen Grund dafür. Er schaut hinein zur Erika. Sonst, wenn er kommt, ist sie wach. Als er seine Mutter betrachtet, wie sie schläft mit dem offenen Mund wie ein Loch, sagt er: Mein Gott! Ich ruf den Arzt an! Und hat es getan.

Ich fragte ihn, warum er um Himmels willen den Arzt angerufen hat. Die Erika schläft, ich habe das nachgeprüft, sage ich. Hast du noch nie gesehen, wie sie schläft, sage ich. Ihr Herz schlägt leise und regelmäßig! Ihr Herz ist das einzige an ihr, was nicht zappelt. Die ist nicht tot, glaub mir, sage ich, ich kenn mich aus, jedesmal wenn ich aus der Schule komme, prüfe ich ihren Herzschlag. Der ist da. Der ist wie immer. Er ist leise, aber er ist da und genau wie immer. Wenn sie liegt, wie soll sie ein aufgeregtes Herz haben?

Red nicht so mit mir, hat mich der Ziehvater angeschrien.

Ich sage lediglich, daß die Erika nicht tot ist, sagte ich, das ist doch gut.

Aber du brauchst mich deswegen nicht als einen Deppen hinzustellen.

Das habe ich nicht getan.

Das tust du die ganze Zeit.

Das stimmt nicht.

Du schleichst herum und schaust uns nicht an.

Das stimmt gar nicht.

Und wenn du denkst, wir schauen nicht, dann schaust du uns an. Glaubst du, das merken wir nicht?

Das stimmt überhaupt nicht.

Das macht die Antonia fertig.

Das tu ich gar nicht.

Wir wissen genau, was du tust.

Ich tu gar nichts.

Und jetzt hast du einen Zorn auf mich.

Das stimmt auch nicht.

Kannst du dir nicht vorstellen, Oskar, daß es für mich furchtbar ist, meine Mutter in so einem Zustand zu sehen, daß ich das kaum aushalte? Andere würden ihre Mutter in ein Heim stecken. Das tu ich nicht. Ich kann sie nicht dauernd anschauen, das ist es. Ich bringe das nicht fertig. Das heißt aber nicht, daß ich meine Mutter deswegen nicht mag. Das Gegenteil heißt das. Ist das zu verstehen!

Er hat so laut geschrien, daß es völlig klar war, daß die Erika davon aufwacht. Ein komischer Trick. Wenn er sie mag, kann er es ihr sagen, ohne daß ich dabeistehen muß und ohne daß er mich zuerst anschreien und heruntermachen muß. Er soll einfach hineingehen in das Zimmer, in dem es nach Arznei riecht und in normaler Lautstärke mit der Erika reden. Ich, wenn ich es genau nehme, mag nur noch die Lilli, und am wenigsten zur Zeit mag ich das Baby.

Bald darauf kam der Hausarzt, er trug Turnschuhe und einen Jogginganzug, er hatte, wie er sagte, eigentlich seinen Dienst bereits beendet.

Als der Doktor Erika für die Untersuchung aufweckte,

mußte ich das Zimmer verlassen. Ich hatte den ganzen Tag noch nichts gegessen. Ein paar Minuten später kamen die beiden zu mir in die Küche.

Der Doktor sagte: Um es kurz zu machen.

Mit ist vor Schreck der Löffel mit trockener Ovomaltine aus der Hand gerutscht und auf den Boden. War schon ein Blick vom Biologielehrer da.

Sie ist völlig ausgedörrt, sagte der Doktor.

Wie ist das möglich, sagte der Biologielehrer.

Viel Trinken, sagte der Doktor und war weg.

Der Biologielehrer hat eine Fertigpizza ins Rohr geschoben, eine wurstlose, und extra noch Reibkäse darübergebröselt. Ich habe das gern. Zuerst überlegte ich, ob ich bocken soll. Am Ende habe ich mehr als die Hälfte der Pizza verputzt.

Dann kam die Turnlehrerin nach Hause, sie trug das Baby unter dem Arm wie eine Papierrolle. Das Baby plärrte natürlich, und mir ist alles vergangen.

Ein verdünntes Mittel für seine Nervchen hat er mir gegeben, sagte sie und knallte das Baby mitten auf den Tisch, und der Lehrer hat den Kopf eingezogen. Hat er mir wieder leid getan, und innerlich war ich mit ihm gut.

Hast du dich jetzt entschieden, fragte er.

Ich mußte mich nicht entscheiden, maulte sie.

Ich hatte keine Ahnung, worum es ging.

Sag es dem Oskar, sagte sie.

Und der Lehrer sagte zu mir: Wir bekommen noch ein Baby.

Das darf doch nicht wahr sein! Das fehlt mir gerade noch! Als ob nicht das eine völlig genügt! Zu dem einen noch ein zweites dazu, das ist ein völliger Blödsinn, das hält die Turnlehrerin gar nicht aus! Und das wird sicher wieder kein Baby, das ich mag, da wette ich. Jetzt soll ich zweimal so tun, als ob ich jemanden gern hätte. Was schauen sie mich beide jetzt so an? Jetzt will mir der Biologielehrer erklären, wie die Kinder auf die Welt kommen. Das weiß ich. Das weiß ich schon lange. Das weiß ich schon immer. Das habe ich alles schon lange mit dem Daniel besprochen. Nur der dumme Theo weiß es nicht. Der Mann legt sich auf die Frau, steckt seinen Schwanz in sie hinein. Ich weiß auch, was es heißt, wenn man von einer Frau sagt, sie geht auf den Strich. Dann kriegt sie dafür viel Geld. Ich weiß auch, daß man davon nicht automatisch ein Baby bekommt. Wie man es macht, daß man eines bekommt, weiß ich zwar nicht. Automatisch eines bekommen, tut niemand. Es wäre also nicht nötig gewesen. Sie haben es extra getan.

Eine Frau in meinem Alter, ich bin über fünfunddreißig, wenn ich mir vorstelle, daß von tausend Kindern eines mit einer Mißbildung auf die Welt kommt...

Die Lehrerin hat sich geschneuzt und das Brot in ihrer Hand zerbröselt, die Nase ist ihr davongeronnen, aus Versehen hat sie den Rotz mit der Brotrinde abgeputzt. Der Lehrer hat ihre Hand gehalten und hat dazu die Babyhand mit draufgelegt, jetzt waren die drei Hände übereinander, die von der Mutter zuunterst, die vom Baby drüber und die vom Vater wie ein Schutzpanzer ganz oben. Bin ich froh, daß ich nicht dazugehöre, habe ich mir gedacht.

Die Turnlehrerin erzählte von einer Bekannten, ihr Kind ist am Kindertod gestorben. Das gibt es, daß auf einmal ein ganz gesundes Kind tot im Bett liegt. Ich habe beim Kinderarzt ein Kind mit einem Wolfsrachen gesehen, redete sie weiter.

Was ist ein Wolfsrachen, fragte ich und kriegte keine Antwort. Ich habe mir überlegt, ob eine Frau ein Kind auf die Welt bringen könnte, das so groß wäre wie sie selber. Es könnte vielleicht sein, daß sich die Frau einfach von innen nach außen stülpt, daß das Kind die Frau von innen aufißt, bis die Frau selber ein feiner Hautmantel ist, der beim Waschen in der Badewanne zum Beispiel spielend abgeht.

Ach, jetzt verstehe ich, sagte der Lehrer, wegen dem Wolfsrachen bist du so hysterisch. Ich bin überhaupt nicht hysterisch, sagte die Lehrerin, das ist eine Gemeinheit, wenn du das sagst. Wir bekommen ein gesundes Kind, sagte der Lehrer, ich weiß das, und er sagte, daß er noch eine zweite Fertigpizza gekauft hat, die er jetzt warm machen will zur Feier des Tages. Die Turnlehrerin, die nie aufhören kann, sagte: Der Käse wird im Magen zu Stein, es wird mir schlecht, wenn ich Essen sehen muß, und wenn ich essen muß, wird es mir am schlechtesten, warum sieht das niemand ein.

Der Lehrer hat das Baby auf den Boden gesetzt, es ist zu meinem Stuhl gerutscht und hat sich an meinem Fuß hochgezogen und ich habe es heimlich immer wieder umgeschupft. Das hat ihm gefallen.

In der Zeitung steht, hat der Lehrer gesagt, daß wir heute ins Theater müssen, das wird dich aufheitern. Oskar paßt auf die Erika und das Baby auf, nicht wahr, Oskar, oder hast du etwas anderes vor?

Was soll das für ein Anhängsel sein, bitte, ob ich etwas anderes vorhabe. Der weiß doch ganz genau, daß ich nichts vorhaben kann. Das war sein Übermut. Nachher wollten sie noch zu Ehren von dem neuen Baby in ein Speiselokal gehen und fein essen. Weil das Baby mitißt, sagte der Lehrer und lachte so laut wie über einen Witz. Wenn alles gut gelaufen ist, kriegt der Oskar etwas geschenkt, hat es am Schluß noch geheißen. Was soll das: Wenn alles gut gelaufen ist? Fünfmal sind sie mir bereits etwas schuldig geblieben.

Kaum waren die zwei aus dem Haus, habe ich das Baby frisch gewickelt, es war verschissen bis zu den Knien, die Windel hat getropft vor Scheiße und Brunze. Mich ekelt es vor dem Gestank. Ich habe das Baby in die Wanne gehalten und ihm mit der Brause den Hintern ausgewässert. Ich kann es sicher am wenigsten in der ganzen Familie leiden. Trotzdem muß es bei mir am meisten lachen. Wenn ich es vor Zorn mit der Brause abspritze, tut es zuerst, als würde es keine Luft kriegen, und dann lacht es und pfeift es. Ich habe es von oben bis unten mit Creme eingeschmiert. Dabei habe ich es extra grob umgedreht. Das Baby hat mich an den Haaren gepackt und wieder laut gelacht. Ich ziehe dem Baby die Kraftbänder von der Erika an, sie benutzt sie ja nicht mehr. Das Kind hat den größten Spaß damit und ist im größten Maße gesichert, weil es jetzt von allein nicht aufstehen und vom Wickeltisch fallen kann. Das ist eine gute Idee. Jeder wird zwar sagen, das ist brutal. Warum? Weil es nämlich niemand ausprobiert. Es ist in Wahrheit eine gute Idee. Das Baby jedenfalls weiß, daß es eine gute Idee ist. Siehst du, habe ich zu ihm gesagt, das einzig Sympathische an dir ist, daß es dir Wurscht ist, ob ich dich mag oder nicht. Zuletzt habe ich ihm den Schnuller in den Mund geschraubt und den Schlafsack angezogen. Ich legte das Baby in sein Gitterbett und zog ihm die Spieluhr auf. Wenn ich ihm lange ins Gesicht schaue, denke ich, ich werde blöd. Ich habe es noch plappern hören, ganz zufrieden war es, und bald ist es eingeschlafen.

Dann hat die Erika geklopft. Das habe ich noch nicht erzählt: eine Erfindung von mir, die eigentlich keine richtige Erfindung ist. In der Garage von einem Nachbarn von der Turnlehrerin ihren Eltern war ein uraltes Fahrrad, das habe ich zufällig einmal gesehen, als ich mitgenommen worden war. Da ist mir eine Idee gekommen. Die Fahrradpumpe war mit so praktischen Klemmen festgemacht, zwei Klemmen. Ich habe gefragt, ob ich die haben kann. Das Fahrrad war eh vollkommen kaputt. Der Biologielehrer hat mich vor den Leuten gelobt und gesagt, ich sei ein Erfinder, und er hat die Klemmen abgeschraubt und zu Hause hat er sie nach meinen Anweisungen zuerst zurechtgebogen und dann auf der rechten Seite von Erikas Bett angeschraubt und zwar übereinander. Wir haben im *Bauhaus* ein Rundholz gekauft, eine Art Besenstiel, dicker und kürzer. Das kann man einklemmen. Wenn jetzt Erika etwas will, und sie kann ja nicht rufen, damit ist es endgültig vorbei, dann nimmt sie den Stab aus den Klemmen, das geht leicht, trotz Zittern, und klopft damit auf den Boden. Ganz selten hat sie es bisher gemacht. Erst zweimal zum Ausprobieren. Es hat einwandfrei funktioniert. Ich weiß nicht, warum sie den Stab sonst noch nie verwendet hat. Es hätte mich gefreut.

Heute hat sie geklopft. Zuerst wußte ich nicht, was das ist. Die Erfindung hatte ich vor Weihnachten gemacht und habe nicht mehr daran gedacht. Sehr ungern bin ich zu ihr gegangen. Sie hat mich nicht freundlich angesehen. Aber auch nicht unfreundlich. Es hat nichts mit mir zu tun gehabt. Sie verlangte, daß ich sie ans Küchenfenster führe, von dem aus sie die Bergkette sehen kann. Wie lange das gedauert hat, bis sie das heraus hatte. Ich sage schon lange nicht mehr: Schaufel.

Es war eine Vollmondnacht. Das stimmt, eine Ewigkeit hat sie nicht mehr auf die Berge geschaut. Es war für mich sehr mühevoll, sie aus dem Bett zu bringen. Dazu braucht es Kraft. Ich habe die Liegestützen vernachlässigt. Ich hätte zuerst genauer nachdenken sollen. Ich habe eben leider gar nicht nachgedacht, wie man so etwas bewerkstelligen könnte. Sie hat sich mir an den Hals gehängt, und ich habe sie unter den Armen gehalten. Ihr Hals riecht nach Arznei. Zuerst drehte ich sie im Bett herum, damit der Kopf nicht mehr zur Wand schaut. Dann legte ich zwei Kissen auf den Boden. Vorsichtig zog ich sie aus dem Bett. Trotzdem ist sie heruntergeplumpst. Es hat ihr weh getan. Obwohl die Kissen darunter waren. Ich hatte vergessen, die Türen alle aufzumachen. Das mußte zuerst sein, damit wir freie Bahn hatten. Sitzen konnte sie nicht von allein. Habe ich sie also vorläufig auf den Boden gelegt. Ich räumte schnell alles aus dem Weg. Ihre Zitterhand mit den Fingernägeln hat am Boden gekratzt. Niemandem gelingt es, ihr die Fingernägel zu schneiden. Ich habe sie aufgehoben in den Langsitz und sagte, sie soll das Kissen unter sich festhalten. Das ging nicht, weil sie vor lauter Zittern den Stoff nicht erwischt hat. Ich habe ihre Hand zum Kissen gepreßt und gesagt: Jetzt, halt fest, halt fest! Ging nicht. Ging einfach nicht. Habe ich es eben anders probiert. Ich habe sie unter den Armen gefaßt und langsam gezogen. Das Kissen war wie ein Schlitten unter ihr. Es hat funktioniert. Jedenfalls bis zur Türschwelle. Bei der Türschwelle legte ich die Erika wieder auf den Boden und sagte zu ihr, sie soll sich jetzt zusammenkrümmen, weil ich vorhatte, sie über die Schwelle zu rollen. Das hat nicht geklappt, wieder wegen dem Zittern. Wie krieg ich sie bloß über die Schwelle. Die Schwelle ist so hoch und so eckig. Ich kann die Erika nicht einen Zentimeter hochheben. Einfach keine Kraft. Das Nachthemd ist ihr hinaufgerutscht und darunter war die faltige, weiße Haut. Wir haben es probiert und probiert. Sie hat geweint. Ich habe geheult. Was tue ich jetzt? Keine Ahnung. Das war der Grund, warum ich geweint habe. Zurück ins Bett schaffe ich es nie mit ihr. Wir haben noch einen Anlauf genommen, sie hat sich klein gemacht und probiert, daß das Zittern weniger wird, und auf einmal ist es gegangen, ich wußte nicht, wie, und wir waren im Gang. Da ist noch eine Schwelle, die bei der Küche, und die ist nicht niedriger. Ich habe folgendes gemacht: Ich habe ein Regalbrett im Wohnzimmer abgeräumt und die Bücher, genauso wie sie darauf gestanden haben, neben das Sofa gestellt. Das Brett hat sich leicht herausnehmen lassen. Ich legte es als Rampe auf die Schwelle bei der Küchentür. So ging es. Es war alles zusammen ein Krampf und hat mindestens eine Stunde gedauert.

Schuld bin ich, ich hätte weiter meine Liegestützen machen sollen. Ich habe keine Kraft. Geredet habe ich nichts mit der Erika. Sie mit mir sowieso nicht. Ich wollte am schlimmsten Punkt, der war bei der ersten Schwelle, dort wollte ich die Lilli anrufen und fragen, ob sie ihre Ziehmutter fragen könnte, ob sie nicht vorbeifahren könnte bei uns. Ich hätte ungefähr eine Stunde neben der Erika auf dem Boden warten müssen.

Unmöglich war es, die Erika in der Küche auf einen Stuhl zu setzen. Das mußte nicht unbedingt sein. Ich habe sie im Sitzen umgekippt und unter sie noch ihre Zudecke gestopft und habe sie wieder aufgerichtet. So saß sie. Die Armgewichte holte ich ihr. Vom Boden aus konnte sie die Berge im Mond sehen. Und das war es, was sie wollte. So hat sie die Berge im Vollmond gesehen.

Der Mondschein lag auf ihrer einen Schulter und führte weiter über den Küchenherd und die Dreifachtrennmüllkübel hinweg. Bei den Gewürzen war er zu Ende.

Die Erika hat gefroren, und das kam noch zum normalen Zittern dazu. Ich habe eine Wolldecke aus dem Wohnzimmer geholt und sie eingehüllt. Die heizen so schlecht, die Lehrerleute. Als sie gingen, haben sie die Heizung zurückgedreht, und ich kenne mich nicht aus, und es besteht Explosionsgefahr. Ich habe den Heizstrahler aus dem Bad geholt und angestellt und ihn vor Erikas Füße geschoben. Trotzdem zitterte sie. Ich bin zu meinem Bett und habe ihr meine Zudecke noch drübergetan. Sie hat mich dankbar angeschaut. Ich habe Durst gehabt und aus dem Hahnen getrunken.

Jetzt hat das Baby geschrien. Ich habe mich anders als sonst gefühlt. Nicht gut. Ich habe im Magen ein Gefühl gehabt, als ob ein Loch drin wäre. Das Baby stand im Bettchen und hielt sich an den Stäben fest, weiß gar nicht, wie es das hergebracht hat – aufstehen in dem Schlafsack. Der Schnuller ist ihm aus dem Mund gerutscht. Ich habe alles gerichtet, die Spieluhr aufgezogen, und es ist wieder eingeschlafen. Das mit dem Baby dürfte zehn Minuten gedauert haben, weil ich neben dem Bettchen sitzengeblieben und fast eingeschlafen wäre. Ich habe gefroren. Erst nach einer Weile habe ich gefroren. Vorher nicht, weil ich so fertig war. Wahrscheinlich bin ich doch länger bei dem Baby geblieben. Eine halbe Stunde oder so.

Als ich in die Küche zurückkam, lag die Erika auf dem Boden. Umgekippt. Es hat gestunken in der Küche. Nach Brand. Aus meiner Zudecke rauchte es. Sie lag direkt beim Ofen und eine Ecke war hineingeschoben in den Ofen, wo die glühenden Drähte sind. Ich riß die Zudecke weg und hielt sie unters Leitungswasser. Gebrannt hat nichts. Keine Flamme. Ich weiß nicht, wie das hatte geschehen können, daß die Erika umgekippt ist, sie hat ja Gewicht und Gegengewicht an sich gehabt und ist dadurch sehr gerade auf dem Boden gesessen. Es muß sie ordentlich gebeutelt haben. Ihr Kopf lag auf dem Fußboden. Die Haare standen ab. Die Wolldecke war über ihrem Körper. Die Erika hat eindeutig nicht mehr geatmet. Ich habe mir eingebildet, hinter mir steht der Mann, der die Erika abholen will.

Ich hatte keine Kraft, die Lage der Erika irgendwie zu verändern. Sie lag wirklich ungünstig zwischen Spüle und Küchentisch. Ich hatte meine Zudecke schlecht ausgedrückt, nicht richtig über dem Spülbecken, meine ich, das Wasser ist bis zur Küchentür geronnen. Ich richtete die Wolldecke so, daß die Erika von den Zehen bis zum Hals zugedeckt war. Ich habe auf sie hinuntergeschaut und mußte sagen, daß die Erika nicht mehr zittert. So bin ich gestanden, und dann habe ich mich niedergesetzt, und dann bin ich aufgeschreckt, weil der Mann hinter mir die Hand über der Erika schwenkte und wedelte.

Ich bin ins Kinderzimmer hinaufgerannt, das Baby hat friedlich geschlafen, ich bin zu Erikas Kasten. Ich habe gezählt, wieviel Scheine wir haben. Ich war nicht auf dem laufenden, weil ich wegen der Beerdigung von

Theos Mutter und weil ich überhaupt ziemlich durcheinander gewesen war in den letzten Tagen, über den neuesten Dollarkurs nicht informiert war. Ich habe mit dem Kurs von vor zwei Wochen ungefähr gerechnet. Ich habe die Schwedenkronen nachgezählt. Summe aufgeschrieben. Multipliziert. Zusammengezählt. Und ich habe laut meinen Namen gesagt. Oskar. Oskar. OSKAR war das neue Losungswort für Erikas Sparbuch, und ich muß morgen den Notar Wohlgenannt in Dornbirn verständigen. Unbedingt. Jetzt ist es soweit, werde ich sagen. Er weiß. Und wird zu mir helfen.

Ich habe das Geld zurückgeräumt und bin zu Erika in die Küche. Ich habe auf sie hinuntergeschaut, ich habe mich zu ihr hingesetzt. Ich habe mich zu ihr hingelegt und habe mich mit meiner leicht angebrannten und vom Löschwasser feuchten Zudecke zugedeckt und muß wohl eingeschlafen sein. Einmal bin ich noch aufgeschreckt, weil ich dachte, ich muß dem Baby den Schnuller wegnehmen, sonst kommt die Turnlehrerin drauf, und das Brett muß ich wieder richten und die Bücher muß ich wieder ins Regal räumen. Gleich mach ich es. In fünf Minuten. Ich bin tief neben der Erika eingeschlafen.

Ich bin am nächsten Tag in meinem Bett aufgewacht, und die Erika hatte man bereits abgeholt. Die Turnlehrerin hat mir eine Ovomaltine ans Bett gebracht und gesagt, daß ich nicht reden muß. Tu ich auch nicht. Sollen sie in mich hineinleuchten. Da ist alles dunkel.

11

Ansprache an die Muttergottes

Ich war zusammen mit der Tschäin auf dem Schloßberg. Der Grasfleck oben unter der Ruine ist ihr Lieb-
lingsplatz. Meiner ist es auch. In der größten Not bin
ich über die Wiese auf den Wald zu gelaufen. Ich kam
vor den zwei Tannen zum Stehen. Ihre Äste wachsen
oben ineinander. Es sieht aus wie ein Tor.
Die Muttergottes sank vom Himmel auf das Moos
herab, und ich konnte ihr alles sagen:
Heilige Muttergottes, heute um 13.30 Uhr ungefähr
habe ich folgendes auf einen Briefbogen geschrieben:
Liebe Elvira, bitte, laß mich nicht zusammenschlagen
und sag, bitte, niemandem das von meiner Mutter. Ich
wußte nicht, was ich tat, denn meine beste Freundin ist
gestorben.
Dieser Brief machte meine Sorge und Not. Ich mußte
mich nicht um die Tschäin kümmern. Sie hat nichts
gesehen.
Sie sieht dich nicht, Muttergottes. Ich weiß, was sie tut.
Und du weißt, was sie tut. Es soll das Gefährlichste
sein, was ein Mensch tun kann. Sie schießt sich mit
einer Nadel Äitsch in den Arm. Wirf ihr einen Schleier
zu, Muttergottes. Zudem vergiß mich nicht. Ich bitte
wirklich gern um alle Menschen, aber vergiß zudem
mich nicht.
Der Brief: Wenn ich eine beste Freundin habe, dann ist
es die Betti. Eindeutig. Und die lebt noch. Sogar die
Aischa lebt, obwohl die nie meine beste Freundin wäre.

Es ist überhaupt niemand gestorben. Der Brief ist verlogen und er bringt mich in Not und Sorge hinein.
Ich werde dir alles erzählen.
Die Tschäin sagt, sie will nicht, daß ich ihr beim Schie-
ßen zuschaue, und sie will genau fünf Minuten allein
sein, sie sitzt hinter den aufgeschichteten Baumstäm-
men. Das kann ich gut ausnützen und mit dir reden. Sei
nicht zornig auf mich, heilige Muttergottes, daß ich
zuerst mit der Tschäin über die Sache geredet habe und
erst jetzt mit dir darüber rede. Auf dem Zick-Zack-
Weg über den Berg hinauf habe ich ihr von dem Brief
erzählt. Die Tschäin sagt, daß alles nicht so böse ist,
was ich ihr erzähle, sie hat früher Schule geschwänzt
und als Entschuldigung gesagt, ihre Oma sei gestorben, das hat nicht die Spur etwas ausgemacht, der
Lehrer hat das gleich vergessen, sie hat später sogar
noch einmal dieselbe Ausrede gebraucht, das tun alle,
sagt sie, das ist nicht böse, und der Brief von mir ist es
noch viel weniger. Mach, daß sie recht hat, bitte! Sie
sagt, genauso ist das mit dem Äitschschießen nicht so
böse, alle regen sich darüber auf, weil der Staat keine
Steuern dafür einziehen kann, und sie tut es ja eh nur,
wenn sie Geld hat. Daß es so teuer ist, sei der Ärger.
Und daß die Pumpen Widerhaken kriegen. Sonst
nichts. Halb so wild. Einmal habe ich bei ihr mitpro-
biert. Das war Koki. Das ist weiß und bitter. Ich habe
es ans Zahnfleisch gerieben, wie die Tschäin gesagt hat,
daß ich es tun soll, gerade so viel, wie vorne auf meine
Fingerspitze gepaßt hat, das war ein komisches Gefühl,
den Mund hat es mir zusammengezogen, und warm
und trocken war es beim Einatmen, sonst war nichts.
Böse ist, daß die Rut nicht hier ist. Sonst wäre mir
dieser Brief nicht passiert. Sie hat ein Flugzeug nach

Albanien genommen. Sie hat mir dieses Land im Atlas gezeigt. Jetzt finde ich es nicht mehr. Ich habe die Geduld nicht. Es ist egal, wo dieses Land liegt. Sie ist mit dem Fotografen dorthin gefahren, der sie seit neuestem liebt. Er hat mir zu Weihnachten ein Kettchen mit einem silbernen Fisch daran geschenkt. Er ist lustig und leise. Ein lustiger und leiser Mensch, sagt die Rut, der höflichste Mann, der ihr je begegnet ist. Oft verstehen wir nicht, was er sagt. Es folgt eine lange Pause, und er schaut uns erwartungsvoll an, und die Rut und ich nicken versonnen, und er wiederholt, was er gesagt hat, und wir merken, daß unser Nicken nicht gepaßt hat oder doch gepaßt hat. Er paßt gut zu uns.

So großes Vertrauen hat die Rut in mich, daß sie mich eine Woche lang ganz allein läßt. Sie hat mich gefragt, ob ich damit einverstanden bin. Wenn du Angst hast, muß du es sagen, dann bleibe ich selbstverständlich hier. Ich habe keine Angst, echt nicht. Du mußt es ganz sicher wissen, Lilli, du kannst mich nirgends anrufen dort unten, es gibt keinerlei Verbindung zu mir, das mußt du wissen. Ich habe keine Angst. So habe ich geredet. Ich darf es niemandem sagen, daß mich die Rut alleingelassen hat. Aus verschiedenen Gründen nicht. Erstens ist es nicht günstig für sie, wenn man das bei der Fürsorge erfährt. Und für mich erst recht nicht. Der Fotograf sagt, das wäre eine einzige Katastrophe. Nach so einem Vorfall käme ich unter größter Wahrscheinlichkeit weg von der Rut. Hundertprozentig sogar, sagt der Fotograf. Es ist auf jeden Fall nicht günstig, wenn jemand weiß, daß eine Elfjährige allein in einer Wohnung ist.

Die Rut und der Fotograf wollen einen Bericht über das Land Albanien schreiben, die Leute dort sind die Ärmsten, die es gibt, hat die Rut gesagt. Der Fotograf war schon einmal dort. Ich sollte nicht sagen: der Fotograf. Er heißt Nicki. Rut schreibt über die armen Leute, und Nicki fotografiert die armen Leute. Das hilft den armen Leuten. Muttergottes, bitte, hilf den armen Leuten.

Mein Unglück ist nichts gegen das Unglück der armen Leute, das ist mir klar. Hinter mir ist Unglück, rechts und links von mir ist Unglück, vor mir stehst du. Ich bin das kleinste Unglück. Wahrscheinlich ist es unrecht, daß ich mit meinem kleinen Unglück zu dir komme, wo es so großes anderes Unglück gibt. Mein Unglück eingeläutet hat die Rut, obwohl sie es für mich getan hat. Sie hat der Handarbeitslehrerin die Leviten gelesen, weil mir die Elvira meine Handarbeit zerschunden hat. Die Direktorin hat die Elvira deswegen verhört, bis sie es zugegeben hat. Die ganze Klasse weiß es. Elvira wurde zur Direktorin gerufen. Jeder wußte warum. Wir haben gewartet, bis sie wieder zurückkam. Sie hatte verweinte Augen. Ich habe gemerkt, daß die meisten in der Klasse zu ihr geholfen haben und nicht zu mir. Es wissen ja alle, daß ich ein Fürsorgefall bin. Das ist schlimmer als aus der Türkei zu kommen oder aus Bosnien. Betti hat zu mir geholfen. Den Buben war es sowieso Wurscht. In der großen Pause ging es aus der Klasse hinaus, und am Ende der großen Pause hat es die ganze Schule gewußt. Die Direktorin hat mir einen Blick zugeworfen und genickt.

Den Eltern von der Elvira ist daraufhin ein Brief geschickt worden. Du weißt ja, was dringestanden hat, jeder Brief ist für dich durchsichtig. Ich kann den Inhalt nur vermuten. Es war jedenfalls so, daß die Elvira von ihrer Mutter für die längste Zeit Hausarrest bekommen hat und alle Besonderheiten, die ihr zustehen, sind ihr verboten worden. Vater und Mutter waren sich einig, obwohl er gar nicht mehr bei ihr wohnt: kein Schlittschuhlaufen. Das ist nämlich der Elvira ihr Liebstes. Sich auf dem Eis zu bewegen wie eine Prinzessin, Pirouetten zu drehen zu Schlagermusik und am Zaun zu lehnen, wo die Burschen Hop Hop rufen und eine Cola Light trinken. Das und vieles andere ist ihr abgesagt worden. Sie darf grad am Fenster ihres Zimmers stehen und in den Hof hinunterschauen, und im Hof treiben sich die Burschen herum und rauchen Zigaretten, die sie ihren Müttern aus den Packungen geklaut haben. Elviras Vater wohnt seit vor Weihnachten bereits bei der Frau mit der Boutique, für die er die Steuererklärungen macht. Am Heiligabend war er zu Hause und ist gleich wieder gegangen, weil die Frau mit der Boutique allein in ihrer Wohnung war und weinte und die Unsicherheit nicht aushielt. Das hat sogar Elviras Mutter leid getan.

Eine Woche lang hat mich die Elvira voller Haß angeschaut. Ich konnte diesem Blick nicht mehr standhalten. Und nach jedem Schultag sagte sie zu mir einen einzigen Satz: Du wirst zusammengeschlagen, weil du das getan hast.

Was habe ich getan? Ich habe gesagt, daß jemand meine Handarbeit zerschunden hat. Mehr habe ich nicht getan. Habe ich behauptet, die Elvira ist es gewesen? Ich weiß es nicht mehr. Habe ich das zur Rut gesagt? Ich weiß es nicht mehr. Vielleicht habe ich gesagt, daß ich einen Verdacht habe. Ich gehe auf und ab wie die Rut, wenn ihr Gewissen schlecht ist. Warum mache ich immer alle Leute nach? Wenn ich etwas sagen will, das mir wichtig vorkommt, ziehe ich den Mund schief zur

Seite, wie es die Direktorin tut. Ich habe mich in die Angst verrannt, ich habe mir vorgestellt, daß die Elvira den Burschen, denen sie so gut gefällt, den Auftrag gibt, mich zusammenzuschlagen.

Zusammenschlagen heißt, daß man hinterher am Boden liegt. Und daß man kleiner ist als vorher. Daß hinterher etwas zusammengedrückt ist, was eigentlich nicht so gehört. Bei Fleisch würde man nicht zusammenschlagen sagen. Das kann man nur bei Knochen sagen. Beim Zusammenschlagen kracht etwas. Sie will mich so sehr schlagen lassen, bis Knochen brechen. Ich glaube, daß hinterher mein Gesicht kaputt ist.

Heilige Muttergottes, wirf einen Schleier auf die Elvira, und mach, daß sie mich in Frieden läßt. Sie soll von meinem Körper weg, und alle, denen sie Aufträge gibt, sollen ebenfalls von meinem Körper abgehalten werden.

Neu für mich ist, daß ich in der Nacht Angst habe. Am meisten. Jeder sagt, daß man in der Nacht am meisten Angst hat. Das sei immer so gewesen. Es ist ein Wunder, daß sich der Mensch überhaupt an die Nacht gewöhnt hat. Weil in unserem Block eine Gemeinschaftsschüssel auf dem Dach ist, kriegen wir viele fremde Fernsehsender herein. Gott sei Dank.

Ich war bereits den dritten Tag allein in der Wohnung, und die Angst ist um keinen Millimeter kleiner geworden. Oft habe ich gedacht, jetzt rufe ich den Oskar an und rede mit ihm und erzähle ihm, daß ich allein bin und mich fürchte. Ich habe es sein lassen. Er macht sich womöglich Sorgen und redet mit seinen Ziehleuten, und dann wissen die, daß mich meine Ziehmutter allein läßt, und sie bringen die Rut dran. Einmal stellte ich einen Stuhl in den Gang, setzte mich darauf und las in der Tageszeitung, die mit der Post kommt, anschließend stellte ich den Stuhl ins Bad und habe dort weitergelesen.

Die Rut hat großes Vertrauen zu mir. Sie liebt mich. Nicki liebt mich noch nicht, genaugenommen. Aber sicher bald. Er mag mich. Er hat ebenfalls großes Vertrauen zu mir. Rut hat mir Geld zum Einkaufen dagelassen. Nicki hat mir ebenfalls Geld dagelassen. Tausend Schilling in einem Schein. Rut weiß es nicht. Rut hat mir mehrere Scheine und Kleingeld dagelassen, sie hat mir gesagt, wieviel es ist, ich habe es vergessen und mag nicht nachzählen. Nicki hat gesagt: Hier, Lilli, als Reserve. Was du nicht brauchst, gibst du mir zurück. Er kriegt alles. Denselben Tausender. Das ist mein Ziel.

Ich räume die meiste Zeit auf und bin traurig darüber, daß es so sauber ist. Ich habe alles poliert. Die Türrahmen habe ich sogar oben gewaschen, wo nie einer hinaufgreift und nicht einmal hinaufsieht. Die Fußböden reibe ich mit einem Tuch ab, das Tuch sieht hinterher aus wie vorher. Die Fenster sind so sauber, man könnte meinen, es sind keine Gläser in den Rahmen. Das, dachte ich, ist wieder ungüstig für mich, wenn draußen gelauert wird. Das erste, wenn ich nach Hause komme, ist: Fernseher an. Ich esse kalt, weil ich den Herd nicht vollspritzen will. Das einzige, was ich nicht gern tue, ist das Herdputzen. Gleich am ersten Tag ist mir die Milch übergelaufen. Das habe ich bis heute noch nicht weggeputzt. Morgen mache ich es. Ich esse hauptsächlich Brot, damit ich das Geld sparen kann. Ich will der Rut so viel wie möglich zurückgeben. Ich habe in Ruts Bett geschlafen. Solange ich allein bin, will ich eigentlich, daß es mich nicht gibt. Da braucht es mich nicht zu geben. Ich könnte verschwinden und am nächsten Tag zur Schulzeit wieder auftauchen. Wahrscheinlich darf ich das übrige Geld von der Rut behalten. Das will ich dir in den Opferstock werfen, heilige Muttergottes, wenn du mir hilfst. Heilige Muttergottes, damit du merkst, wie nötig ich deine Hilfe habe. Oft vergesse ich, nachts den Fernseher abzuschalten. Am Morgen werde ich geweckt, wenn das Rauschen aufhört und Stimmen kommen.

Und heute, heilige Muttergottes, mittags, gleich nach der Schule, darum erzähle ich dir das alles, stand die Elvira vor der Wohnungstür. Sie war als Dracula verkleidet, die Haare waren rechts und links zu zwei Hörnern oder so aufgespitzt und grau. Sie trug einen schwarzen, glänzenden Umhang, und die schwarzen Handschuhe waren an den Kuppen weiß. Wahrscheinlich ist sie sich damit aus Versehen in ihr weißgeschminktes Gesicht gefahren. Die Augen hat sie sich schwarz umrahmt, die Draculazähne steckte sie sich erst in den Mund, als ich die Tür öffnete. Sie war so geschminkt, als ob Blut aus ihren Mundwinkel herausrinnt. Sie kam nahe heran und hat mir ihren blutroten Mund ins Gesicht geschmiert.
Bitte, einen Kuß.
Ich habe sie geküßt.
Ich lade dich zu einer Versöhnungsfaschingsparty ein, sagte sie. Meine Mutter hat mir das befohlen. Die ganze Party ist allein für dich. Die Lilli-Straaten-Party. Du mußt dich maskieren, also mach vorwärts!
Sie ist in die Wohnung getreten mit ihren Stiefeln, die unten naß waren, es regnete draußen. Ich habe mich nicht getraut, sie aufzufordern, die Stiefel auszuziehen.

175

Sie hat sich umgeschaut und gesagt: Wie in einer Möbelausstellung ist es hier. So, als ob kein Mensch hier wohnen würde. Wo ist deine Ziehmutter? Schlägt sie dich? Ist das ein Foto von ihr? Ist das etwas Gebasteltes von ihr? Wird in diesem Haushalt nicht geraucht? Was ist das für ein Gefühl, wenn man eine Ziehmutter hat? Wo ist dein Zimmer? Sitzt du auf diesem Stuhl beim Essen oder auf diesem? Oder auf dem da? Warum sind überhaupt drei Stühle in der Küche, wenn ihr nur zu zweit seid? Ist es wahr, daß du einen Bruder hast? Ist der älter als du? Wie heißt er?

Sie hat eine Schublade aufgemacht, es war die Keksschublade in der Küche, hat eine Prinzenrolle aufgebrochen, hat sich einen Keks in den Mund gesteckt und einen hat sie im Gehen auf den Boden gebröselt und die fette Schokolade in der Mitte mit der Sohle verschmiert. So, jetzt wohnt hier jemand. Sie hat Ruts Bücher aus dem Regal genommen. Sie hat ihre Draculazähne auf Ruts Schreibtisch gespuckt.

Elvira, habe ich gesagt, bitte geh wieder.

Ich geh, wenn du mitgehst.

Ich habe kein Faschingszeug, sagte ich. Die Rut ist im Augenblick nicht hier.

Das seh ich.

Ich kann nicht mitgehen.

Ich warte, bis sie kommt. Bei der Gelegenheit kann ich sie gleich fragen, was sie eigentlich der Handarbeitslehrerin gesagt hat, die falsche Sau, die.

Die Rut ist keine falsche Sau.

Die meine ich ja gar nicht. Wie kommst du auf die Idee, daß ich deine Ziehmutter meine! Kein Mensch redet von deiner Ziehmutter. Mich interessiert doch um Gottes willen deine Ziehmutter nicht. Die Handarbeitslehrerin meine ich. Die ist eine blöde Sau. Das kannst du ja wieder deiner Ziehmutter sagen, die kann wieder hingehen und mich wieder hinbrennen.

Das tu ich nicht, habe ich gesagt. Und die Rut tut so etwas überhaupt nicht.

Ist die eine Verwandte von dir? Eine Schwester von deiner Mutter zum Beispiel?

Nein.

Hat deine Mutter gar keine Schwester?

Nein.

Auch keinen Bruder?

Nein.

Aber du hast einen Bruder?

Ja.

Warum hast du mir nie von deinem Bruder erzählt?

Halt so nicht.

Halt so nicht. Ich habe dir schließlich alles erzählt.

Warum hast du mir nie von ihm erzählt?

Ich weiß es nicht.

Alles erzählst du nur der Betti. Alles nur der Betti. Alles nur der Betti.

Sie ist herumgeschlichen, hat alles angefaßt oder ist drübergefahren mit ihren Handschuhen. Sie hat alle Türen aufgemacht. Im Bad hat sie gesprüht und gerochen. Immer wieder hat sie zum Fenster hinausgeschaut. Ich habe mich nicht getraut, nachzusehen, ob dort draußen etwas ist. Ich hatte Angst, daß die Burschen draußen sind, denen sie so gut gefällt. Daß das alles nicht stimmt, was sie sagt, daß sie gar keine Party für mich macht, sondern daß die Burschen draußen auf mich warten, weil sie mich zusammenschlagen wollen, auf Befehl von der Elvira, sie ist so mächtig geworden.

Die Rut kommt erst am Abend, sagte ich. Ich kann leider nicht weg, Elvira. Bitte, versteh das. Ich nehme deine Entschuldigung wegen der Handarbeit an, es ist eh nicht so schlimm gewesen, ich trage es dir nicht nach, und ich will, daß alles gut ist.

Es ist nicht alles gut, sagte sie, bloß weil meine Mutter mir einen Auftrag erteilt hat. Und entschuldigen tu ich mich hier sowieso nicht. Erst zu Hause in Anwesenheit meiner Mutter entschuldige ich mich. Also los, Lilli, zieh dir irgend etwas an. Es ist mir scheißegal, als was du gehst, außer als Lilli Straaten, als die darfst du nicht gehen, weil das meine Mutter nicht gelten läßt. Es ist meine Versöhnungsfaschingsparty für dich, die muß ich machen, das tu ich nicht freiwillig, nicht einmal Red Bull dürfen wir trinken, hat meine Mutter verboten, ich muß mit dir feiern, verstehst du das, weil ich sonst den ganzen Fasching das Haus nicht verlassen darf, das hat mir meine Mutter geschworen. Oder willst du das haben?

Nein, das will ich wirklich nicht.

Du willst mich kaputtmachen.

Das will ich nicht, Elvira.

Aber ich mach dich kaputt. Und wehe, wenn du das meiner Mutter sagst. Oder deiner Ziehmutter. Wehe, wenn die noch einmal zu irgendjemand geht und über mich herzieht. Dann passiert etwas.

Können wir nicht einfach gut sein, sagte ich. Daß ich dir nichts tue und daß du mir nichts tust.

Ich weiß etwas über dich, sagte sie.

Mir ist ganz kalt am Hinterkopf geworden und ich bin in Ruts Schlafzimmer gegangen und habe die Tür zugemacht, weil, was immer jetzt kommen wird, ich will nicht, daß jemand mein Gesicht sieht, wenn sich das

Unglück über mich ausschüttet. Ich habe die Tür hinter
mir zugeschlossen.

Was soll das, hat die Elvira gerufen und an der Schnalle
gerüttelt. Du kannst ja deine Unterhose und dein Unterhemd anlassen, wenn du dich umziehst. Ich schau
dir nichts weg. Warum sperrst du ab, he!

Ich habe nichts gesagt. Ich bin vor dem großen Spiegel
gestanden.

He!

Ich habe nichts geantwortet, bin vor dem großen Spiegel gestanden.

Lilli! Jetzt tu nicht blöd!

Gleich, habe ich gesagt, nach einer Weile. Ich komme
gleich, Elvira.

Es gibt über mich nichts zu wissen. Mir ist nichts
eingefallen, was jemand wissen kann über mich. Niemand weiß, daß mein Bett am Morgen naß ist. Das
wissen nur: meine Mutter, Oskar und die Rut. Selbst
Nicki weiß es nicht. Rut würde es ihm niemals sagen.
Und niemals hätte sie es der Handarbeitslehrerin gesagt, die es der Direktorin gesagt hätte, die es Elviras
Mutter gesagt hätte, die es zu Hause über den Tisch
gebreitet hätte. Was kann man sonst über mich wissen?
Daß ich in den Linos Georgiadis verliebt bin. Daß ich
der Aischa den Tod gewünscht habe. Das mit dem
Linos Georgiadis weiß nur die Betti. Das mit der Aischa nur ich und wer in mein Herz schauen kann.

Auf einmal hat die Elvira draußen vor der Schlafzimmertür mit ganz normaler Stimme geredet. Es hat geklungen, als wäre sie nie wütend auf mich gewesen.
Oder: als wäre ich auf einmal eine andere geworden.
Eine, über die es nichts zu wissen gibt.

Die halbe Klasse kommt auf meine Party, hat sie ge-

sagt, außer der fetten Betti! Die würde uns alles weg-
fressen. Ich mag sie einfach nicht. Man könnte mich
prügeln, es würde nichts nützen, raus käme immer, ich
mag sie nicht. Ich habe sie schon vorher nicht gemocht,
als du noch gar nicht in unserer Klasse warst. Das hätte
gar keinen Zweck, sie einzuladen. So viele Krapfen
kannst du gar nicht hertun. Faschingskrapfen mit Ma-
rillenmarmelade. Ich weiß immer genau, wo ich hin-
einbeißen muß, daß beim ersten Biß die Marmelade
kommt. Mich grausts vor Krapfen. Mich grausts einfach vor Krapfen, ich weiß nicht warum.
Dann war es still. Eine Weile hörte ich nichts. Ich legte
mein Ohr an die Tür und lauschte. Es war nichts zu
hören. Was tut sie jetzt? Macht sie etwas kaputt? Klaut
sie etwas? Schaut sie etwas an? Macht sie etwas drek-
kig?
Ich habe gesagt: Ich mag Krapfen auch nicht gern.
Was ist jetzt, Lilli, hat sie gesagt, und ihre Stimme war
ganz nah an der Tür. Sie hat wie ich gelauscht, hat wie
ich ihr Ohr an die Tür gedrückt.
Was weißt du über mich, habe ich gefragt.
Ah, nichts.
Aber du hast es gesagt.
Erst, wenn du herauskommst. Willst wissen, was ich
weiß, ha? Gib zu, daß du es wissen willst?
Ich bin aus meinem Pullover geschlüpft und habe die
Jeans heruntergezogen, weil ich dachte, wenn ich im
Unterhemd und in den Strumpfhosen dastehe, sieht es
wenigstens so aus, als hätte ich versucht, mich umzu-
ziehen oder so. Ich habe aufgesperrt und mich in die
Tür gestellt. In Ruts Schlafzimmer wollte ich sie auf gar
keinen Fall lassen. Die Elvira hat gemault. Sie ist mir
immer noch ganz normal vorgekommen, das heißt, ich

konnte ihr nicht ansehen, ob sie etwas Böses vorhat mit mir. Vielleicht weiß sie überhaupt nichts über mich und hat gelogen, um mir Angst zu machen.

Ich bereue, daß ich das mit der Handarbeit damals meiner Ziehmutter gesagt habe, sagte ich, und es war die Wahrheit, die volle, heilige Wahrheit.

Das nützt mir jetzt nichts mehr, sagte sie. Sie hat dabei gelacht, daß man denken mußte: Ist eh alles unwichtig.

Was weißt du über mich?

Soll ich es sagen?

Es gibt nichts über mich.

Ich weiß etwas über deine Mutter. Wenn du jetzt nicht mitgehst, erzähle ich allen, daß deine Mutter eine Geschockte ist und in der Valduna liegt.

Und sie hat gesungen: Valunda macht die Tore auf, die Lilli kommt im Dauerlauf, sie kann sich nicht beherrschen, man steckt sie zu den Närrschen...

Sie hat es von ihrer Mutter. Die hat es aus dem Altersheim mitgebracht, wo sie arbeitet. Und zu Hause hat sie es über den Tisch gebreitet.

Das, liebe Muttergottes, war der Grund, warum ich diesen Brief geschrieben habe.

Die Elvira ist beim Bücherregal auf und abgegangen wie ein schwarzer Soldat. Der Draculamantel hat sich wie im Wind bewegt. Bitte, Muttergottes, versteh mich. Ich habe aus Ruts Schublade einen Briefbogen genommen und geschrieben.

Du sollst vorwärts machen, hat die Elvira gesagt. Warum mußt du mir überhaupt einen Brief schreiben. Ich bin doch nicht in Amerika. Das ist das Blödeste, was es gibt, jemandem einen Brief zu schreiben, der einen Meter vor dir steht.

Ich wollte es so, nahm ein Briefkuvert aus der Schublade, steckte den Brief hinein und klebte es zu. Während ich das geschrieben habe, ist die Elvira hinter mir gestanden. Ich habe beim Schreiben das Blatt abgedeckt.

Du darfst den Brief erst zu Hause aufmachen und du mußt mir schwören, daß du ihn niemandem zeigst.

Das wollte ich sagen. Ich habe nichts gesagt. Weil ich nicht mehr dazugekommen bin. Sie hat mir den Brief aus der Hand gerissen, das Kuvert aufgefetzt und laut vorgelesen:

Liebe Elvira, bitte, laß mich nicht zusammenschlagen und sag, bitte, niemandem das von meiner Mutter. Ich wußte nicht, was ich tat, denn meine beste Freundin ist gestorben.

Wahrscheinlich die Betti, hat sie leise gesagt.

Nein, nein, nicht die dicke Betti, habe ich gesagt. Die war doch heute morgen in der Schule. Nur meine Kusine aus Bludenz. Die war wild eislaufen, dort, wo es verboten ist. Sie ist eingebrochen, und als man sie herausgezogen hat, war sie bereits ertrunken und erfroren.

Es tut mir leid, daß ich das alles, du weißt, was ich meine, ich bin gekommen, um dich einzuladen und um dir einen Schreck einzujagen, tut mir leid, war blöd. Und sie hat eine große Bewegung mit dem Arm gemacht, die Elvira, so daß der Draculamantel eine Glocke geschwungen hat. Beim Eislaufen eingebrochen, ertrunken und erfroren. Ich versteh dich, Lilli. Da würde ich auch nicht Fasching feiern wollen.

Sie hielt die Faust in die Höhe. Das sah mit dem Handschuh aus, als wärs eine Waffe. Freundschaft für immer, sagte sie. Und ich habe ebenfalls eine Faust gemacht und gesagt: Freundschaft für immer und habe so gelacht, wie man lacht, wenn man in Wirklichkeit tapfer sein muß, ich habe nicht absichtlich so getan, es ist alles so geworden.

Schau, Elvira, mußte ich noch sagen, ich verrate das von deiner Mutter ja auch niemandem.

Was, bitte, von meiner Mutter verrätst du niemandem, hat sie gefragt.

Daß deine Mutter, habe ich leise gesagt, ich meine, das mit dem Parfum.

Ich weiß nicht, was du meinst, hat sie gesagt.

Deine Mutter hat in der Schweiz ein Parfum geklaut.

Wer hat das gesagt?

Du. Du selber.

Gar nicht.

Doch, das hast du.

Das ist überhaupt nicht wahr.

Das hast du gesagt, und du hast gesagt, daß du dafür von ihr die Tasche bekommen hast, damit du nichts sagst.

Das ist alles hundsverlogen!

Da sah ich, was ich eh gewußt habe: Daß ich das von ihrer Mutter nicht hätte sagen sollen. Jetzt war alles wieder schlecht. Und alle würden eher glauben, daß meine Mutter in der Valduna ist, als daß ihre Mutter klaut.

Warte, hat sie gesagt, dir zahl ich das heim.

Und sie ist aus der Tür gerannt. Ich habe schnell alles aufgeräumt und zusammengekehrt und weggewischt, was sie angerichtet hat. Ich habe mich aus der Wohnung und durch den Hofeingang hinausgeschlichen. Ich lief am Krankenhaus vorbei, mir fiel ein, daß ich vergessen hatte, meinen Anorak anzuziehen, ich lief

weiter über die Mostbirnenwiese, durch die alte Schuhfabrik.

Betti war zu Hause, und sie hat sich gefreut, mich zu
sehen, und ich wollte ja eigentlich mit ihr reden, aber
dann hat die Tschäin gesagt: Komm, kleine Lilli, geh mit
mir auf den Schloßberg in die Natur.

Das haben wir in der letzten Zeit ziemlich oft gemacht,
die Tschäin und ich. Sie will immer hinaus in die Natur.
Das heißt für sie: auf den Schloßberg. Wir reden über
alles. Zu Hause ist sie frech und laut, und alles wird ihr
zuviel, nichts hilft ihr, alle schnauzt sie an. Wenn sie mit
mir geht, spricht sie wenig, und meistens rede ich. Sie
mag mich wahnsinnig gern. Sie hat mir ihre warme,
daunengefütterte Fliegerjacke gegeben, und sie selbst
hat sich einen alten Mantel umgehängt, der lang aus der
Mode ist. Jetzt ist obendrein ihr Freund weg. Keine
Ahnung, wo er ist. Seit einigen Wochen ist nichts von
ihm gehört worden. Jedenfalls war er seit einigen Wochen nicht mehr hier. Die Betti hat mir ein Auge gedrückt. Einen Schleier für die Betti, Muttergottes.

Von meinen Schuhen war das Moos plattgedrückt, und
mit der Tschäin war nichts mehr zu reden, auf dem
Rückweg schläft sie beim Gehen fast ein. Red mit mir,
sagt sie oder: Red nicht mit mir. Ich weiß, es hat nichts zu
bedeuten. Ich rede die ganze Zeit mit ihr, es muß nichts
Wichtiges sein. Sie will nicht, daß man mit ihr redet.
Wenn allerdings niemand mit ihr redet, dreht sie
durch.

Der Klassenvorstand, erzähle ich, hat uns aufgetragen,
wir müssen uns um die Vinka kümmern, damit sie
schneller Deutsch lernt. Sie tut sich nämlich schwer, und
es eilt. Jeder Schüler von unserer Klasse muß einmal mit

ihr am Nachmittag Deutsch lernen. Das nützt genauso denen, die selber schlecht sind. Linos Georgiadis, das ist ein Grieche in meiner Klasse, der ist in Deutsch sehr gut. Ich habe mich als erste angeboten, mit der Vinka zu lernen. Ein paar Sätze Deutsch kann sie. Ich habe sie zum Beispiel verstanden, als sie gesagt hat, daß wir nicht bei ihr zu Hause lernen können, weil die Mutter arbeitet. Sie hat den Kopf geschüttelt. Geht nicht, hat sie gesagt.

Warum: geht nicht, hat die Tschäin gefragt.

Weil ihre Mutter am Tag zu Hause schläft, erzählte ich weiter, sie hat Nachtschicht, aber das ist nicht sicher, niemand weiß Genaues, ich nehme an, daß die Mutter am Tag schläft oder der Vater, andere sagen, die Vinka hat gar keinen Vater.

Ich habe auch keinen Vater, hat die Tschäin gesagt.

Ich auch nicht, habe ich gesagt.

Red weiter.

Soll ich weiterreden?

Oder red nicht weiter.

Soll ich nicht weiterreden?

Ich habe weitergeredet, die Tschäin hat zwar nicht zugehört, sie hat sich die Spucke mit den Haaren abgewischt, sie ist nämlich mit dem Schlucken nicht nachgekommen. Die Strähnen vorne haben schwarz geglänzt von der Spucke. Die Lippen kann sie nicht zusammenhalten. Sie kann den Unterkiefer nicht oben halten. Bald sind wir zu Hause, Tschäin, ich bin bei dir, halt dich an mir fest, stütz dich auf mich, ich hab dich so lieb, sei nicht traurig, bald sind wir vom Berg herunter, da ist die letzte Kehre, soll ich etwas erzählen, ich kenne jeden Baum hier, jetzt kommt gleich eine verdrehte Buche, halt dich fest an mir, Tschäin.

Wie eine Maschine ist sie gelaufen, immer gleich schnell, über den Zebrastreifen, ohne zu schauen, und hinein ins Haus. Ich habe aufgepaßt, daß die Betti nichts gemerkt hat, die Tschäin ist in ihr Zimmer gegangen und hat sich die Decke über den Kopf gelegt. Und ich bin wieder heimlich aus dem Haus geschlichen.

Was ich sagen wollte: Darum habe ich meine Nachhilfe für Vinka mit dem Marius Feuerstein getauscht: Weil nämlich, solange die Rut fort ist, ich nicht will, daß jemand die Wohnung betritt. Jetzt komme ich erst später dran. Dem Klassenvorstand war das recht. Er wollte gar nicht wissen, warum ich getauscht habe. Wenn Rut und Nicki zurückkommen, kaufe ich eine Fertigpizza.

Oskar sagt, die schmeckt gut, wenn man extra noch Käs drüberreibt. Also kaufe ich Reibkäse, Limonade brauch ich noch. Und Bier. Die Pizza muß man bloß noch ins Rohr schieben. Wenn der Käse geschmolzen ist, ist sie fertig.

Hoppla, sagt der Mann.
Lilli sagt: Entschuldigung.
Der Mann ist groß gewachsen und trägt eine dunkle Brille.
Kennen wir uns, fragt er.
Der Mann trägt in jeder Hand eine Plastiktüte, angefüllt mit Broschüren.
Kann es sein, daß du eine Zeugin bist, fragt er.
Ich weiß nicht, sagt Lilli.
Kann es sein, daß du von Jehovas Zeugen bist, fragt der Mann.
Ich weiß nicht, sagt Lilli.

Ich frage dich, sagt der Mann, ob du ein Mitglied unserer Kirche bist.

Nein, sagt Lilli. Ich bin Römisch-Katholisch. Entschuldigen Sie.

Der Mann hält sie am Ärmel fest.

Er nimmt seine Brille ab, fixiert Lilli mit seinen kurzsichtigen Augen und sagt: Denk genau nach. An wen denkst du, wenn du mich ansiehst?

Sie wußte, wer dieser Mann war. Es war ein Mann, der einmal mit ihrer Mutter befreundet gewesen war. Die Mutter hatte ihn in die Hölle gewünscht.

Nicht wahr, du bist die Lilli, ich erkenne dich sogar ohne Brille. Du siehst deiner Mutter verdammt ähnlich. Du wirst einmal sein wie sie.

Lilli dreht sich um und rennt nach Hause, stellt sich vor den großen Spiegel in Ruts Schlafzimmer und betrachtet sich. Lilli mit den dünnen, aschblonden Haaren und der interessanten, klassischen Nase im heißen Gesicht.

Aus mit der Muttergottes, erzählt Lilli, von diesem Tag an: endgültig aus! Fast aus jedenfalls. Und was habe ich mit dem Tausender von Nicki gemacht? Ich habe ihn der Tschäin gegeben.

12

Herr Oskar, was halten Sie
von einem Wiener Schnitzel?

Alles war noch im Versteck: die Dollars, die Schwedenkronen, die anderen Währungen, die mir nicht ganz so gut gefallen, aber genauso wichtig sind, die Silbermünzen, die Goldmünzen und die Scheine. Das ist Glück. Die Lehrers hätten das Geld brauchen können, um den Sarg zu bezahlen und den Grabstein. Die Erika hat gesagt: Der Schatz gehört allein dir. Darum behalte ich alles. Wer mir etwas wegnimmt, der stiehlt. Der Grabstein ist erst nächstes Jahr fällig. Das weiß ich, und darum ist die ganze Jammerei von der Lehrerin nämlich verlogen.

Ich habe den Schatz in meinen Pullover gepackt und in mein Zimmer getragen. Mir ist der Reis gegangen: Wenn, jetzt einmal angenommen, der Schatz hier im Haus längst bekannt ist? Wenn mich die Lehrers prüfen wollen? Die Turnlehrerin vor allem. Immer noch aus Rache wegen dem Lottoschein, den sie nie vergessen wird. Wenn sie einmal in Erikas Kasten nach unten gegraben hat, vielleicht hat sie Wäsche eingeräumt und ist durch Zufall auf den Schatz gestoßen, als die Erika noch lebte: Oder sie hat geahnt, daß etwas da ist. Das wäre ja das Günstigste für sie, wenn sie jedesmal das Geld für die Lottoscheine von irgendwo anders herhätte. Sie könnte zu ihrem Mann immer sagen, er soll das Geld nachrechnen, wenn er ihr nicht glaubt, es fehlt nichts. Seit ich den Schatz kenne, ist allerdings noch nie etwas von einer anderen Hand herausgenommen worden. Das spricht dagegen. Oder: Sie hat den Schatz absichtlich unangetastet liegen lassen, vielleicht noch einem fremden Zeugen gezeigt, nein, das nicht, ihrem Mann wahrscheinlich, der ja der Sohn ist. Sie wollen mich eines Tages stellen. Und den Sachverhalt in verfälschter Form der Fürsorge melden. Was dann? Der Schatz ist mein, auch wenn das kein Lebender weiß außer mir. Es gibt eine Frau in der Stadt, die trägt Goldmünzen als Schmuck an einer Kette um den Hals. Ich habe diese Frau zweimal gesehen, einmal bei der Post, einmal auf der Straße. So will ich nicht, daß meine Goldmünzen verwendet werden. Und daß die Dollars alle sofort umgetauscht werden, das will ich erst recht nicht. Das würden die Lehrers sicher tun. Ohne vorher den Dollarkurs anzuschauen. Sie wissen wahrscheinlich nicht, daß man mit Dollars in der ganzen Welt bezahlen kann. Auch bei uns kann man mit Dollars bezahlen, es ist also gar nicht nötig, sie überhaupt umzutauschen, ich finde, daß Dollars die schönsten Banknoten sind, die es gibt.

Und wenn die Turnlehrerin heute, als ich in der Schule war, nachgeschaut hat, ob die Schätze noch auf ihrem Platz liegen, angenommen, sie weiß, daß es Schätze gibt? Wenn sie mir wirklich eine Falle stellen will, weil sie heimlich beobachtet, daß ich ab und zu etwas herausnehme und umtausche, D-Mark und Franken? Sie wird mich anzeigen. Ich komme in ein Heim. Ich will dieses Haus bald verlassen! Ich bin ein reicher Mensch inzwischen.

Ich nahm die Verpackung von der durchsichtigen Küchenfolie, die ist fest und hat oben eine Säge aus Metall, um die Folie abzuschneiden, das könnte Dieben gefährlich sein. Ich schüttete die Münzen hinein, alle durcheinander, ohne Ordnung, die Ordnung kommt, wenn ich in Ruhe irgendwo alles, was mir gehört, ausbreiten und zählen und umrechnen kann. Die Scheine steckte ich in einen dünnen Nylonsack, den ich mit Tixo zu einem harten Pack verklebte. Beides, Münzschachtel und Scheinepack wickelte ich in das Bein einer alten Pyjamahose, die mir seit ewig zu klein ist, die mir nie gehört hat, die ich am Anfang von der Mutter der Turnlehrerin geschenkt gekriegt habe, weil ich ein armes Kind bin. Jetzt bin ich hundertprozentig reicher als diese Frau.

Ich war allein zu Hause, als ich diese Vorkehrungen traf. Es war der Tag vor Erikas Beerdigung. Für die Lehrers gab es viel auswärts zu tun. Sie ist extrem gut aufgelegt. Obwohl sie die ganze Zeit so tut, als wäre sie es nicht. Sie richtet sich her. Er hat mich gefragt, ob ich etwas weiß für einen Spruch auf die Todesanzeige. Der Mond ist aufgegangen, die goldnen Sternlein prangen, habe ich geantwortet. Ob ich komplett spinne, hat sie aus dem Bad herausgerufen. Ich hasse sie. Ich kenne sonst keine Sprüche. Ich muß nun eine Beschreibung meines Bettes geben: Mein Bett hat jemand selbstgemacht. Vor meiner Zeit. Vierzig Zentimeter breite, unangemalte Bretter sind zu einem Kasten zusammengenagelt worden. In dem Kasten steckt ein Holzrost. Darauf liegen die Matratze und das Bettzeug. Wichtig ist: unter dem Rost befindet sich ein Hohlraum, in den noch nie hineingesehen wurde. Ich entfernte das Bettzeug, die Matratze und den Matratzenschoner. Der Rost besteht aus Latten, die sind ungefähr zehn Zentimeter breit, der Abstand zwischen den Latten beträgt ungefähr zwei Zentimeter. Mit dem gelben Kreuzschraubenzieher gelang es mir, eine Latte aus dem Rost zu nehmen. Die Latten sind auf jeder Seite mit zwei Schrauben befestigt. Nun machte ich folgendes: Ich habe die alte Pyjamahose in länglich zusammengerolltem Zustand an die Unterseite der herausgenommenen Latte genagelt und die Latte wieder an ihren Platz geschraubt. Man konnte nichts sehen. Ich legte den Matratzenschoner, die Matratze, das Leintuch und die Zudecke wieder darauf und versorgte das Werkzeug. Zuletzt bin ich erschöpft auf das Bett niedergesunken. Die ganze Arbeit hat fast eine halbe Stunde gedauert.

Im Liegen ist mir Erikas Gestalt in ihrem Sarg gegenwärtig geworden, und ich habe gesehen, wie sie zu zittern angefangen hat, und ich bin schnell aufs Klo und habe mir das Gesicht gewaschen.

Wenn mein Herz klopft, pumpert es gleich so laut, daß es alle hören müssen. Deshalb bin ich, als ich am nächsten Tag auf dem Friedhof ein Stück weit hinten zwischen den Grabsteinen den Notar Wohlgenannt gesehen habe, von dem Biologielehrer und der Turnlehrerin, die das Baby auf dem Arm trug, das zu mir wollte, weggegangen und zu ihm hin. Die Turnlehrerin hat sich nämlich an ihren Mann gedrückt, daß es ihn herübergebogen hat zu mir, und ich bin mit dem Fuß an die Kante vom Nachbargrab gestoßen, kein Platz für mich, obwohl ich wahrscheinlich der reichste Mensch auf dem ganzen Friedhof war. Außer dem Notar Wohlgenannt vielleicht. Darum bin ich, als sie den Sarg ins Loch gelassen haben, zum Notar Wohlgenannt geschlichen und habe mich neben ihn gestellt. Die Lehrers haben es entweder nicht gemerkt oder es war ihnen Wurscht. Der Notar Wohlgenannt nahm meine Hand und hat sie bei sich behalten. Mir ist eingefallen, wie der Stan zum Olli sagt: Ich sollte dich, wenn du gestorben bist, ausstopfen lassen und über mein Bett hängen. Das ist einfach lustig, was soll man machen.

Als sich alle außer uns beiden zum Weihwasserspritzen anstellten, fragte er: Herr Oskar, was halten Sie von einem der berühmten Wiener Schnitzel in der Schattenburg?

Kein Wort zu den Lehrers, so sind wir zu seinem Auto gegangen. Es ist ein Jaguar. Vorne, wo der Tachometer ist, lackiertes Holz. Höchstgeschwindigkeit: 260. Farbe des Autos: dunkelgrün. Sitze: hellbraun, fast gelb. Ob das echtes Leder ist, habe ich gefragt. Ja, Schweinsleder, sagte er, warum fragst du, das ist nicht wichtig, für mich jedenfalls nicht. Der Notar Wohlgenannt sagte, das ist ein Auto, bei dem man sich um nichts kümmern muß, ihm ist es egal, was er für ein Auto fährt, er will sich nur um nichts kümmern müssen, das ist ausschlaggebend, und den Jaguar hat ihm zufällig jemand ganz billig angeboten, da hat er zugreifen müssen.

Wieviel Geld besitze ich eigentlich, fragte ich.

Das hat noch Zeit, bis du das wissen mußt, sagte er.

Er hat mich geduzt, ich habe das Sie auf dem Friedhof eh nicht so richtig geglaubt.

Kann ich davon zum Beispiel ein Auto kaufen?

Es hat Zeit, bis du das erfährst.

Ich will nicht so ein Auto, ich möchte lediglich wissen, ob ich es kaufen könnte.

Darauf hat er nichts mehr geantwortet.

Seit neuestem sage ich Lehrers, nicht mehr Lehrerleute, wenn ich meine Zieheltern meine. Ich kann sie nicht mehr verputzen! Das war das erste, was ich zum Notar Wohlgenannt sagte, als wir vor unserem Schnitzel saßen, das wirklich wegen seiner Größe im ganzen Land berühmt ist.

Er fragte, warum ich auf dem Friedhof gelacht hätte.

Ich sagte: Mir ist ein Film eingefallen mit Stan und Olli. Der Olli sagt zum Stan: Ich sollte dich, wenn du gestorben bist, ausstopfen lassen und über mein Bett hängen.

Das ist wirklich hetzig, sagte der Notar Wohlgenannt, wenn man sich das bildlich vorstellt.

Man kann nichts machen, wenn man lachen muß, sagte ich.

Die Mauern sind fünf Meter dick, und die Burg ist tausend Jahre alt. Von meinem Schatz habe ich nichts gesagt. Er ist nur ein Teil meines Vermögens. Losungswort OSKAR kommt dazu.

In den nächsten Tagen werde ich mit deinen Zieheltern reden, sagte der Notar. Sind sie nett?

Ja, sie sind sogar sehr nett, habe ich grad extra gesagt, weil mir die Frage komisch vorgekommen ist. Vor einer Minute habe ich gesagt, ich kann sie nicht verputzen. Hört er etwa nicht zu? Ich fragte ihn, ob er mir noch eine Cola spendiert, weil mir das Schnitzel fast im Hals steckengeblieben ist. Weiters habe ich gefragt, warum er überhaupt mit den Lehrers sprechen möchte.

Ich muß halt einfach mit ihnen sprechen, sagte er.

Über mich, oder?

Natürlich über dich, sagte er.

Ich muß wissen, was Sie über mich sagen.

Vielleicht finden wir etwas Besseres für dich, sagte er.

Wegen Losungswort OSKAR sagen Sie bitte nichts zu meinen Zieheltern, sagte ich.

Nein, sagte er. Das schwör ich dir.

Er hat es nicht getan. Er hat es bloß gesagt. Man sagt manchmal, man schwört etwas und schwört es doch nicht. Im Auto erinnerte ich ihn daran, daß er vergessen hat zu schwören.

Was soll ich schwören, fragte er.

Daß Sie niemals jemandem etwas wegen Losungswort OSKAR sagen.

Er hat es geschworen, indem er den Zeigefinger und den Mittelfinger seiner rechten Hand in die Höhe hielt.

Zu Hause ließ er mich aussteigen. Ich wollte, daß er noch mit hineinkommt. Was soll ich sagen, wo ich gewesen bin und mit wem? Er winkte mir zu und sagte, er macht morgen telefonisch einen Termin mit meinen Zieheltern aus. Und schon fuhr er ab. Ich mußte dreimal klingeln, ehe man mich hineinließ. Ich wußte nicht, wer die Tür geöffnet hat. Weil derjenige oder diejenige gleich verschwunden ist. Ich setzte mich in meinem Zimmer aufs Bett.

Ich habe eine Zeitlang nichts mehr vom Notar Wohlgenannt gehört, habe auch nicht mitgekriegt, daß er vielleicht angerufen hätte. Er hat nicht angerufen. Die Stimmung daheim war schlecht. Ich habe niemandem etwas getan. Wenn ich das Baby auf den Arm nehme, heißt es, nein laß nur, das machen wir selber.

Zwei Wochen und drei Tage später war ich vormittags nicht in der Schule, weil die Turnlehrerin mit mir wegen mir einen Termin bei der Fürsorge hatte. Sie hat mir meine beste Hose angezogen, die ich unten umkrempeln muß, weil sie mir zu groß ist, und den Gürtel muß ich so eng ziehen, damit die Hose nicht herunterrutscht, dort ist gar kein Loch im Gürtel. Ob ich ein

Taschenmesser ausgeliehen haben könnte, fragte ich. Die Turnlehrerin hat im Schreibtisch gesucht. Ich weiß, wo das Taschenmesser ist, sagte ich. Das war ein Fehler. Woher weißt du das? So halt.

Ich habe kein Loch in den Gürtel gemacht. Die Hose rutscht. Meine dunkelblaue Kommunionjacke sieht gut aus, die gibt was her, sagt die Turnlehrerin, und der äußere Eindruck ist in einem Amt das Wichtigste. Die Jacke ist ein Mitbringsel von einem Besuch in Lindau. Sie ist gebraucht. Wegen des guten Eindrucks kommt das weiße Hemd darunter. Und über alles drüber der Anorak, weil es draußen kalt ist, auf den Kopf die Zipfelkappe vom Lehrer, meine habe ich in der Turnstunde verloren, und Handschuhe von der Erika. Hände in meiner Größe hatte sie. Das muß man sich vorstellen. Entweder sind die meinen Riesenhände, oder die ihren waren Zwergenhände. Die Turnlehrerin hat mir meine Gedanken durcheinandergebracht. Sie hat mir das Baby in den Arm gelegt und mir aufgetragen, ihm die Wildlederpatschen anzuziehen, die innen mit Fell gefüttert sind, wo man die Löcher für die Schuhbändel nicht finden kann. Für alles Komplizierte in diesem Haushalt bin ich zuständig. Drei Mäntel hat die Turnlehrerin ausprobiert. Sie sehen alle drei ziemlich gleich aus. Wenn ich unbedingt drei Mäntel kaufen wollte, würde ich wenigstens darauf achten, daß sie verschieden sind. Sonst rentiert sich der Einkauf nicht.

Sie nahm mir das Baby ab, und als es noch halb bei mir war und halb bei ihr, sagte sie: Ja, der Oskar, der hat jetzt soviel Geld, der braucht uns eben nicht mehr.

Mir ist das Herz stehengeblieben. Erst stehengeblieben, dann hat es gepumpert, daß man es sicher wieder außerhalb von mit gehört hat. Der Notar Wohlgenannt hat seinen Schwur gebrochen, dachte ich. Er hat den Lehrers vom Losungswort OSKAR erzählt. Oder die Turnlehrerin hat den Schatz gefunden. Es war keine Zeit, um schnell in mein Zimmer zu laufen und nachzusehen. Ich habe getan, als hätte sie Chinesisch gesprochen. Chinesisch kann ich nicht. Und Chinesisch muß ich nicht können. Die größte Wahrscheinlichkeit ist, daß der Notar Wohlgenannt alles erzählt hat. In diesem Fall ist alles aus, dachte ich, ohne mein Geld rentiert sich mein Leben nicht.

Im Bus habe ich an nichts anderes als an mein Geld denken können. Wir sind an mehreren Banken vorbeigefahren. Vielleicht habe ich am Nachmittag kurz Zeit, dachte ich, vielleicht will die Turnlehrerin irgendwohin, das will sie manchmal in der Stadt. Ich kann ihr ja sagen, wenn du irgendwohin willst, nehme ich dir das Baby ab, und wir machen etwas aus. In Wirklichkeit gehe ich derweil schnell in die Bank und sage das Losungswort und nehme alles Geld mit, verteile es in meinen Taschen und verstecke es zu Hause unter meinem Bett bei meinem Schatz. Dort gehört es hin. Wenn wenigstens der Schatz nicht entdeckt wurde!

Da fiel mir ein, daß ich gar nicht weiß, bei welcher Bank mein Geld ist. Und wenn der Notar Wohlgenannt den Lehrers das Losungswort OSKAR gesagt hat, haben die Lehrers das Geld sicher sowieso bereits abgeholt. Sofort nach der Beerdigung hätte ich Losungswort OSKAR holen sollen! Über meine Dummheit habe ich mich geärgert. Man kann nie steinreich werden, wenn man so dumm ist. Mir war zum Heulen, daß jetzt mein Geld futsch war, ich habe schnell geatmet, es ging nicht anders, das schnelle Luftholen ging ganz von

allein, das hat die Turnlehrerin gemerkt und herge-
schaut. Lieber möchte ich sterben, als mein Geld losha-
ben und hergeben.

Im Amtsgebäude liegt die Fürsorgestelle im ersten
Stock. Ein langer Gang mit etlichen Türen, davor
Bänke, und auf den Bänken saßen drei Frauen mit
Kindern, alles Mädchen. Wir setzten uns dazu. Die
Mädchen waren ungefähr so alt wie ich, sie hatten alle
drei Rotznasen, haben allerdings miteinander nichts zu
tun gehabt. Die Frauen, zu denen die Mädchen gehört
haben, taten nichts anderes, als dauernd zu sagen, die
Mädchen sollen ruhig sein. Das hat mich verrückt gemacht. Die Frauen haben mich verrückt gemacht, die
Mädchen nicht so sehr. Ein Mädchen stand am Ende
des Ganges mit dem Gesicht an der Wand, die anderen
beiden tappten mit leisen Schritten zu ihr hin, sie spiel-
ten Ochs am Berg. Die Mädchen müssen unbemerkt
gehen, und welche zuerst unbemerkt die Wand erreicht, die hat gewonnen, und die darf der nächste Ochs
sein. Eine fragte mich, ob ich der Ochs sein will. Ich
sagte, nein danke, weil mich die Turnlehrerin angeschaut hat. Ich hätte schon mögen. Ohne mein Geld bin
ich wie die, dachte ich.

Wenn man für jedes Mädchen eine halbe Stunde rechnet, müssen wir eineinhalb Stunden warten, und so
war es. Das Baby hat zum Weinen angefangen, die
Turnlehrerin hat es mir auf den Schoß gesetzt. Das
weiß man inzwischen, daß das Baby bei mir aufhört
mit dem Weinen.

Weißt du eigentlich, warum wir heute hier sind, Oskar, hat die Turnlehrerin gefragt.

Nein, sagte ich.

Du weißt es wirklich nicht?

Nein, überhaupt nicht.

Du wirst es schon wissen, sagte sie.

Ich weiß es nicht.

Sie nickte vor sich hin und machte ein langes Kinn bei geschlossenem Mund. Damit will sie zeigen, daß ich lüge, daß ich selbstverständlich weiß, warum wir hier sind.

Warum sind wir hier, frage ich.

Das wirst du schon wissen, sagt sie.

Sie ist eine böse Frau. Ich weiß trotzdem nicht, warum wir hier sind. Wahrscheinlich, um mir mein Geld wegzunehmen. Daß es im Amt bestätigt wird, daß ich das Geld von der Erika nicht kriege. Ich kann gar nichts machen.

Man hat meinen Namen aufgerufen, ich gab der Turnlehrerin das Baby zurück. Wir sind gemeinsam in das zuständige Zimmer hineingegangen. Eine ziemlich junge Frau saß am Schreibtisch, sie trug eine Schmetterlingsbrille, die habe ich interessant gefunden, und auf ihrem Tisch stand ein Computer, den habe ich interessant gefunden, Farbbildschirm, klar.

Die Frau fragte mich nach meinem Namen und seit wann ich bei den Lehrers bin. Ich wußte das genaue Datum nicht, nur den Monat. Sonst habe ich auf alles richtig geantwortet. Wann ich geboren bin und wo, wann Lilli geboren ist und wo, wie unsere Mama heißt mit allen Namen, ob ich noch immer nicht weiß, wer unser Papa ist und wo er wohnt und wo er arbeitet. Alles hat sie in den Computer eingetippt.

Ich weiß nicht, warum ich hier bin, sagte ich.

Die Frau schaute die Turnlehrerin an.

Warum weiß er es nicht, fragte sie.

Er weiß es schon, sagte die Turnlehrerin und machte

die Augen zu, das sollte heißen, daß ich ein bockiges Kind bin. Das kenne ich.

Ich weiß es nicht, sagte ich.

Oskar, sagte die Frau, du bist hier, weil wir für dich neue Zieheltern suchen.

Das wußte ich wirklich nicht. Und ich bin wahnsinnig erschrocken. Das Baby hat angefangen zu weinen, so als hätte es von mir einen Tritt bekommen. Mir war das recht, daß es geweint hat. Die Frau hat zum Baby geschaut und nicht zu mir.

Warum haben Sie es ihm nicht gesagt, sagte die Frau zur Turnlehrerin. Und die Turnlehrerin mit den Augen, die sie zuhatte, und jedes Wort ganz langsam, als hätte sie es hundertmal bereits gesagt, sagte: Wir haben es ihm gesagt.

Man hat mir nichts gesagt, sagte ich.

Ich habe dich nicht verstanden, sagte die Frau.

Noch einmal sage ich das nicht. Jetzt denkt sie wie die Turnlehrerin, daß ich ein bockiges Kind bin.

Die Tür ist aufgegangen, und der Notar Wohlgenannt ist hereingekommen und er rief: Ich habe gedacht um elf, Entschuldigung, grüß dich, Oskar, guten Tag, guten Tag. Also, ich bin selbstverständlich in rein privater Sache hier, ist abgesprochen mit dem Abteilungsleiter, die Vormundschaft liegt selbstverständlich bei der Fürsorge, wo sie gut aufgehoben ist, so soll es bleiben. Ist bereits etwas ausgemacht worden?

Er weiß nicht, warum er hier ist, sagte die Frau.

Du weißt, warum du hier bist, fragte der Notar Wohlgenannt in meine Richtung.

Weil man neue Zieheltern für mich sucht, sagte ich.

Vorhin hat er behauptet, er weiß es nicht, sagte die Turnlehrerin.

Vorhin habe ich es noch nicht gewußt, sagte ich.

Wieder machte sie die Augen zu und zog den Mund lang und glatt. Mein Herz hat nicht aufgehört zu pumpern, das stört, dachte ich. Die Frau war ziemlich nett, als sich der Notar Wohlgenannt hingesetzt hatte.

Wollen wir hören, was für Wünsche der Oskar hat, sagte er. Wir wollen ja, daß es diesmal paßt.

Was magst du zum Beispiel überhaupt nicht, fragte die Frau.

Ich weiß nicht, was das heißt, sagte ich.

Die Turnlehrerin schnaufte extra laut auf. Sie will, daß ich als ein böses, bockiges und dummes Kind gelte. Und mein Geld will sie.

Ich habe gesagt: Ich mag nicht so gern kleine Kinder.

Die Turnlehrerin hat das Baby an ihr Gesicht gedrückt. Das Baby hat sich verschluckt und die Turnlehrerin ist mit ihm aus dem Büro gegangen. Sie würde gleich zurückkommen, sagte sie, wenn sich das Baby beruhigt hat.

Stimmt ja, sagte ich, ich sage es lieber gleich, daß ich Babys nicht besonders gern habe.

Ist eingetippt, sagte die nette Frau.

Babys liegen nicht jedem, sagte der Notar Wohlgenannt.

Warum will er jetzt zu mir helfen oder so tun, als wollte er zu mir helfen, und auf der anderen Seite verrät er den Lehrers Losungswort OSKAR?

Wie ist es mit Tieren, hat er die gern?

Ich antwortete nicht, weil ich dachte, sie hat den Notar Wohlgenannt gefragt.

Ob du Tiere magst, Oskar, fragte er mich.

Mit Tieren habe ich keine Erfahrung, sagte ich. Ein Hund würde mir nichts ausmachen, glaube ich.

Wichtig ist, sagte der Notar Wohlgenannt, daß der Oskar diesmal an jemanden gerät, der ihm ein Zuhause bieten kann, etwas, wo er sich wohlfühlt.

Freilich, sagte die nette Frau.

Der Notar Wohlgenannt beugte sich vor und tippte irgendwo auf den Computer und sagte leise und lachte dabei: Um die Wahrheit zu sagen, der Oskar kann seine jetzigen Leute nicht verputzen, und sie können ihn genausowenig verputzen.

Die nette Frau hatte noch gar nicht die Hundeinformation von mir eingetippt gehabt, irgend etwas hatte ihr der Notar Wohlgenannt am Computer durcheinandergebracht, es dauerte eine Weile, bis sie den Computer wieder in Ordnung gebracht hatte, und in dieser Weile kam die Turnlehrerin mit dem Baby herein. Das Baby hatte einen fetten, gelben Schnuller im Mund. Ich kannte mich jetzt gar nicht mehr aus.

Ist noch etwas, fragte die nette Dame, als sie die Hundeinformation endlich eingetippt hatte.

Wichtig ist für mich, sagte ich, das Trinken beim Essen. Ich sage das deshalb, weil es wichtig ist.

Wieso sagst du das, sagte die nette Frau. Hast du zum Essen kein Getränk bekommen?

Diesmal hat der Notar Wohlgenannt laut aufgeschnauft. Die Turnlehrerin hat etwas dazwischen gegickst. Sie ist still gemacht worden von der netten Frau: Bitte, ich möchte, daß jetzt Oskar ausreden darf, ja!

Doch, doch, sagte ich schnell, die Lehrers haben mir immer reichlich zu trinken gegeben. Ich sage das vom Trinken rein zur Information. Ich kriege das Essen einfach besser hinunter mit Wasser.

Warum sagst du die Lehrers zu deinen Zieheltern, fragte die nette Frau.

Ich wußte nicht, was ich sagen sollte.

Das spricht Bände, sagte die Turnlehrerin.

Allerdings, sagte der Notar Wohlgenannt.

Das ist eine Gemeinheit, sagte die Turnlehrerin und weinte. Du weißt ganz genau, Oskar, daß wir dich ausschließlich deshalb freigeben, weil wir, weil wir, weil wir unverhofft ein neues Baby bekommen.

Sie weinte voll heraus: Ich bin nämlich schwanger.

Der Notar Wohlgenannt sagte nichts, in seinem Gesicht nudelte sich alles zusammen, der Mund machte Kurven und die Augen verdrückten sich und so weiter. Die Turnlehrerin machte ihn verrückt.

Die nette Frau lächelte mich an: Man merkt, Oskar, daß du das hier im Amt, meine ich, nicht zum erstenmal machst.

Zum zweitenmal, sagte ich.

An der Wand hing ein Bild vom Bundespräsidenten. Alles wurde wieder ruhig im Raum nach einer Weile. Die Turnlehrerin unterhielt sich mit der netten Frau über den Nebel im Rheintal. Unterhalten ist übertrieben. Daß im Rheintal viel Nebel ist um diese Zeit, sagte sie. Und die nette Frau sagte, oben ist keiner. Das war alles. Der Notar Wohlgenannt sagte nichts dazu. Einmal zog er die Augenbrauen in die Höhe, als ihn das Baby anschaute. Viel kann der auch nicht mit Babys anfangen, das ist sicher. Das war übrigens der neue Bundespräsident auf dem Bild. Mir ist ums Verrecken sein Name nicht eingefallen. Den Alten hätte ich zur Not noch gekannt. Seinen Namen meine ich. Ich sagte im Stillen die Bundeshymne auf. Ich habe sie einmal zur Strafe auswendig lernen müssen. Dreimal sagte ich die erste Strophe auf, die zweite kann ich nicht. Ob es überhaupt eine dritte gibt, weiß ich nicht.

Ist er ein Bettnässer, fragte die Frau hinter dem Schreibtisch auf einmal.

Er ist kein Bettnässer, sagte die Turnlehrerin. Wie kommen Sie darauf?

Mein Herz hat wieder laut gepumpert vor Zorn. Die da hinter dem Schreibtisch will, daß ich ins Bett mache. Kein Bettnässer, hat die da in ihren Computer gehackt. Warum muß das überhaupt dort drinnen stehen! Da kommt man erst auf den Gedanken, daß ich einer sein könnte. Die arme Lilli, die nicht lügen kann, die sollte lügen, wenn sie dasselbe gefragt wird. Daß man ihr wieder das Leintuch auf den Kopf hauen kann!

Für seine Bedürfnisse haben wir zwei Plätze, sagte die von der Fürsorge. Erstens eine Familie mit einem Bauernhof, fünf Kinder, Schulweg mit dem Schulbus, zu Fuß dreiviertel Stunden, viele Tiere. Das sind Leute, die zum Liebsten gehören, was man sich vorstellen kann. Vielleicht wirklich nicht das Richtige.

Magst du Bauern, Oskar, hat der Notar Wohlgenannt gefragt.

Ich habe nicht geantwortet.

Ich mag keine Bauern, sagte er. Ich mag sie einfach nicht, warum sollte ich lügen.

Du wirst dich noch an uns erinnern, sagte die Turnlehrerin. Du mußt noch viel lernen im Leben, Oskar.

Zweitens, sagte die, die will, daß ich Bettnässer bin, und die in den Computer geschrieben hat, daß ich keiner bin, zweitens gibt es auf unserer Liste ein Gasthaus. Das klingt jetzt vielleicht ein bißchen komisch, wenn man sagt, daß man ein Kind in ein Gasthaus tut. Die Wirtin allerdings ist bekannt für ihre Menschlichkeit. Das Gasthaus kennen Sie sicher, hat die da hinter dem Schreibtisch zu der Turnlehrerin gesagt.

Und zum Notar Wohlgenannt sagte sie: Es ist die *Taube*.

Ah, die *Taube*, sagte er.

Wir gehen nie ins Gasthaus, sagte die Turnlehrerin.

Ich weiß, daß sie das tun, sie und der Biologielehrer. Zum Beispiel, als das bekannt geworden ist mit dem zweiten Baby.

Momentan wird kein Pflegekind geführt, sagte die von der Fürsorge. Die Wirtin veranstaltet einmal in der Woche ein Essen für die Kinder aus den Beschützenden Werkstätten. Das spricht für die Wirtin, finden wir, und sie macht das ohne viel Drumherum, das spricht noch mehr für sie.

Der Notar Wohlgenannt sagte: Das spricht für sie. Für einen durstigen Bub wie den Oskar kommt ein Gasthaus gerade recht.

Ich nehme die *Taube*, habe ich gesagt.

Als mir die von der Fürsorge die Hand reichte, bin ich fast an ihr hängengeblieben. Trotzdem die Hand mehr als normal eingecremt war.

Auf der Straße hat das Baby aufs neue zu weinen angefangen, und die Turnlehrerin sagte zu mir: Oskar, glaub ja nicht, daß ich nicht bemerkt habe, daß du das Baby mit einem Schnuller verführt hast. Jetzt muß ich alles dransetzen, um es wieder davon wegzubringen.

Tut mir leid, sagte ich.

Wir gehen zum Abschluß in ein Caféhaus, sagte sie, du darfst dir einen Kuchen aussuchen, Oskar.

Weil Fasching war, wählte ich zwei Faschingskrapfen. Ich habe so hineingebissen, daß die Marmelade ganz im ersten Biß enthalten war. Es war ein Biß mit gleichzeitigem Saugen. Die Krapfen waren ofenfrisch und wirklich ausgezeichnet. Das Baby schlief auf der Bank ein.

Ich nahm ihm den Schnuller aus dem Mund. Man muß eine leichte Drehbewegung machen, sagte ich, dabei wird der Schnuller von der Spucke naß und bleibt nicht an den Lippen picken, und das Baby wacht nicht auf.

Wenn du einmal Kummer hast, sagte die Turnlehrerin, kannst du jederzeit zu uns kommen. Obwohl, das muß ich dir ehrlich sagen, Oskar, ich möchte gar nicht fragen, wie das passiert ist, du weißt genau, was ich meine.

Sie hat nicht gesagt, was sie meint, und ich wußte nicht hundertprozentig, was sie meint. Ich konnte mir denken, daß es mit meinem Geld zu tun hatte.

Du kannst von Glück reden, Oskar, sagte sie weiter, daß du in einer Familie warst, für die Geld eine Nebensache ist. Wenn du älter bist, wirst zu merken, daß höhere Werte gelten.

Zu Hause war ein bißchen Glück, weil der Schatz noch an seinem Platz war. Ich habe nicht nachgezählt und gesehen habe ich die Währungen nicht. Ich habe mit der Hand unter den Rost gegriffen und alles war so, wie es richtig ist. Ich habe mich darauf verlassen. Also kann die Lehrerin mit ihrem Hin- und Herreden nur Losungswort OSKAR gemeint haben. Im Amt hatte ich keine Gelegenheit, den Notar Wohlgenannt zur Rede zu stellen. Er hat sich gleich verzupft. Wenigstens die Währungen waren da.

Ich muß ehrlich sagen, ich hatte Angst, mich vom Lehrer zu verabschieden. Es war eine traurige Angelegenheit. Das fand zwei Tage später statt. Am Anfang hat es geheißen, man geht und schaut sich zuerst das Gasthaus und die Wirtin an. Man hat es gelassen, weil ja eh alles in Ordnung ist und man nicht will, daß es aussieht, als denke man, es sei nicht alles in Ordnung.

Also die Verabschiedung vom Lehrer: Er hat mich zu sich hergezogen, seine Hose riecht nach Bleistift, und er sagte: Oskar, jetzt waren wir gar nicht mehr auf dem Berg. Ich habe ihm versprochen, daß, wenn ich wieder eine Erfindung habe, etwas, was er brauchen kann, würde ich sie aufschreiben und ihm schicken.

Eine Stunde vor meiner Abreise erst schenkte mir die Lehrerin einen Koffer. Das war eine Katastrophe für mich. Es war nämlich so: Ich konnte in den Tagen vorher den Schatz nicht unter dem Bett hervorholen, weil ich ja nicht wußte, wo ich ihn hintun soll. Zuerst wollte ich ihn in die Schultasche geben, aber ich bin ja noch in die Schule gegangen, und das wäre viel zu gefährlich gewesen, so viel Geld in die Schule mitzunehmen, wo einem immer die Schultaschen nachgeworfen werden. Jetzt habe ich einen Koffer gehabt. Was nützt der mir? Die Lehrerin füllt ihn gerade auf. Er steht auf meinem Bett, in meinem Zimmer. Und sie steht vor meinem Bett. Und unter meinem Bett ist der Schatz. Ich kann nicht sagen, bitte, geh einen Augenblick hinaus aus meinem Zimmer. Es ist nicht mehr mein Zimmer. Es war nie mein Zimmer. Es hat immer den Lehrers gehört.

In einer halben Stunde kommt der Notar Wohlgenannt und holt mich ab. Er ist nicht pünktlich. Mir nützt das nichts. Wenn sie die ganze Zeit in dem Zimmer, das ich bewohnt habe, steht, kann ich nicht an meinen Schatz heran.

Der Lehrer ist inzwischen ebenfalls von seinem Unterricht zurück, wir sitzen in der Küche, er hat einen großen Brocken Leberkäse mitgebracht, als Abschiedsgeschenk. Gib zu, Oskar, sagt er, das hat dir am meisten bei uns gefehlt.

Wie mans nimmt, sage ich. Darf ich schnell kurz in mein Zimmer gehen, sage ich, weil ich mich von meinem Zimmer verabschieden will.

Ist das reizend, sagt die Lehrerin.

Freilich darfst du das, sagt der Lehrer.

Ich renne hinüber, da höre ich draußen den Notar Wohlgenannt hupen. Ich kenne die Hupe sofort, ich habe sie ausprobiert, die Firma Jaguar hat eine Hupe, die man aus tausend Hupen herauskennt. Gleich darauf klingelt es an der Tür. Ich habe vergessen, den Schraubenzieher mit in mein Zimmer zu nehmen. Wenn man dumm ist, kann man nie reich werden. Wie soll ich jetzt die Latte aus dem Rost herauskriegen! Bevor ich das nicht weiß, hat es gar keinen Sinn, die Matratze und das Bettzeug wegzunehmen. Die Lokomotive, die mir der Lehrer zu Weihnachten geschenkt hat, ist vergessen worden einzupacken. Sie steht auf dem Tisch. Vielleicht kann ich einen Puffer als Schraubenzieher verwenden. Ich hebe die Matratze auf und krieche darunter, jetzt liegt die Matratze auf meinem Rücken, das Bettzeug fällt auf den Boden, es ist abgezogen, Leintuch ist keines mehr darübergespannt. Der Puffer taugt nichts. Er bricht gleich ab. Die Lehrers und der Notar Wohlgenannt reden im Gang. Das einzige, was ich im Zimmer finden kann, das sich zum Herausbrechen der Latte eignet, ist das Kreuz an der Wand. Das will ich nicht nehmen. Ich habe es mit den Händen probiert. Ich habe mich mit meiner ganzen Kraft bemüht, die Latte herauszureißen. Es hat nichts genützt. Ich werde nie wieder in dieses Haus kommen, die Lehrerin wird das Zimmer auslüften und aussaugen und ausputzen und wird meinen Schatz entdecken.

Der Notar Wohlgenannt hat meinen Namen gerufen.
Ich habe ganz kurz überlegt, dann bin ich hinausgegangen.
Hast du dich von deinem Zimmer verabschiedet, fragte die Lehrerin.
Fast, sagte ich.
Servus, Oskar, sagte der Notar Wohlgenannt.
Ich ging an ihnen vorbei und zum Lehrer hin. Schenkst du mir zum Abschied einen Schraubenzieher, fragte ich.
Natürlich, sagte er.
Darf ich ihn holen, fragte ich.
Natürlich, sagte er.
Ich ging in den Abstellraum hinter der Küche und nahm aus der Schachtel, in der das Werkzeug aufbewahrt wird, den gelben Kreuzschraubenzieher.
Diesen hätte ich gern, sagte ich zum Lehrer.
Ist recht, sagte er.
Also, komm, mach vorwärts, Oskar, sagte der Notar Wohlgenannt.
Gleich, sagte ich.
Was machst du denn noch, fragte der Lehrer.
Er muß sich von seinem Zimmer verabschieden, sagte seine Frau, man darf ihn dabei nicht stören. Du müßtest die Buben verstehen, ich war nie ein Bub.
Ich habe ziemlich lange gebraucht. Den Schatz habe ich in meine Hosentaschen gesteckt. Mit dem Anorak darüber ist es nicht aufgefallen.
Die Turnlehrerin hat mir ganz zuletzt als Überraschung ein Photo von dem Baby geschenkt und gesagt: Damit du manchmal daran denkst. Ja, habe ich gesagt, es ist wirklich ein nettes Baby. Hoffentlich wird das neue auch nett.

Da hat die Turnlehrerin, wen wunderts, zu weinen angefangen, und ich habe dem Baby einen Kuß gegeben. Ich habe dem Baby immer Sachen erzählt, die ich sonst niemandem erzählt habe. So gesehen wird es mir sicher fehlen.

Der Lehrer hat mir sein Fernrohr geschenkt. Er hat es mir schnell zugesteckt, wir waren fast zur Tür hinaus. Das muß niemand wissen, Oskar, sagte er.

Das Fernrohr, das gebe ich zu, das ist wirklich etwas ganz Tolles.

Damit die Lehrerleute mich nicht total vergessen, habe ich einige Tage vorher mein Zeichen, das Eichhörnchen, auf die Tapete in meinem Zimmer gemalt. Unten in ein Eck.

Meinen Koffer hat der Notar Wohlgenannt getragen. Im Auto hat der Schatz gegen meinen Bauch gedrückt.

Warum haben Sie Ihren Schwur gebrochen, fragte ich.

Was meinst du?

Losungswort OSKAR. Die Lehrerin weiß, daß ich Geld habe. Wahrscheinlich ist es inzwischen abgehoben.

Der Notar Wohlgenannt lachte heraus, er hat so lange gelacht, wie eine Ampel rot war.

Du verstehst das nicht, Oskar. Halt ja den Mund und erzähl niemandem von dem anonymen OSKAR-Konto. Das weiß keiner außer uns beiden. Und wenn das jemand erfährt, das sag ich dir, dann bin ich dran. OSKAR ist inoffiziell. Das ist eine Linke, die wir beide gedreht haben, verstehst du. Losungswort OSKAR ist erst ein Teil von dem Geld, das du kriegst, sagte er. Es gibt noch einen offiziellen Teil. Und dieses Geld hat die Lehrerin gemeint, verstehst du. Du bist ein reicher

Mann. Wahrscheinlich erheben die Lehrers nämlich keinen Einspruch gegen das Testament von deiner Erika. Ich weiß zwar nicht, warum, sie tun es jedenfalls nicht.

Da kann ich von Glück reden, daß ich in einer Familie war, in der Geld eine Nebensache ist, sagte ich.

Das möchte ich erst sehen, sagte er.

Wieviel Geld habe ich, wenn ich alles kriege, fragte ich.

Das wirst du rechtzeitig erfahren, sagte er.

Die Wirtin hat bereits auf mich gewartet. Sie trug eine weiße Schürze. Ihr Gesicht war rot, und ihre Hände waren rot.

Du bist also der Oskar, sagte sie, ich bin die Walli, wir werden uns schon vertragen. Komm, ich zeig dir dein Zimmer.

Es hat nach Gulasch gerochen und nach Bier und nach Klo. Wir sind die Treppe hinaufgegangen bis zuoberst, der Notar Wohlgenannt ging als letzter, oben hat er schnaufen müssen.

Du kriegst das Dachzimmer, sagte die Wirtin Walli, es ist klein, aber es ist patent.

Es hat ein Schrägfenster. Folgende Möbel: ein Bett, ein kleiner Tisch mit Stehlampe daneben und ein Stuhl und ein Kasten und ein Waschbecken mit einem Spiegel, der für mich zu hoch ist. Das macht mir nichts. Grade, als wir eingetreten sind, hat die Sonne zum Fenster hereingeschienen.

Den Zimmerschlüssel, sagte die Wirtin Walli, hängst du dir am besten um den Hals, ich gebe dir nachher eine Kette. So kannst du ihn nicht verlieren. Ich will, daß die Zimmer abgesperrt werden. Im unteren Stock sind noch drei Zimmer für die Fernfahrer, wenn sie hier übernachten, ein Zimmer habe ich an die Serviererin vermietet. Wenn du etwas brauchst, und es ist Feierabend, und ich bin nicht zu finden, kannst du zu ihr gehen. Sie heißt Puppa und ist Italienerin, kann einwandfrei Deutsch. Klo ist ein Stock tiefer.

Essen kann er im Gasthaus, sagte sie zum Notar Wohlgenannt, der immer nickte. Frühstück erkläre ich ihm nachher. Heute gibt es Gulasch. Wollen Sie mitessen?

Gern, sagte der Notar Wohlgenannt.

Händewaschen, sagte die Wirtin Walli zu mir.

Die beiden sind vorausgegangen. Ich setzte mich kurz auf mein Bett. Das Zimmer riecht nach nichts. Ich bin zwar noch kein Herr, aber ich besitze einen Schlüssel zu meinem Zimmer. Ich zog den Schatz aus meiner Hose und legte ihn mitten auf den Tisch. Ich sperrte das Zimmer hinter mir zu und bin ein Stück auf dem Stiegengeländer hinuntergerutscht.

In der Gaststube saßen Leute an einem Tisch, das waren keine Gäste, sondern Personal und Freunde, drei Küchenmädchen, die schwarzhaarige Serviererin, ein Mann im Unterhemd mit beweglichen Muskeln an den Armen, der sich mir als Bruno vorstellte und schnell das Hemd drüberzog. Bierfahrer war er. Zur Serviererin sagt man Puppa. Es ist die Italienerin, die einwandfrei Deutsch kann.

Das Beste ist: In einem Gasthaus stehen kistenweise Limonaden herum. Die Wirtin Walli sagte: Wenn du einen Almdudler herausnimmst, mach jedesmal einen Strich auf die Tafel und schreib ein O und das Datum dazu.

Schmeckt prima, sagte der Notar Wohlgenannt, wirklich prima. Gott sei Dank, Fleisch, mußte ich denken.

Ich wußte gar nicht, was für einen Tag wir haben und fragte: Stimmt das Datum auf dem Kalender? Wenn das Datum auf dem Kalender stimmt, ist das ein gutes Zeichen. Es stimmte. Ich nahm mir einen Almdudler, schrieb ein O und das Datum auf die Tafel.

Was wünschst du dir zu deinem Einstand, fragte die Wirtin Walli.

Zufällig, als sie das fragte, legte Puppa gerade ihren Taschenrechner und ihre Geldtasche auf den Tisch, und da fuhr es mir heraus: Einen Taschenrechner.

Ich habe eigentlich den Nachtisch gemeint, sagte die Wirtin Walli.

Den Taschenrechner kriegt er von mir, sagte der Notar Wohlgenannt.

Beim Nachtisch ist am besten die Sachertorte, sagte Puppa.

Gut, Sachertorte, sagte ich.

Ich habe es geschafft, ich bin verrückt vor Glück.

Kann man telefonieren, fragte ich, ich muß meine Schwester anrufen und ihr sagen, daß ich eine neue Adresse habe.

13

Sollen wir ihr das Fell abziehen?

Lieber Oskar, habe ich geschrieben, mir geht es gar nicht gut. Mir ist ein Unglück passiert. Ich habe von der Rut 1000 Schilling zum Einkaufen bekommen, und die habe ich verloren. Jetzt hat die Rut eine Wut auf mich, und ich habe Angst, daß sie mich wegschickt. Ich muß ihr unbedingt bis nächste Woche die 1000 Schilling zurückgeben. Du hast gesagt, daß wir reich sind. Wenn Du mir wenigstens einen Teil des Geldes borgen könntest, wäre ich gerettet. Ich frage Dich auch nicht, woher Du das Geld hast. Bitte verrate mich an niemanden, sonst bin ich verloren. Wenn Du das Geld schickst, schicke bitte nur Scheine, sonst klappert es im Briefkuvert, und das ist nicht gut. Deine Schwester Lilli.

Der Brief von Lilli war für mich sehr aufregend, erzählt Oskar. Sorgen habe ich mir keine um sie gemacht. Ich bin mir vorgekommen wie ein Familienoberhaupt. Ich war stolz und habe mich gefreut über die Sache. In dem Gasthaus bei der Wirtin Walli werden keine Briefe geöffnet. Als ich aus der Schule kam, lag der Brief unten beim Ausschank. Puppa hat ihn mir gegeben. Ohne komisches Gesicht oder so. Ich habe die Tür zu meinem Zimmer verschlossen und den Brief gelesen. Ich hätte die Tür nicht verschließen müssen. Jeder, der mich besuchen kommt, klopft zuerst an. Manchmal kommt mich Puppa, die Bedienung. besuchen, manchmal Bruno, der Lastautofahrer. Sogar die Wirtin Walli klopft an die Tür, wenn sie zu mir will. Ich wollte auf jeden Fall sicher sein, daß niemand hereinkommt, wenn ich den Brief von Lilli lese, es kann ja sein, daß ein neuer Gast zufällig die Türen verwechselt. Ich dachte nämlich gleich, daß es etwas Wichtiges sein muß, wenn mir Lilli einen Brief schreibt, wo sie genausogut anrufen kann, wenn es nur um ein Grüßgottsagen geht.

In den ersten Nächten, das muß ich noch erzählen, habe ich nicht einschlafen können, lange bin ich nicht eingeschlafen und alle Stunden bin ich aufgewacht, und zwar darum, weil mir mein Schatz Kummer bereitet hat. Er lag noch im Koffer, eingewickelt in die Pyjamahose und den mit Tixo verklebten Nylonsack. Ich mußte mir ein Versteck suchen in meinem neuen Zimmer. Zum Aufstehen war ich zu müde, so habe ich ins Dunkle hineingeschaut und mir das Zimmer im Kopf vorgestellt. Das macht einem angst, das muß ich zugeben. Ein Zimmer, wenn es noch ziemlich fremd ist, fängt in der Dunkelheit an zu wachsen und kriegt Ausbuchtungen, die sich bewegen, die sich einmal auf dich zustülpen, einmal von dir weg. Ich habe die Nachttischlampe angeschaltet und bin wieder eingeschlafen, obwohl ich eigentlich bei Licht nicht schlafen kann.

In den ersten Tagen habe ich etwas getan, was ich nie tun wollte, ich stopfte das Pyjamahosenpaket in die Schultasche und nahm meinen Schatz mit in die Schule. Das war ein furchtbarer Streß. Während der großen Pause blieb ich in der Klasse in meiner Bank sitzen, ich traute mich nicht einmal aufs Klo zu gehen. Im Unterricht legte ich die Trageriemen der Schultasche um mein Bein, damit ich sofort merke, wenn einer etwas vorhat. Ich dachte, daß die Wirtin während meiner Abwesenheit mein Zimmer aufräumt. Ich wußte, daß sie einen Schlüssel hat, aber ich wußte noch nicht, ob sie neugierig ist. Wenn sie nicht neugierig ist, könnte es sein, daß sie rein zufällig mein Geld sieht. Sie macht den Koffer auf, weil sie denkt, schmutzige Wäsche ist drin, sie sieht die Pyjamarolle, denkt, das ist ein alter schmutziger Pyjama, den will ich waschen, sie rollt ihn auseinander und so weiter Sie würde denken, ich hätte das Geld gestohlen. Hundertprozentig würde sie das denken. Das würde jeder denken.

Am dritten Tag hat mir die Wirtin Walli selber die Sorge abgenommen, sie sagte: Oskar, über den Fasching mußt du selber schauen, wie du dein Zimmer sauberhältst, in der Zeit ist im Betrieb zuviel los, und ich kann mich um deine Sachen nicht kümmern, erst wieder ab Aschermittwoch. Ich sagte: Um mein Zimmer braucht sich sowieso niemand zu kümmern, ich räume immer selber auf, und wenn ich den Staubsauger brauche, frage ich die Puppa. Die Wirtin Walli sagte: Wenn ich nur lauter solche selbständigen Mieter hätte wie dich.

Die Wand hinter meinem Schrank ist krumm. Das ist gut. So entsteht ein Hohlraum. Ich habe oben auf dem Schrank einen kleinen Nagel eingeschlagen und das Pyjamahosenpaket an einen Spagat gebunden und das Spagatende am Nagel festgemacht. Jetzt hängt mein Schatz in dem Hohlraum hinter dem Schrank. Leider mußte ich wegen Lillis Brief das Tixonylonsackpaket zerstören.

Gleich nach dem Essen bin ich in die Stadt gegangen. Ich habe bei einer Bank eine notwendige Anzahl von Schwedenkronen umgetauscht, den Kurs wußte ich.

Ich sagte am Schalter, die Kronen sind von meiner Tante aus Schweden. Ich hätte gar nichts sagen müssen. In Zukunft sage ich nichts. Dann besorgte ich in einem Papiergeschäft Briefpapier und Kuverts und ging gleich zur Post. Erst wollte ich noch einen Brief an Lilli schreiben. Mir ist nichts eingefallen, außerdem hat der Postkuli gepatzt. So habe ich nur den Tausender in das Kuvert geschoben, zugeklebt, hinten drauf meinen Namen und meine Adresse und vorne drauf Lillis Name und Adresse geschrieben. Eine Marke gekauft und abgeschickt. Auf dem Nachhauseweg tat es mir leid, daß ich keinen Brief beigelegt hatte. Ich hätte schreiben sollen, Lilli soll mich anrufen oder mir brieflich melden, wenn sie das Geld bekommen hat. Sie hat sich nicht gemeldet.

Linos Georgiadis, erzählt Lilli, ging als Samurai. Ich wollte zu denen gehören, die das Wort Samurai schon immer kennen, und sagte das Wort Samurai genauso lässig wie die. Beim Umzug konnte ich ihn nirgends sehen. Alle in der Klasse haben gewußt, daß Linos Georgiadis als Samurai geht. Für meine Verkleidung kam von vornherein nur ein Tier in Frage.
Betti war eine Negerfrau, schwarze Strümpfe, schwarzer Pullover, schwarze und rote Farbe im Gesicht, aufgemalte Zeichen, schwarze Perücke aus Winziglocken, vorne und hinten je eine Schürze aus braunem Stoff. Müßten eigentlich Tierhäute sein, sagt Betti. Alles eng. Sie sieht nicht gut aus. Manche, wenn sie sie sehen, tun, als müßten sie kotzen. Um den Hals, an den Handgelenken und an den Fesseln trägt sie Schmuckperlen aus Glas, das Stück zu einem halben Schilling. Ihr Taschengeld ist draufgegangen für das Zeug, und die Sonder-

zahlung für das Aufpassen auf die Tschäin ist auch draufgegangen, dieses Geld war erst nach langem, lästigen Drängen und Daranerinnern ausgezahlt worden.

Wenn du Lust hast, sagte Betti, kannst du mit mir im königlichen Prunkwagen fahren, ich für meine Person gehe dort ein und aus.

Ich wollte lieber nicht. Bleiben wir einfach auf der Straße stehen und schauen zu, sagte ich.

Der Prunkwagen ist ein Stück Feuerwehrauto mit Anhänger. Überall hängen Girlanden, gezopfte und gedrehte. Durch die vielen weißen Blumen wirkt der Anhänger wie eine Laube, in der Hochzeit gefeiert wird. Seit zwei Wochen steht der Wagen bei Betti daheim in der Einfahrt. Es ist Tag und Nacht daran gearbeitet worden. Bettis Mutter ist heuer nämlich die Königin. Sie tritt aus der Laube und schaut auf das Volk herab. An der Hand hält sie den König, das ist der Masseur, mit dem sie seit Jahren zusammenarbeitet, erst vor kurzem hat es zwischen den beiden gefunkt, wie durch ein Winder, sagen sie. Ein Sturmwind, wie man ihn als junger Mensch gar nicht erleben kann. So soll sich angeblich der Masseur ausgedrückt haben. Er hat darauf gepocht, daß sie die Königin wird. Sonst legt er, hat er gesagt, sagt die Betti, alle Ämter nieder. Seine Norma, für die tut er alles. Er komponiert Songs und dichtet eigene Texte dazu. In Englisch. Die singt er ihr vor, dazu macht er noch das Schlagzeug und die Gitarre mit dem Mund, das erzählt Betti, sie könnte ihn erschlagen, sagt sie.

Normas Kleid, gelb wie Orangensaft, paßt zur weißen Hasenpelzbank. Ihr Krönchen ist aus Blech, an den Spitzen kleben rote Steine. Der Masseur heißt Frederik und ist fast auf den Tag genau zehn Jahre jünger als Norma. Er sieht aus wie das Bild des Mannes, der Elvis heißt, den er verehrt. Er trägt einen weißen Anzug mit hohem Kragen, genau dem Foto abgeschneidert. Noch etwas hat er durchgesetzt, nämlich daß auf beiden Seiten des Krönungswagens Schilder angebracht wurden, auf denen steht: MEMPHIS, TENNESSEE – GRACELAND.

Und jetzt zieht dieser Masseur wahrscheinlich bei uns ein, sagt Betti. Jedenfalls steht sein französisches Bett bereits im Schlafzimmer. Es ist mit dem Faschingsfeuerwehrauto zu uns transportiert worden. Beim Hineintragen von dem Trumm, was nur in drei Teilen geschehen konnte, hat der Idiot darauf bestanden, daß Musik läuft, dieser Sänger, den er nachmacht, nämlich. Das Bett beinhaltet ein Radio, das in Notfällen sogar auf Batterie läuft. Das Bett aus Samt, das Radio versenkbar, die Lautsprecher unter dem Kopfkissen. Das bisherige Bett von der Mama ist draußen im Hof gelandet, wo es herumliegt und grausig ausschaut, weil es draufgeregnet hat und der Masseur drangebrunzt hat. An der Schlafzimmerdecke über dem neuen Bett will der Idiot einen Spiegel anbringen lassen, der so groß sein soll wie die ganze Decke, weil er den Arsch von der Mama sehen will, wenn sie auf ihm drauflliegt. Zeig mir eine Frau mit fünfundzwanzig, die so einen Prachtarsch hat wie deine Mutter, hat er zu mir gesagt. Hat dich die Tschäin einmal um Geld angebettelt?

Nein, hat sie nicht.

Weil sie nämlich jeden um Geld anbettelt. Sogar beim Briefträger probiert sie es, sagt zu ihm, ob er ihr bis morgen vielleicht etwas auslegen könnte, weil der Hund zum Tierarzt muß, weil er in einen Stacheldraht gerannt ist, der Hundehals ist aufgerissen, und kein Geld ist im Haus. Sie sagt: Ich kann es beweisen, wollen Sie den offenen Hundehals sehen? Kein Mensch will einen offenen Hundehals sehen.

Die Betti hat mir nicht geglaubt, daß mich die Tschäin noch nie angebettelt hat. Sie redet und redet, und ich weiß, daß nichts gelogen ist, von dem, was sie redet. Mir kommt trotzdem alles vor wie nichts. Sie will hören, daß die Tschäin mich doch angebettelt hat, das ist mir klar. Die Tschäin hat mich nie um Geld gefragt. Und die beiden Tausender, den vom Nicki und den vom Oskar, habe ich ihr freiwillig gegeben. Wenn man mit jemandem befreundet ist, weiß man, was der braucht, und die Tschäin und ich, wir haben uns Freundschaft geschworen, tiefe, ewige Freundschaft. Freunde wissen alles über den anderen, der andere muß kein Wort sagen, sie sehen sich die Wünsche und Nöte von den Augen ab. Die Tschäin hat gemerkt, daß ich Angst hatte, das war, als die Rut in Albanien war. Einmal hatte ich solche Angst in der Nacht gehabt, daß ich mir vor lauter Angst eingebildet habe, ich sehe die Rut und den Nicki im Fernsehen, ich konnte nicht einschlafen, und genau, als es am allerschlimmsten war, klingelte es an der Tür, und ich fragte über die Sprechanlage, wer draußen ist, ich dachte, es ist sicher die Rut, die gemerkt hat, daß ich solche Angst habe. Es war die Tschäin. Sie ist drei Nächte bei mir geblieben. Allein darum, weil ich solche Angst gehabt habe. Sie hat es gefühlt, das hat sie gesagt. Sie hat gesagt, sie bleibt so lange, bis die Rut und der Nicki aus Albanien zurückkommen, und wenn sie überhaupt nie mehr zurückkommen, bleibt sie für immer bei mir, es sei ein Skandal, daß die beiden mich allein gelassen haben, sagte sie,

sie haßt die Rut, hat sie gesagt, sie haßt sie wie die Pest, sie muß der schlechteste Mensch von der Welt sein, hat sie gesagt. Ich konnte die Tschäin kaum beruhigen, sie wollte alle Sachen aus Ruts Schreibtisch reißen und auf den Boden hauen. Am Tag ist sie weggegangen, die Spritze und das Papierbriefchen mit dem Äitsch hat sie dagelassen. Ich habe die Sachen in meinem Schreibtisch versteckt unter den Tempotaschentüchern. Manchmal habe ich mir die Spritze angeschaut. Wenn sie sich gefixt hat, durfte ich nicht zuschauen, hinterher hatte sie es gern, wenn wir uns vor den Fernseher gesetzt haben. Sie ist schließlich eingeschlafen, und ich habe sie zugedeckt. Sie sagte, daß sie aufhört, wenn das Äitsch in dem Papierbriefchen fertig ist, und daß sie eh fast nichts mehr braucht, früher hätte sie so einen Rest weggeputzt wie nichts.

Alles verlogen, was die Tschäin sagt, behauptet die Betti.

Niemand weiß übrigens, daß die Tschäin drei Tage bei mir war.

Zu Hause bei ihr sind die drei Tage ein Rätsel. Ich habe die Betti sehr gern, wenn ich mich allerdings entscheiden müßte zwischen Betti und Tschäin, würde ich mich für die Tschäin entscheiden. Ich war verzweifelt, wenn es der Tschäin ganz plötzlich so furchtbar schlecht geworden ist und sie ins Klo rennen und kotzen mußte, ich habe ihr die Hand gehalten, und sie hat mit aller Kraft gedrückt und hat noch gekotzt, als lange nichts mehr gekommen ist. Warum ist das so bei dir, habe ich gefragt. Es ist eben so bei mir, hat sie gesagt.

Dem Masseur hat sie seine Uhr geklaut, sagt Betti, die hat er auf dem Küchentisch liegen gehabt, habe ich selber gesehen, sagt Betti. Ich war dabei, als sie die

Tschäin geklaut hat. Du kannst doch nicht die Uhr von dem klauen, habe ich noch gesagt. Gusch! Ich darf nur meine Klappe halten.

Betti behauptet, der Freund von der Tschäin ist im Gefängnis. Ich kenne niemanden, der im Gefängnis ist. Die Tschäin hat gesagt, er hat sie verlassen und ist in die Schweiz und gibt dort an.

Als er noch bei uns gewohnt hat, der schwarze Lange, sagt Betti, sind sie einmal beide vor einem Teller mit Cornflakes gesessen, und er ist mit seinem Kopf in den Teller mit den Cornflakes hineingeknallt, daß die Milch gespritzt ist. Wenn einer auf Heroin ist, kann der in einem Teller Cornflakes mit Milch ersaufen. Überhaupt das Essen von denen. Auf dem Boden verstreuter Zucker, die zuckern beide wie verrückt, eklig, man bleibt mit den Patschen fast kleben am Boden. Sie haben Koki bei ihm gefunden. An der Grenze. Er ist von Zürich herübergefahren mit einem Auto, das nicht ihm gehört hat. Sie haben ihn eingesperrt, und zwei Polizisten sind zu uns gekommen und haben gesagt, daß auf den niemand mehr zu warten braucht, so lange sitzt der. Die Polizisten haben einen Hund dabeigehabt, und unser Hund, der angeblich den Hals offen hat, der ist fast verrückt geworden vor Freude, weil er nämlich eigentlich eine Hündin ist, das war wieder so ein Schmäh, den uns der Typ von der Tschäin aufgebunden hat. Netteste Menschen, die Polizisten, übrigens. Müssen ja nicht alle das Letzte sein, nur weil er sagt, Bullen sind Schweine. Er hat Fruko gesagt, ein Polizist ist ein Fruko, das ist türkisch und soll etwas ganz unheimlich Schlimmes heißen. Die Mama hat versprechen müssen, die Taschäin vom Gift herunterzuholen. Was die herumgeheult hat. Wie denn! Wie denn! Einer von den Polizisten hat die Mama noch von früher her gekannt, als sie die Schönheitskönigin war, der hat bei jedem Wort mit dem Kopf genickt, so einen Respekt hatte er vor ihr. Sie haben gesagt, das geht heutzutage ganz leicht, das Herunterkommen vom Heroin. Die Tschäin sagt das gleiche. Es geht ganz leicht, sagt die Tschäin, mit Meti geht das ganz leicht, darum hör ich lieber erst morgen auf, weil es eh ganz leicht geht mit Meti, ich kann das nicht mehr hören.

Was ist Meti, habe ich gefragt.

Das wußte die Betti genauso nicht.

Der Idiot findet es eine Schande, mit so jemandem wie der Tschäin unter einem Dach zu leben, sagte sie. Der Masseur, als er gemerkt hat, was bei uns läuft, Geld fehlt aus seiner Brieftasche, seine Uhr ist weg, die Kette mit dem Kreuz ist weg, ein Geschenk von seiner Mama, an der er wie wahnsinnig hängt, weil der Fettsack, der Elvis geheißen hat, bevor er vor lauter Fett gestorben ist, auch wie wahnsinnig an seiner Mama gehängt hat, ich weiß, ich habe es grad nötig, über andere Fettsäcke zu schimpfen, jedenfalls: alles weg bei uns zu Hause, alles von der Tschäin abgestaubt und verkauft und zack hinein in die Adern, da hat es ihm voll ausgehängt, dem Masseur. Er ist die ganze Nacht auf dem Küchenstuhl sitzengeblieben und hat auf die Tschäin gewartet. Die war nämlich unterwegs. Drei Tage lang war sie unterwegs und in der Nacht genauso. Die Mama und ich sind das ja gewöhnt, der Idiot nicht. Der Idiot hat gesagt, das gibt es gar nicht, die kommt, das braucht etwas zu fressen, das Nuttenstück, und wenn sie kommt, findet sie mich in der Küche. Als sie in der vierten Nacht um fünf Uhr am Morgen durch den Hintereingang ins Haus geschlichen kam, hat er sie abgefangen und am Kragen gepackt, das hat mir die Tschäin erzählt, und er hat ihren Kopf so lang an die Küchenwand geschlagen, bis sie ohnmächtig geworden ist. Dabei sind einige Bilder aus der Schönheitsköniginnenzeit von der Wand gefallen, und es hat Massen von Scherben gegeben. Das war das wenigste. Ich habe die Tschäin gefunden, als ich am Morgen aufgestanden bin, so früh wie ich steht ja keiner bei uns auf, der Masseursalon öffnet erst um zehn, es reicht leicht, wenn wir erst um halb zehn aufstehen, sagt der Idiot, ist noch lässig eine schnelle Nummer für uns drin, so wenig Toilette haben wir zwei Schönen nötig. Der Idiot hat die Tschäin in den Scherben liegen lassen, grad, wo sie war, wo er sie zusammengeschlagen hat. Er hat später geläfert, daß ihn jedes Gericht freigesprochen hätte, wenn sie draufgegangen wäre. Ich habe sie jedenfalls gefunden, und sie ist immerhin noch meine Schwester, der Idiot ist gar nichts von mir. Ihr Kopf war vom Körper weggedreht, und ich habe mir zuerst gedacht, der hängt nur mehr an einem Faden, und wenn ich die Tschäin berühre, rollt der Kopf auf den Boden und dreht sich um, daß ich von unten in das Loch hineinschauen kann, in dem keine Tschäin mehr sitzt. Auf dem Boden waren Blutspritzer und Blutfahnen. Ihre Tasche lag verkehrt herum auf dem Boden, der Inhalt ausgestreut um sie herum. Ich bin barfuß in eine Glasscherbe getreten, das war eine Scheiße, sag ich dir. Ich habe die Mama aus dem Schlafzimmer geholt, der Idiot hat neben ihr geschnarcht, und als sie die Tschäin gesehen hat, hat sie gesagt: Es mußte sein, er hat recht, sie muß ganz tief in den Dreck und von selber herauskriechen. Sie kann gar nicht mehr kriechen, habe ich gesagt, schau sie dir doch an, Mama. Kriechen kann sie schon noch, hat sie gesagt. So einen Qatsch hat die geredet, wo sie sich sonst immer so um die Tschäin gesorgt hat, alles ist bei ihr ausgeklinkt, sage ich dir, seit dieser Idiot im Haus ist, und sie sich ihren Arsch von ihm im Spiegel anschauen läßt, und er ihr die Titten herausholt, sogar wenn ich in der Küche bin, und zu ihr sagt, schau her, du geile Mutter, ich krieg einen Ständer allein vom dich Anschauen. Wir haben die Tschäin ins Bett getragen, die Mama und ich, und ich sollte wieder einmal Schule schwänzen und warten, bis die Tschäin aufwacht. Der Idiot und die Mama sind zur Arbeit gefahren, er will nichts mehr von der ganzen Scheiße sehen, wenn er zurück-kommt, hat er noch gesagt, und ich habe nicht ge-wußt, was er meint, die Sauerei in der Küche, das Blut und die Scherben, oder ob er die Tschäin meint. Ich habe ein Geschirrtuch um einen Fuß gebunden und bin zur Tschäin ins Wohnzimmer gehumpelt. Sie schläft am liebsten im Wohnzimmer. Das wird ihr auch noch abgewöhnt, hat der Idiot gesagt. Ich habe einen nassen Waschlumpen geholt, humpel humpel hin und her, weil mir nie zwei Dinge auf einmal einge-fallen sind. Sie hat sich nicht bewegt, geschnauft hat sie noch. Ich habe den Doktor angerufen, und der ist gekommen und hat ihr etwas gegeben. Er hat sich ihre Arme angeschaut, die total verstochen sind, und vio-lettblau und entzündet, er hat zu mir gesagt, ruf deine Mutter an, ich muß mit ihr reden, und zwar augen-blicklich, und wenn sie nicht augenblicklich kommt, laß ich sie abholen. Das wissen wir selber, daß die Tschäin eine Fixerin ist, habe ich gesagt, deshalb muß ich die Mama nicht holen, wenn es das ist, was Sie ihr sagen wollen. Er hat mich ausgefragt, ob ich weiß, was das ist, eine Fixerin, ich habe genickt, weil ich ja weiß, was das ist, muß bloß die Handtasche von der Tschäin aufmachen, und da liegt die Spritze. Ich habe bei der Mama in der Firma angerufen, der Idiot war am Apparat und hat gesagt, die Norma kann nicht kommen, laß sie bei Gott liegen, die Schnalle, und sag zu dem Doktor, er soll sich verziehen, und er hat sich geweigert, mit dem Hausdoktor zu telefonieren. Der Doktor hat meine Hand genommen und mir erklärt, daß die Tschäin nicht tot sei. Das weiß ich selber, habe ich gesagt, ich wollte mit ihm nicht weiter reden, und das hat er verstanden. Schwör mir, Lilli, daß die Tschäin dich noch nie um Geld angesandelt hat.

Nein, sagte ich, hat sie nie, Wo ist die Tschäin jetzt? Ich frage mich, woher sie das Geld gehabt hat, sagte die Betti, und meine Frage hat sie nicht beantwortet. Die Tschäin hat nämlich auf einmal wieder Geld gehabt. Eine Zeitlang hat sie keines gehabt.

Wieviel Geld, fragte ich.

Das weiß ich selber nicht. Muß ein gehöriges Stück sein. Weißt du, was die Scheiße kostet?

Ich weiß nicht, was du meinst, Betti.

Das Heroin. Weißt du das?

Nein.

Viel. Sauviel.

Was ist viel? Tausend Schilling? Zweitausend Schilling?

Tausend Schilling reicht ihr nicht für einen Tag, wie die beieinander war. Das heißt also, sie ist wieder auf den Strich gegangen. Jetzt hast du sicher gemerkt, was meine Familie für ein Scheißhaufen ist.

Ich wußte nicht, was auf den Strich gehen heißt. Wie die Betti davon geredet hat, habe ich mich nicht getraut zu fragen, weil sie so geredet hat, als ob das jeder wüßte, und wer es nicht weiß, der ist dumm.

Sie geht eh nicht richtig auf den Strich, sagte die Betti weiter. Die Tschäin macht es entweder frei mit der Hand oder Blowjob, sonst läßt sie nicht.

Betti nimmt meine Hand und drückt sie fest. Freundschaft, sagt sie.

Freundschaft, sage ich und drücke zurück.

Der Umzug bewegte sich an uns vorbei, wir standen eingekeilt zwischen zwei Kinderwagen, in denen verkleidete Kinder saßen, ein Seeräubermädchen und ein Hexenbub. Ihre Mütter waren stark geschminkt im Gesicht, ansonsten normal angezogen, Bluejeans und Lederjacken, sie rauchten Zigaretten, eine hatte auf der Wange einen roten Kußmund aus aufgeklebtem Plastik, der ist immer auf- und zugegangen, weil die Frau Kaugummi gekaut hat, ich glaube, sie hat extra deswegen Kaugummi gekaut, es hat ausgesehen, als ob ihr ein zweiter Mund auf der Backe gewachsen wäre. Die andere stellte ihren Cowboystiefel auf das Kinderwagentrittbrett und schaukelte, damit die Seeräuberin zum Weinen aufhört. Kinder rannten über die Straße und faßten die Zuckerle ein, die aus den Faschingswagen geworfen wurden. Unsere Handarbeitslehrerin, die als Baby mit Riesenschnuller verkleidet war, nahm eine Handvoll Konfetti von der Straße auf, sie schlich sich von hinten an den Deutschlehrer heran und steckte ihm die Konfettis in den Kragen. Der Deutschlehrer war nicht verkleidet, er hat ein Gesicht gemacht, als würde ihm der ganze Umzug zum Hals heraushängen. Betti sagt, die Handarbeitslehrerin hat einen Stand auf den Deutschlehrer, nur leider kein Brot bei ihm, der bemerkt sie gar nicht, der ist verheiratet und hat vier

Kinder, und außerdem hat er ein Verhältnis mit der schönen Klavierlehrerin Frau Wong, das ist eine echte Chinesin.

Wir zwängten uns noch ein paar Schritte nach vorne, ein Clown fluchte und stellte mir den Fuß, Betti fing mich gerade noch auf, sonst wäre ich hingefallen, es wäre wie eine Erlösung gewesen. Du Scheiß Halblustiger, hat die Betti ihn angeflucht. Fetter Negerarsch, hat der zurückgeschimpft.

Findest du nicht, hat mich die Betti gefragt, als wir endlich ganz vorne einen Platz hatten, findest du nicht, daß eine Negerin zu mir paßt, die sind oft fett, die Negerinnen. Im Urwald wäre ich eine Schönheit. Dort gilt das Fett als Nahrungsspeicher. Ich habe in der Zeitung gelesen, daß bei gigantischer Fettsucht wie bei mir nur noch mit dem Messer geholfen werden kann, wenn man überhaupt will, daß geholfen wird. Das Fett wird fein säuberlich herausgeschnitten. Der Idiot sagt, das beste wäre, man steckt mich in den Keller und läßt mich erst wieder heraus, wenn ich die Hälfte bin. Norma, hat er einmal zur Mama gesagt, deine ganzen Gören sind der reinste Pfusch, das mußt du zugeben. Und was ist mit der überschüssigen Haut? Daran denkt der Idiot nicht! Man könnte die Haut vielleicht zusammenziehen wie bei einem halbvollen Sack und einen Knoten machen, wo man es nicht sieht, am Rücken zum Beispiel. Oder tot sein, ein Toter ißt ja nichts.

Auf einmal, erzählt Lilli, bin ich in die Knie gegangen, es war, als hätten sich meine Beine von einem Moment zum anderen in Gummi verwandelt, abgesackt bin ich, und bevor ich zum Sitzen gekommen bin, habe ich mich übergeben, es ist mir alles, was in mir war, ganz gerade aus dem Mund herausgeschossen und in einem hohen Bogen auf die Straße geflätscht, genau vor die Räder von so einem Faschingswagen, einem Gespensterschloß aus Pappe. Frauen, die Geister hätten sein sollen, sind auf dem Wagen herumgetanzt und haben sich die Röcke hochgehoben und getan, als müßten sie Fürze lassen.

Da hat mir die Betti eine Watsche mitten durchs Gesicht geschrenzt und ist weggerannt.

Ich hatte ja eine Halbmaske im Gesicht, das habe ich vergessen zu erzählen, ich bin als Katze gegangen. Ein Katzenkopf gehört auf einen geschmeidigen Körper, und deshalb habe ich versucht, mich geschmeidig zu bewegen, als es mir wieder besser ging. Rundherum haben alle gelacht, weil es komisch ist, wenn im Fasching ein Kind besoffen ist. Ich habe besoffen getan, das gebe ich zu, das schien mir am harmlosesten, darüber hat sich niemand gewundert. Ich bin schnell davon. Die Katzenmaske nahm ich herunter und ließ sie fallen, sie war vollgekotzt. Keiner erkannte mich. So rannte ich in die Richtung, in der die Betti verschwunden war, durch den Torbogen bei der Kirche bin ich gerannt, dorthin, wo der Wald beim Schloßberg anfängt, liebe Muttergottes, einmal noch, ein einziges Mal noch, das letzte Mal komm herunter und schau auf mich, allein auf mich diesmal, allein für mich bete ich diesmal, obwohl ich weiß, daß das Beten nichts nützt, wenn man nur für sich selber betet, aber ich kann diesmal nicht anders und ich würde bestimmt nicht so dringend für mich beten, wenn ich wüßte, daß irgend jemand anderes für mich betet, ich weiß niemanden, ich weiß niemanden, der Oskar denkt sicher an mich und er würde mir sicher den Daumen halten, beten würde er nicht für mich. Wenn du, angenommen,

Muttergottes, nicht helfen kannst oder nicht helfen willst, weil ausgemacht wurde irgendwo, daß es besser ist, wenn man nicht gleich hilft, sondern erst noch eine Weile zuschaut, wenn es so ist, angenommen, bitte, Muttergottes, mach wenigstens eines: Nämlich daß ich wieder mit hundertprozentiger Sicherheit weiß, daß es dich gibt, das war so gut, es ist so gut, wenn man hundertprozentig weiß, daß es dich gibt.

Ein großer Stein liegt dort, und um den Stein herum saßen Burschen in Judoanzügen, und einer stach besonders hervor. Es war ein Samurai. Als die Burschen mich sahen, standen sie auf, und kreisten mich ein. Aus dem Mund habe ich immer noch nach Kotze gerochen.

Was tun wir mit der Katze, sagte der Samurai. Sollen wir sie essen? Wer ist fürs Essen? Zwei haben sich gemeldet.

Sollen wir ihr das Fell abziehen?

Drei haben sich gemeldet.

Oder sollen wir sie als Schmeichelkatze verwenden? Wer ist dafür?

Alle wollten mich als Schmeichelkatze verwenden. Linos Georgiadis stand mitten unter ihnen, ein schöner Samurai, und er sagte: Man bringe mir die Schmeichelkatze. Einer wollte mir die Katzenmütze herunterreißen, Linos Georgiadis hat es ihm verboten. Zwei Burschen hoben mich hoch und trugen mich. Und Linos Georgiadis breitete seine beiden Arme aus, und die Burschen legten mich darauf. Ich war wohl etwas schwerer, als er sich gedacht hatte. Seine Arme sanken kräftig, und er ging in die Knie und er legte mich auf den Boden. Ich lag jetzt vor ihm wie ein Fußabstreifer. Die Burschen waren sich uneinig, was mit mir zu geschehen hatte, die meisten wollten einfach wissen, wer ich bin. Keiner von ihnen erkannte mich nämlich, obwohl sie mich alle schon gesehen haben mußten.

Linos Georgiadis öffnete den Knoten seines Gürtels und sah auf mich nieder. Die Judokämpfer berieten, und während sie berieten, biß ich dem Linos Georgiadis in ein Bein, so fest ich konnte. Er schrie auf vor Schmerz, und ich rannte davon, und obwohl sie Judokämpfer waren, konnten sie mich nicht einholen.

Das stimmt alles nicht. Das habe ich mir ausgedacht, während ich die Betti suchte und über die Tschäin geweint habe. Ich habe geahnt, daß die Betti ein Stück zum Schloßberg hinaufgehen würde. Weil sie sich nämlich denkt, daß ich dort hinauf will, weil ich immer auf den Schloßberg gehe, wenn irgend etwas ist.

Sie saß auf einem Baumstrunk, und ihr Gesicht war jämmerlich verschmiert, und sie sagte, setz dich nicht zu nahe neben mich, Lilli, dein Gesicht ist verschmiert, und ich stinke, weil ich einen Hamburger mit einem Biß hinuntergefressen habe und jetzt furzen muß, mich grausts vor mir selber. Und klar war nur eines: Es wäre besser, uns beide gäbe es nicht.

Auf, in die Welt, rief Betti, ich habe Lust, dünn zu werden! Das war mein letzter Hamburger! Ab jetzt wird wie wahnsinnig gefastet!

Sie marschierte voran, den Kopf in die Luft gestreckt, einen großen Schritt legte sie vor und sie sah nicht mehr ganz so fett aus, bildete ich mir ein, ihr Körper wackelte jedenfalls nicht mehr so sehr bei jedem Schritt, er zitterte ein wenig, vielleicht vor Angst vor Bettis Mut.

Der Umzug war immer noch nicht an seinem Ende, Betti rammte sich durch die Leute, die Arme ausgestreckt, die Hände zu einem Keil gefaltet, wie es Brustschwimmer machen, sie überquerte die Straße hinter einem Phantasiesoldatenmädchen, das einen silbernen Stock durch die Luft wirbelte, ich hinter ihr her. Willst du nicht auf den König und die Königin warten, rief ich. Ich holte sie erst beim Sägewerk ein, dort war kein Mensch zu sehen, die Luft war voller Blasmusiklärm.

Betti zog ihre Neger-Schürzen aus, die hintere und die vordere, die eigentlich hätten aus Tierhäuten sein sollen. Blöde Stoffetzen, sagte sie und warf sie über einen angesprayten Zeitungsständer.

Ich weiß genau, was ich will, Lilli, rief sie. Ich will so schlank werden, daß man mich für Fotos engagiert. So schlank, daß ich ohne Problem nackt dasitzen kann, mit angezogenen Beinen von mir aus, ohne daß ich den Bauch einziehen muß, und du siehst keine Falte, nicht eine. Das geht, Lilli, glaub mir das, das hat mir die Mama gesagt, in meinem Alter geht das alles noch leicht. Ich muß zwei Sachen machen: abnehmen und Sport betreiben. Nie abnehmen, ohne Sport zu betreiben. Rennen, Stemmen, Radfahren. Punkt eins: Ich werde eine Woche lang nichts essen. Das mach ich als Draufgabe. Erst nach dieser Fastenwoche fange ich richtig an. Jetzt wird erst einmal nichts gegessen. Und wenn ich nichts sage, meine ich absolut nichts. Nicht diesen Tomatenquatsch, daß man Tomaten und Gurken und Spinat essen kann, soviel wie man will. Ich esse nichts. Das geht, Lilli, es gibt einen Trick. Nämlich: Andauernd Wasser trinken. Du mußt die ganze Zeit Wasser trinken. Ob du Durst hast oder nicht, egal. Immer Wasser trinken. Wasser macht nicht dick, sondern voll. Mir geht es richtig gut, Lilli, glaubst du mir das?

Ja, sagte ich.

Ich schaffe es, sagte sie. Lilli, willst du wetten?

Ich glaube es dir, sagte ich.

Wette mit mir, sagte sie, das ist besser.

Was soll ich wetten?

Ich wette, daß ich es schaffe, und du wettest, daß ich es nicht schaffe.

Ich kann nicht wetten, daß du es nicht schaffst, wenn ich will, daß du es schaffst, Betti.

Menschenskind, bist du kompliziert! Wenn ich so kompliziert wäre, würde ich nie abnehmen.

Es hatte zu schneien angefangen und die Flocken setzten sich in Bettis Kraushaar.

Ich muß etwas anderes anziehen, sagte sie, der ganze Fasching riecht nach Fressen, wenn ich aussehe wie eine Negerin, muß ich automatisch fressen.

Bei Betti zu Hause war ein Dschungel aus Faschingsgirlanden. Alles war vorbereitet für den Abend. Für das große Königsfest, das Liebesfest.

Mach schnell, sagte ich. Ich blieb bei der Tür stehen und habe geflüstert.

Ich hole schnell meine Sachen. Kann ich zu dir, fragte Betti. Der Idiot hat befohlen, daß ich mich den ganzen Abend nicht blicken lasse. Es ist niemand da, du kannst ruhig hereinkommen.

Wo ist die Tschäin?

Das habe ich dir doch gesagt.

Nein, das hast du nicht, Betti.

Da drehte sie sich auf einmal schnell zu mir und blickte mir in die Augen, überfallartig, damit ich nicht gefaßt bin. Aber ich war gefaßt. Jetzt möchte ich, daß du mir schwörst, daß die Tschäin noch nie einen Groschen Geld von dir gekriegt hat, Lilli.

Du gehst mir langsam auf die Nerven, sagte ich.
Schwören sollst du!
Wetten soll ich und schwören soll ich. Ich tu jetzt überhaupt nichts!
Warum willst du um Himmels willen dauernd wissen, wo die verrückte Tschäin ist?
Ich will es ja gar nicht wissen, sagte ich.
Sie ist mit der Rettung abgeholt worden. Gestern. Aber sie ist nicht gestorben. Wenn sie der Idiot nicht gefunden hätte, wärs ein goldener Schuß gewesen. Weißt du, was ein goldener Schuß ist?
Ja, das weiß ich.
Ist das nicht lustig, daß ausgerechnet dieser Idiot der Tschäin das Leben gerettet hat? Findest du nicht auch?
Ja, das finde ich auch lustig.
Mein Mund ist trocken geworden und ich habe gefragt, ob ich etwas zu trinken haben kann. Die Betti hat mir ein Glas Wasser gegeben. Nimm dir ruhig etwas, sagte sie und zeigte auf die Sandwiches, die auf großen Platten angerichtet waren. Nur, bitte, wenns geht, vom Rand weg, daß mans nicht merkt. Ach was, eigentlich ist es egal, wenn man etwas merkt, die sind eh so besoffen, wenn sie kommen, daß sie Brötchen und Stopfgarn nicht unterscheiden können.
Ein Brötchen hat nämlich wirklich genauso ausgesehen wie an einer Hand aufgewickeltes Stopfgarn.
Bevor sie sich den Schuß gesetzt hat, hat Betti weitererzählt, hat die Tschäin den Hund draußen an den Kastanienbaum gefesselt.
Und wo ist sie jetzt?
Wo sie jetzt im Augenblick ist, weiß ich nicht, sagte Betti, wo sie hinkommt, weiß ich. Sie kommt irgendwo in der Nähe von Wien oder so, und dort wird

ein Entzug mit ihr gemacht, und den Hund hat der Idiot ins Tierheim gebracht.

Von der Straße herauf und vom Hof herein haben wir ein Hupkonzert gehört und sind durch den Keller davon. Ich sah gerade noch das Feuerwehrauto, in dem die Faschingskönigin Norma neben dem Faschingskönig Frederik stand. Hinterher fuhren ein zweites und ein drittes Auto, wahrscheinlich die Leibwache und die Minister, aus den Autofenstern sind Oberkörper herausgequollen. Die Autos hupten wie bei einer Hochzeit.

Betti hat bei mir geschlafen, drei Nächte, in meinem Zimmer, in meinem Bett, ich habe auf dem Boden geschlafen, auf zwei zusammengefalteten Wolldecken, es war total bequem. Betti hat daheim niemandem gefehlt. Jedenfalls hat niemand angerufen und sich nach ihr erkundigt. Betti hat ebenfalls nicht angerufen bei sich zu Hause.

Die Rut war einverstanden, daß Betti bei uns bleibt für ein paar Tage. Sie saß am Schreibtisch die ganze Zeit, und unter dem Lampenlicht sah es aus, als hätte sie sich die Haare rot gefärbt. Sie hat mit der Hand geschrieben, nicht mit dem Computer. Und immer wieder hat sie die Papierblätter zerrissen. Wir beide, Betti und ich, waren ihr ziemlich egal. Sie hat nicht gekocht für uns, selber hat sie nichts gegessen, ab und zu einen Keks, sie hat durch uns hindurchgeschaut. Ich wußte genau, daß Rut Sorgen hat, und mir braucht niemand zu erzählen, was das für Sorgen sind, es ist wegen Nicki, das weiß ich einfach. Er taucht nicht mehr auf, er ruft nicht mehr an. Seit Albanien ist das so. Ich habe ihr das angefluchtt. Gut, ist es halt geschehen. Es bedrückt mich, daß mir das egal ist. Und allzusehr bedrückt mich das eigentlich nicht.

Ich habe nicht den geringsten Hunger gehabt.

Betti hat ihren Mund unter den kalten Wasserstrahl gehalten. Sie hat dauernd Wasser getrunken. Es hat nichts genützt. Der Hunger war nach der ersten Stunde wieder in ihr. Sie hat Muskat auf die Herdplatte gerieben und sich ein Nasenloch zugehalten. So hat sie den Muskatdampf tief eingeatmet. Das hat ebenfalls nichts genützt. Zusammengekrümmt saß Betti auf dem roten Sofa wie ein Nilpferdkind.

Betti hat auch am zweiten Tag nichts gegessen. Sie war blaß und ihr wurde schwindlig, als sie sich die Schuhe schnürte. Während der Zeichenstunde ist sie ein paarmal aufs Klo, und als der Lehrer sie gefragt hat, ob ihr schlecht ist, hat sie gesagt, die Blase sei verkühlt. Sie hat nicht gejammert. Und mit niemandem geredet. Sogar mit mir nicht mehr.

Am dritten Tag bin ich mit ihr in den Wald hinaufmarschiert, um sie abzulenken. Sie hat eine Flasche Wasser mitgenommen. Rehe sahen wir nicht. Es gab nur Bettis Verzweiflung. Und die war still.

Red mit mir über Würste, sagte sie schließlich. Was für Würste kennst du, Lilli? Sicher kennst du die Currywurst, den St. Galler Schübling, das Wienerle, die Frankfurter, die Burenwurst. Kennst du noch eine Wurst, Lilli?

Muß es unbedingt eine Bratwurst sein, fragte ich, ich meine eine, die man heiß machen muß?

Es kann genausogut eine Salami sein, sagte sie. Jede Wurst, die dir einfällt, Lilli.

Ich kenne Putenwurst, sagte ich.

Was für Putenwurst, fragte sie, und ich merkte, sie

wird gleich zornig, weil ich mich so begriffsstutzig anstelle.

Gibt es verschiedene Putenwürste, fragte ich.

Du, meine Güte, klar, gibt es verschiedene. Es gibt Putenlyoner, Putenschinken, Putenkrakauer, Putenpariser.

Das habe ich noch nie gehört. Ich kenne noch Kaiserwurst und Schübling, nein Schübling hast du bereits gesagt, und Karee kenne ich noch. Oder ist das Schinken?

Weißt du, wieviel ich in drei Tagen abgenommen habe, hat sie mich angeschrien, und da ist ein Wind aufgekommen, und Rehe sind vorbeigeflitzt. Ich bin kein Mensch, Lilli. Ich bin eine Schießbudenfigur. Die beste Schießbudenfigur bin ich. Mich kann einer treffen, der vorher noch nie ein Gewehr in der Hand gehabt hat. Absolut treffsicher bin ich.

Komm, hör auf, Betti, sagte ich, mehr ist mir eben nicht eingefallen.

Weißt du wieviel, hat sie gebrüllt.

Nein, ich weiß es nicht, Betti.

Wieviel in den drei Tagen? Ein einziges Kilo!

Sie stand schief in den Schuhen, Schnee lag auf dem Weg, sie rutschte aus und fiel auf den Hintern und brauste auf ihrem Hintern den Hang hinunter. Ich wußte, es würde nicht ausreichen und zu keinem Ende führen, Betti würde hinunterrollen wie ein Faß und am nächsten Baum hängenbleiben.

Ich rannte nicht hinter ihr her. Als ich unten bei der Post an der Wurstbude vorbeikam, saß sie davor auf dem Gehsteig und grinste mich an. Sie schmierte sich eine zerschnittene Currywurst aus dem Pappbecher in den Mund und sagte:

Beiß ein Stück, Lilli, das macht glücklich. Wenn ich volljährig bin, kannst du mich im Urwald besuchen, etwas anderes hat keinen Wert für mich. Ich habe beschlossen, daß ich von jetzt an erst richtig vollfett werde. Man muß sich entscheiden. Ich fahre in den Urwald, wenn ich volljährig bin, das steht fest, das ist fix. Und bis dahin möchte ich hundertzwanzig Kilo auf die Waage bringen, dann habe ich unten im Urwald gleich einen guten Start. Ich trage vorne und hinten eine kleine Schürze, und die sind diesmal aus echt gegerbter Tierhaut. Bei Vollmond vollführe ich einen Tanz, daß dir die Ohren schlackern, ich habe inzwischen mit Leib und Seele nix mehr mit euch zu tun. Ein einsamer Baum steht da.

Lilli, schau nach oben, der schwarze Nachthimmel, Lilli, wir wären im Urwald. Ich bin volljährig, lebe im Urwald, und auf meinem Rücken liegt ein schlafendes Baby. Man wird mich anbeten. Das Volk singt Zauberlieder und klatscht scharf in die Hände, so ungefähr.

Und Betti klatschte, daß die Currywurstreste aus dem Pappbecher auf die schneematschige Straße flogen.

Am Schluß springt der Medizinmann ins Feuer oder so ähnlich, wieso schaust du mich so an, Lilli. Leih mir einen Zehner, ich brauch eine Cola, damit die Wurst unten etwas Ordentliches zum Schwimmen hat, nicht nur dieses grausige schlanke Wasser.

Ich hatte keine Lust, mich zu ihr hinzusetzen.

Ich ging langsam auf meinem Weg weiter, und zum erstenmal dachte ich mir, daß ich jemand bin, daß irgend etwas aus mir werden würde, weil schließlich aus jedem etwas wird, egal, ob er das will oder nicht, und schon hat mich die Angst von hinten gepackt, so daß ich mich nicht getraut habe, mich umzudrehen, wie wenn einer hinter mir her wäre.

Ich sehe mein Leben, erzählt Lilli, wie einen Scheiterhaufen, und anstelle von Brennholz verwendet man Menschen. Sie liegen übereinander, fachmännisch zu einer Pyramide gestapelt. Und über allem scheint die Sonne, und aus der Sonne senkt sich die Muttergottes. Sie trägt den Strahlenkranz, keinen Schleier, und in der Hand hält sie ein Transparent, darauf steht: Blowjob und Meti.

14

Afrikanische Luftballons

Als Oskar in der Früh aus dem Haus ging, sah er die Katzen der Wirtin, die auch ein bißchen die seinen waren, aufgereiht an einer Schnur um den Bauch von der Teppichstange hängen, Kopf abwärts, darum von weitem schon tot.

Afrikanische Luftballons. Das schoß mir durch den Sinn, sagt Oskar. Ich mußte die zwei Worte ein paarmal vor mich hinsagen, ehe ich Sturm geläutet habe.

Die Wirtin kam im Nachthemd und brummelte: Was ist denn, Oskar, ich bin grad erst eingeschlafen. Dann schlug sie die Hände zusammen: Alles was recht ist, rief sie, das geht zu weit, das geht eindeutig zu weit, das ist etwas für die Polizei. Wutrot lief sie zum Telefon und wählte wild drauflos und legte auf, ohne etwas in den Hörer gesagt zu haben.

Geh du in die Schule, Oskar, sagte sie.

Es war Aschermittwoch oder Donnerstag oder sogar Freitag vielleicht, und am Nachmittag sollte die nachgetragene Faschingsfeier für die Behinderten stattfinden, das war alles zusammen bereits ein Haufen Arbeit, und jetzt noch das mit den Katzen.

Man kommt nicht zur Ruhe in diesem Leben, sagte die Wirtin, und es sah aus, als hätte sie sich wieder beruhigt. Hat sie nicht.

Nein. Ich kannte sie, bei allem, was ihr weh tut, hat sie eine lange Leitung. Und, sagte sie wie nebenbei, schau halt, daß du gleich nach der Schule heimkommst. Oskar, ich brauch dich, komm am besten früher. Wenn ich mich darauf verlassen könnte, daß du bis elf hier bist, das wäre eine Sicherheit für mich. Gib halt an, daß dir schlecht ist.

Mir ist eh schlecht, sagte ich.

Gut, sagte sie, bleib da.

Ich wäre nämlich in ihren Augen ein Hundling gewesen, wenn es mir von den toten Katzen nicht schlecht geworden wäre oder etwas Ähnliches. Sie selber hat getan wie nichts, alle anderen mußten tun, wie wenn der Erduntergang fast geschehen wäre. Ich habe sie ziemlich gut gekannt.

Ihre Füße waren nackt, keine Hausschuhe an, weil sie im Halbschlaf aufgestanden war, darum waren ihre Füße wie Eis, Füße wie Eis, sagte sie, immer Füße wie Eis, ich soll ihr die Patschen holen und den Morgenrock, der am Haken hinter der Schlafzimmertür hängt.

Puppa kam jetzt die Treppe herunter, den Wintermantel über das Nachthemd gezogen, den Mund offen und die Stirn gerunzelt und ihre widerstandsfähigen Locken nach allen Seiten, und sie hörte sich die Wirtin an, die ihr alles erzählte. Puppa fand genauso, daß das jetzt dem Faß den Boden aushaut, daß das jetzt zuviel ist von dem Verbrecherschwein.

Was hat er sonst noch verbrochen, fragte ich.

Die eingeworfenen Scheiben, sagte Puppa, die ausgeleerten Mistkübel, das geile Miauen in der Nacht im Sommer vor meinem Fenster, so daß ich mich nicht traue, das Fenster aufzumachen, und fast ersticke, und das Telefonanrufen dauernd, wenn ich Dienst habe.

Ah, das hat nichts damit zu tun, sagte die Wirtin, das ist etwas anderes, das ist ein anderer, das ist ein billiger, geiler Bock irgendwo, der ist völlig harmlos, der ist eben verrückt nach dir, Puppa, und sonst nichts, alle sind verrückt nach dir, Puppa, und der ist es eben noch ein Stück mehr, und dazu auf die lästige Art, mein Gott, mehr ist das nicht. Das ist ausgleichende Gerechtigkeit. Wenn man so einen schönen Hintern mitbekommen hat vom Himmelvater, muß man so etwas in Kauf nehmen.

Das macht mir trotzdem angst, rief Puppa, und die Augen wurden ihr pelzig, und das Wasser stieg ihr hoch. Wer nimmt die Katzen ab, fragte die Wirtin. Das sind nämlich die wahren Probleme an diesem Morgen. Ich kanns nicht. Es waren meine Babys, jetzt sind es steife Pelzleichen, niemand kann von mir verlangen, daß ich sie anrühre.

Ich mach das, sagte ich.

Sonst noch was! Du sollst mir die Patschen und den Morgenmantel holen! Das hier macht Bruno. Weck ihn auf, Oskar, hopp!

Puppa war schon hinauf zu den Zimmern. Bring gleich die Patschen und den Morgenmantel für die Wirtin mit, rief ich ihr nach.

Hätt ich eh, rief Puppa zurück. Wer setzt Kaffee auf? Ich mach das, sagte ich.

Das mit dem Miauen erfindet die Puppa, sagte die Wirtin zu mir, als ich die Kaffeebohnen in die Maschine schüttete.

Und warum?

Das erfindet sie.

Aber ich weiß nicht, warum, und will es wissen.

Ach was, sagte sie, einer der miaut, was kann der groß gefährlich sein! Jetzt sind die Katzen eben hin. Gut, sind sie halt hin. Geh in die Schule, Oskar.

241

Ich dachte, ich kann dableiben.

Das eine hat mit dem anderen nichts zu tun. Warum solltest du Schule schwänzen, wenn die Katzen umgebracht worden sind, ha? Das kapier ich nicht, das wirst du mir niemals klarmachen können, Oskar.

Es ist nur so, daß der Unterricht in vier Minuten anfängt.

Dann mußt du dich eben beeilen, Oskar. Komm mit, ich zeig dir etwas.

Die Wirtin schenkte mir ihr altes Waffenrad, damit ich nicht zu spät zur Schule komme. Das hatte sie als junges Mädchen von einem Verehrer geschenkt gekriegt. Pflümli hatte sie zu ihm gesagt. Der Pflümli besaß ein Sportgeschäft im Kanton St. Gallen, und seine Lieblingsbeschäftigung war das Angeln. Das hat sie mir alles erzählt an diesem Morgen. Die Schule hatte lange angefangen, wir standen in der Garage, sie barfuß auf dem eisigen Beton, immer noch im Nachthemd, Puppa hatte sich Zeit gelassen. Die Wirtin hielt die Lenkstange von dem Fahrrad fest, und ich merkte, daß sie gegen das Weinen im Hals anredete, und daß der Mann Pflümli, der inzwischen ziemlich alt sein mußte, gegen die Tränen der Wirtin aus der Erinnerung heraufgekommen war und sie wegen der toten Katzen trösten mußte.

Es war ein Damenfahrrad, völlig verstaubt. Ein schönes Rad war es, sehr geschwungen in der Form. Mit einem Blick habe ich mich mit dem Rad angefreundet, es gab keinen Zweifel. Ich hielt mich an seinem Sattel fest. Ich habe gezogen, damit die Wirtin endlich die Lenkstange losläßt. Sie hat einfach nicht losgelassen. Hat von dem Mann erzählt, das hat mich logischerweise nicht interessiert. Der Pflümli war ein anständiger Schweizer, sagte sie, Kinder wollte er keine in seinem Leben, heiraten wär grad noch dringewesen bei ihm, die Tatsache, sagte er, daß Kälber vor der Zeit aus den Kühen gerissen werden, langt ihm. Der Pflümli wußte, was sich gehört, und zwar in jeder Lebenslage, und dieses Waffenrad soll jetzt unser Oskar haben.

Was bitte ist ein Waffenrad, fragte ich, weil überhaupt nichts an dem Fahrrad nach einer Waffe ausgesehen hat.

Sie hat mich lang und komisch angeschaut und gesagt: Keine Ahnung, tatsächlich, stell dir vor, diese Frage habe ich mir noch nie gestellt, ist eine interessante Frage.

Puppa und Bruno kamen in die Garage Bruno hat geschnauft und gesagt, er habe die Polizei angerufen, weil Puppa gesagt habe, die Wirtin habe die Polizei nicht angerufen, er sei hingegen überzeugt, daß man bei so einem Fall die Polizei anrufen müsse.

Warum heißt dieses Rad Waffenrad, fragte die Wirtin. Weiß das einer von euch beiden?

Niemand hat es gewußt.

So einen Schock habe ich gar nicht gehabt wegen der Katzen, sagt Oskar. Die Wirtin hatte mir vor Schreck das Rad geschenkt. Ich bin übrigens doch nicht in die Schule gegangen. Die Schule ist an diesem Morgen niemandem mehr eingefallen. Wir haben uns in die Gastwirtschaft gesetzt, die Wirtin, Puppa, Bruno und ich, und haben gefrühstückt. Es war wunderbar. Wir haben auf den Verbrecher geflucht. Ich habe Speck gegessen und drei Tassen Kaffee getrunken. Ich machte die Wirtin darauf aufmerksam, ich sagte, es macht mir nichts aus, wenn sie das Rad wieder zurücknimmt, ich weiß ja, daß sie es vor lauter Schreck wegen der toten Katzen hergegeben hat. Sie gab zur Antwort, was hergeschenkt ist, das ist hergeschenkt, ein Leidtun hinterher gibt es nicht.

Bravo, hat Puppa gesagt.

Wen könnte man fragen, warum so ein Rad Waffenrad heißt, hat Bruno gesagt.

Ich habe das Rad eben behalten. Danke, das kann ich brauchen, sagte ich.

Meine neue Familie setzte sich zusammen aus: der Wirtin, Puppa und Bruno.

Die Wirtin:

Sie saß am Morgen und am Mittag in einem Lehnstuhl und sah erschöpft aus. Am Abend war sie fidel. Bei ihr war alles umgedreht. Sie aß die Nachspeise vorher und die Suppe nachher. Den Kaffee ließ sie stehen, bis er kalt war, das Bier wärmte sie sich auf. Die Haare hingen ihr aus dem Knoten über den Kopf in die Stirn. Die Schleifen ihrer Schürze waren so festgebunden, daß nicht ein Fältchen auf ihrem Bauch zu sehen war. Die Strümpfe im Vergleich, wenn sie überhaupt welche anhatte, warfen Falten am Knie und noch dazu unten bei den Knöcheln. Ihre orthopädischen Schuhe lagen immer unter dem Tisch. Ich bekam Fernsehverbot, wenn ich ohne Hausschuhe durch die Wirtsstube ging, sie ging prinzipiell in Strümpfen oder barfuß. In ihrem Wohnzimmer lag auf jedem freien Fleck ein gesticktes Deckchen, und überall hockten gehäkelte Puppen. Das waren Geschenke, die ihr die Behinderten in den beschützenden Werkstätten gebastelt hatten. Über Puppas Zimmer ärgerte sie sich, weil es voll von Gelumpe stand. An das Gesicht der Wirtin erinnere ich mich nicht mehr genau.

Puppa:

Puppa war es nicht gewohnt, daß sich die Männer nicht

für sie interessierten. Die Männer schauten ihr nach, alle, ich habe noch keinen gesehen, der ihr nicht nachschaut. Es kann natürlich sein, daß genau dann, wenn ich nicht in der Wirtsstube war, der eine oder andere Mann ihr nicht nachgeschaut hat. Wenn ich unten war, habe ich immer aufgepaßt. Jeder Mann hat ihr nachgeschaut. Es liegt an ihrem Hintern und an ihrem Busen. Vor allem, in diesem Punkt muß ich der Wirtin recht geben, liegt es an ihrem Hintern. Puppa trägt nämlich schwarze, kurze Röcke und darüber eine kleine Servierschürze, die aus einem Stoffkreis und einer Schleife besteht. Um den Stoffkreis herum sind Spitzen angenäht. Die Schleife zieht sie genauso wie die Wirtin ganz fest um den Bauch, noch fester als die Wirtin sogar, und daraus folgt, daß ihr Hintern so heraussteht und rund ist, und jede Bewegung, die sie macht, macht der Hintern mit. Ich habe sie ganz genau beobachtet, ich glaube nicht, daß sie das extra macht, ich glaube, daß ihr die Wirtin aufgetragen hat, sie soll die Schleife ganz eng ziehen, und Puppa tut, was ihr die Wirtin sagt. Auf jeden Fall weiß ich, daß die Männer alle auf den Hintern von Puppa schauen. Mir gefällt der Hintern von Puppa auch. Sie hat schwarze Locken, gefärbt, behauptet sie, ich glaubs nicht, und redet fast wie ein Mann, ich meine, ihre Stimme ist so tief. Sie sagt, das kommt vom Rauchen. Das Rauchen ist ihre Leidenschaft. Sie kann es nicht lassen, immer steht in ihrer Nähe ein Aschenbecher, in dem eine Zigarette brennt. Mein Kritikpunkt ist, daß sie manchmal verrückt ist und mich hochhebt und mir Küsse gibt, daß es knallt.
Bruno:
Ich weiß natürlich, daß Puppa in Bruno verliebt ist. Und ich weiß, daß er nicht in sie verliebt ist. Und sie ist

in ihn verliebt, weil er der einzige ist, der ihr nicht nachschaut und dem nie das Gesicht lahm wird, wenn er auf ihren Hintern schaut. Bruno hat einen Kopf, der mir zu klein vorkommt. Das kann von seinem strengen Haarschnitt herrühren. So wie er aussieht, müßte er gut flitzen können. Sehr sportlich. Wenn er sich ein Butterbrot schmiert, kann man sehen, wie sich die einzelnen Muskeln am Oberarm bewegen. Man sieht das natürlich nur, wenn er ein Unterhemd trägt. Oft trägt er eines. Ihm ist immer zu heiß. Er stottert ein bißchen. Manchmal stottert er eine Viertelstunde lang gar nicht und dann wieder. Bei ihm sieht das Stottern so aus: Er hebt die Augenbrauen, schließt die Augen und der Mund wird klein und rund, wie wenn er gleich pfeifen will. Man hört aber nichts. Es entsteht eine Pause. Schließlich spricht er normal weiter. In seinem Zimmer war ich schon oft. Ich darf kommen, wann ich will. Ich nütze es selten aus. Da steht so eine Art Muskeltrainiermaschine. Mit der kann man alles machen. Bruno ist oft über Nacht weg, wenn er mit dem Lastwagen unterwegs ist. Manchmal kommt er drei oder vier Tage lang nicht. Dann wieder bleibt er drei oder vier Tage lang hier. Er gibt mir den Schlüssel zu seinem Zimmer, wenn er wegfährt. Du kannst bei mir Fernsehen, wenn du willst, sagt er. Bruno besitzt einen kleinen Farbsony, leider Hausantenne. Ich schau nie.
Die anderen Zimmer im Gasthaus, es sind noch vier, werden vorübergehend vermietet. Fix hier wohnen tun Puppa, Bruno und ich. Und eben die Wirtin. Ihr gehört das Gasthaus ja.

Es war so, daß das Waffenrad von Oskar mit Würde behandelt wurde, war es dreckverspritzt, putzte er es

mit seinen Socken, und niemals vergaß er, es abzusper-
ren. Er fuhr in seiner Freizeit alle Straßen ab, er liebte
es, wenn der Weg schräg nach unten führte, nahm er
seine Hände vom Lenker und hob sie hoch, wie er es bei
den Rennfahrern der Tour de France im Nachmittags-
programm bei Theo zu Hause gesehen hatte.

Einmal, mitten unter der Woche im Mai, hatte es 22
Grad, und Oskar fuhr mit kurzen Hosen und im Unter-
leibchen über die Landstraße und war glücklich. Er
fuhr auf dem Radweg am Berg entlang, zwei Stunden
war er unterwegs, als er dort ankam, wohin er sich gar
nicht fest vorgenommen hatte zu fahren. An den Füßen
hatte er die Sandalen vom Vorjahr, die waren ihm zu
klein. Er stieg vom Rad, behielt es aber zwischen seinen
Beinen und blickte in der Hannibalstraße 27 a zu dem
Fenster im dritten Stock hinauf, wo die Mutter vor
dem Fernseher gesessen und die Fluseln von ihrem
schwarzen Wollpullover gezupft hatte. Jetzt hingen
Gardinen mit Rüschen hinter den Scheiben und ein
Kindergartenvogel aus Buntpapier schaukelte an einer
Schnur.

Da ist ein Wolkenbruch heruntergekommen, so etwas
habe ich noch nie gesehen, erzählt Oskar, es war, als
würde der Himmel auf die Erde niederkrachen, das hat
hervorragend zu meiner Stimmung gepaßt, und ich
habe mich auf den Sattel geschwungen und so fest ich
konnte in die Pedale getreten. Den ganzen Weg zurück
hat es geregnet. Puppa war in der Küche und niemand
außer ihr. Sie hat mir mit Fingerspitzen die nassen
Sachen ausgezogen. Es ist bloß Regen, habe ich gesagt,
kein Fett, es gibt also keine Flecken. Sie hat mich mit
einem frischen Geschirrtuch abgerieben. Nachher, als
ich ganz nackt vor ihr gestanden bin, hat sie mir den

Küchenmantel darübergehängt, der aus Nylon ist und kalt. Außerdem hat er nach Kraut gerochen. Puppa hat mir frische Sachen aus dem Zimmer geholt, und ich bin inzwischen mit dem Löffel in die Ovomaltinebüchse gefahren.

Ich mach dir eine Wärmflasche und ab in die Kiste, hat Puppa gesagt. Gibt es etwas zum Unterschreiben?

Gute Noten hat die Wirtin unterschrieben, schlechte Noten hat Puppa unterschrieben.

In Deutsch, sagte ich. Vier, weil der Aufsatz zu kurz war.

Puppa und Bruno kamen mich in meinem Zimmer besuchen. Sie hätten es gern gehabt, wenn ich krank gewesen wäre. Ich glaube, ohne daß ich jetzt angeben will, es war einer der schönsten Augenblicke im ganzen Jahr für Puppa, als sie neben Bruno auf meinem Bett gesessen ist. Sie war die Mama, Bruno war der Papa, und ich war das kranke Kind. Nur: Ich war gar nicht krank, ich lag einfach so im Bett. Ich habe ihr den Gefallen halt getan.

Lies uns deinen kurzen Aufsatz vor, sagte Bruno.

Mach ich, sagte ich. Gib mir die Schultasche.

Ich las vor: Auf dem Weg nach Hause habe ich einen Frosch gesehen, der hat sein Weibchen auf dem Rücken getragen. Bald darauf hat er es abgeworfen und ist allein weitergegangen.

Ist das alles, hat Puppa gefragt.

Ich finde, das genügt, sagte Bruno.

Zufällig hat mein Aufsatz auf Bruno und Puppa gepaßt, rein zufällig, und das hat Puppa die Laune verdorben. Hätte ich diesen blöden Aufsatz bloß nicht geschrieben. Ich mag die Puppa, und ich will um Gottes willen nicht, daß ihr die Laune verdorben wird. Es war

248

wirklich so, daß ich das mit dem Frosch gesehen habe. Seit meiner Zeit bei den Lehrers beobachtete ich manchmal Tiere, die mir begegnen, sehr genau, und das Aufsatzthema hat gelautet: Eine Naturbeobachtung. Der Vierer war ungerecht.

Dein Rad ist jetzt endgültig kaputt, sagte Bruno.

Warum endgültig, fragte ich. Es war immer ganz, nie war es fast kaputt oder halb kaputt. Warum sagst du, daß es endgültig kaputt ist, das klingt so, als ob es vorher fast kaputt oder halb kaputt gewesen wäre.

Es war ein Schrotthaufen, sagte Bruno. Wenn man ehrlich ist, muß man sagen, daß es ein Schrotthaufen war, und zwar schon immer. Schon immer war es ein Schrotthaufen.

Das ist nicht wahr!

Es war ein schönes, altes Rad, sagte Puppa. Es ist gemein, daß du das Rad von der Wirtin so heruntermachst, Bruno.

Warum sagst du, es war ein schönes, altes Rad, Puppa, sagte ich, es ist immer noch patent und alt.

Ja, von mir aus, sagte sie.

Ich kauf dir ein neues, Oskar, sagte Bruno.

Ich möchte ihm ein neues kaufen, sagte Puppa.

Ich habe zuerst gesagt, daß ich ihm ein neues kaufen werde, sagte Bruno. Außerdem weiß ich eh nicht, was ich mit meinem Geld anfangen soll. Ein Fernfahrer verdient das Dreifache von dem, was eine Bedienung verdient.

Das ist mir egal, sagte Puppa. Auf jeden Fall kriegt Oskar von mir ein neues Fahrrad. Und zweitens stimmt das nicht, du mußt die Trinkgelder mitrechnen. Und genau von den Trinkgeldern kriegt Oskar sein neues Fahrrad.

Das ist Blödsinn, was soll er mit zwei Fahrrädern, sagte Bruno.

Das ist mir völlig egal, sagte Puppa, wenn du meinst, daß zwei zuviel für ihn sind, kauf ihm eben du keines.

Ich möchte lieber, daß mein altes Waffenrad neu hergerichtet wird, sagte ich.

Gut, sagte Bruno, ich lasse es herrichten, und zwar auf meine Kosten.

Und was soll ich dir schenken, fragte Puppa.

Das weiß ich nicht, sagte ich. Warum willst du mir denn etwas schenken?

Warum willst du das alte Rad überhaupt hergerichtet haben, fing Bruno jetzt wieder von vorne an. Es gibt neue Räder mit einundzwanzig Gängen.

So eines kauf ich dir, sagte Puppa, wenn du willst.

Ich will mein Waffenfahrrad, habe ich gesagt.

Den beiden, die sich immer stritten, denen hätte ich es nicht klarmachen können. Ich habe es gern angeschaut, das Rad, das alte, ich habe mich an den Morgen erinnert, als ich es geschenkt gekriegt habe, an die afrikanischen Luftballons habe ich mich erinnert, und daß mich das Rad so angeschaut hat, als ob es sich genauso auf mich freuen würde, wie ich mich auf das Rad gefreut habe. Das ist mir öfter passiert, daß sich Sachen über mich freuen. Außerdem habe ich nie herausgekriegt, warum es Waffenrad heißt, und solange das nicht geklärt ist, kann ich das Rad unmöglich für ein neues weggeben. Oft am Abend unten in der Gastwirtschaft habe ich einen Gast gefragt, ob er weiß, was so ein Rad mit einer Waffe zu tun hat. Keiner hat es gewußt. Jeder hätte es mir gern gesagt. Jeder hätte mir gern einen Gefallen getan. Fast alle Menschen, die ich kenne, würden mir gerne einen Gefallen tun. Die Wirtin hat übrigens nicht aufgegeben, sie hat weiterhin jeden Monat ein kleines Fest für die Behinderten gegeben, das war ihr egal. Sie behauptet nämlich, daß der Verbrecher, der die Katzen umgebracht hat, sie deshalb umgebracht hat, weil er etwas gegen Behinderte hat, für die jeden Monat bei ihr im Wirtshaus an einem extra festgesetzten Ruhetag ein kleines Fest gegeben wird, wo sie tanzen und sich gegenseitig so fest drükken, daß man sie wie Legoklötze auseinanderzupfen muß. Ich glaube das nicht. Ich glaube, der Verbrecher hat einfach Katzen umbringen wollen. Es hat ihn einfach angemacht.

Ich habe Puppa erzählt, daß ich ein Fernrohr besitze, und sie wollte sich das einmal ausleihen. Sie wollte mit meinem Fernrohr in Brunos Zimmer hineinschauen. Wenn sich Puppa ganz eng an ihr Fenster drückt, sieht sie einen Ausschnitt von Brunos Bett.
Wenn er schläft, zieht er eh die Vorhänge zu, sagte ich. Was kann dir das Fernrohr also nützen?
Kannst du mir helfen herauszufinden, ob er eine Freundin hat, fragte sie.
Wie soll ich das machen, Puppa?
Heute ist mein Ehrentag, sagte sie, ich lade dich und Bruno zu etwas ein.
Was für ein Ehrentag, fragte ich. Geburtstag konnte es nämlich nicht sein, den hat Puppa erst im Juli gefeiert, und als sie das mit dem Ehrentag sagte, war es Ende September. Sie sagte mir nicht, was für en Ehrentag es war.
Sie wollte, daß ich sie zu Brunos Zimmer begleite. Sie stellte eine Sektflasche auf ein silbernes Tablett und klopfte an seine Tür.

Bruno rief: Wer ist da?

Ich sagte, weil Puppa mir das aufgetragen hatte: Ich bin es, Oskar.

Ich wollte noch dazusagen, Puppa und ich sind es. Sie hat mir den Mund zugehalten. Ihre Hand roch nach der neuen Seife, die seit einigen Tagen unten in der Wirtschaft auf dem Herrenklo liegt.

Bruno öffnete die Tür, er trug eine Turnhose, war barfuß und sein Oberkörper war nackt.

Komm herein, Oskar, sagte er, ich mach grad meine Übungen.

Jetzt hat er Puppa bemerkt, die an der Wand lehnte, und er sagte: Ja, was ist, Puppa?

Bruno, heute ist mein Ehrentag, sagte sie, wir sollten ein Gläschen miteinander trinken, findest du nicht?

Ich trinke keinen Alkohol, sagte er, das weißt du genau, und was für ein Ehrentag denn?

Sie hat wieder nicht gesagt, was für einen Ehrentag sie eigentlich hat. Vielleicht Namenstag, dachte ich.

Komm, Bruno, setz dich wenigstens zu mir, sagte Puppa, und schau zu, wie ich ein Glas auf dein Wohl trinke. Und natürlich vor allem auf das Wohl vom Oskar, der setzt sich natürlich auch zu uns.

Ich habe gemerkt, Bruno wollte nicht, daß Puppa in sein Zimmer kommt. Puppa drängte sich ohne viel Umstände an ihm vorbei und setzte sich auf sein Bett. Sie weiß besser als jeder, wie man eine Sektflasche öffnet, daß es nicht knallt. Manchmal soll es knallen, manchmal nicht. Das erste Glas trank sie auf unser Wohl. Bruno trank Mineralwasser mit Isostar. Ich dasselbe. Das gab mehr Schaum als der Sekt.

Am Schluß war Puppa betrunken. Es hat nicht lange gedauert. Ungefähr eine halbe Stunde. Sie war vorher schon ein bißchen betrunken gewesen. Sie sagte, daß sie niemanden auf der Welt so sehr liebt wie mich und niemanden so sehr haßt wie Bruno. Daß sie Bruno haßt, habe ich ihr natürlich nicht geglaubt. Daß sie niemanden so sehr liebt wie mich, das habe ich ihr geglaubt.

Du bist ganz lieb, hat Bruno zu ihr gesagt.

Ich will nicht lieb sein, hat Puppa gesagt.

Bruno hat sie ein bißchen gestreichelt, ich habe gedacht, hoffentlich merkt sie nicht, daß er es ungern tut.

Und mir geht es genauso wie dir, hat Bruno gesagt. Ich mag niemanden auf der Welt so sehr wie den Oskar.

Dann heirate mich doch, rief Puppa heraus, dann können wir den Oskar adoptieren. Würdest du das wollen, Oskar?

Ich habe eh gewußt, daß der Bruno niemals die Puppa heiraten würde, darum habe ich ruhig sagen können: Ja, da hätte ich nichts dagegen.

Aber Bruno ist erschrocken. Wirklich, sagte er. Willst du das wirklich, Oskar?

Und auch Puppa war erschrocken. Oskar, sagte sie mit ihrer tiefen Stimme, Oskar, liebes Kind, armes, liebes Kind, willst du, daß Bruno und ich Mama und Papa von dir werden?

Eine Mama habe ich, sagte ich. Von meinem Vater weiß ich nichts.

Ich habe eh gedacht, daß Puppa gleich zu weinen anfangen wird. Und das hat sie jetzt getan. Das war meine Rettung. Sie hat sich an Brunos Hals gehängt und geschluchzt. Ich bin hinausgegangen. Ich gehe auch hinaus, wenn jemand telefonieren will. Das gehört sich.

Später klopfte Bruno an meine Tür und sagte, ich soll ihm helfen, Puppa ins Bett zu bringen.

Sie lag auf ihrem Bett. Sie schnaufte fest und in langen Abständen. Die Lämpchen um ihren großen Spiegel brannten, ihr Zimmer sah aus wie ein kleines Zirkuszelt von innen.

Du mußt ihr die Sachen ausziehen, sagte Bruno. Ich will das nicht tun. Tun muß man es, die Sachen sind zu eng.

Ich zog ihr den Pullover aus und den kurzen Rock. Sie trug darunter einen schwarzen Anzug aus Spitze. Sie sah aus wie auf einem Wäscheprospekt.

Bruno drehte sich zur Wand. Den BH vor allem, sagte er. Der ist es nämlich, der so eng ist.

Ich stemmte die Puppa zur Seite und versuchte den Büstenhalter im Rücken aufzumachen. Puppa war wach. Sie tat so, als ob sie im Kopf nicht da wäre. Vielleicht war sie wirklich nicht da im Kopf. Ich glaube allerdings, sie war da im Kopf, denn als ich vor lauter Anstrengung ihren Körper nicht mehr in der Seitenlage halten konnte, hat sie sich selber in der Seitenlage gehalten. Ihr Rücken hat geduftet. Ich habe den BH einfach über ihrer Brust liegenlassen, als er hinten offen war. Ich legte die Zudecke über Puppa und setzte mich an ihr Bett.

Wenn es recht ist, gehe ich jetzt, sagte Bruno.

Ich bleibe gern bei Puppa, sagte ich, weil ich ahnte, daß sie uns zuhört, und ich wollte, daß etwas Nettes über sie gesagt wird, und sie denkt, das ist gesagt worden, obwohl man meint, ich schlafe.

Ich habe Puppa das Lied vom Mond, der aufgegangen ist, vorgesungen, das handelt vom Wald, der schwarz ist und still steht und schweigt. Bei der Zeile, wo es heißt, laß sie ruhig schlafen, ist mir die Erika eingefallen, der ich meinen Reichtum verdankte. Ich habe Puppa über die widerborstigen Locken gestreichelt, eine Locke hat sich wie eine Feder um meinen Zeigefinger geringelt, ich habe sie glattgestrichen und in ihre runde Form zurückspringen lassen.

Am nächsten Tag fragte mich Puppa, was mich am meisten interessiert.

Das weiß ich nicht, sagte ich, weil mich eigentlich fast alles interessiert, und eine Woche lang interessiert mich das eine am meisten, und in der nächsten Woche interessiert mich etwas anderes am meisten.

Und was interessiert dich zur Zeit am meisten, fragte sie.

Fremde Währungen interessieren mich zur Zeit ziemlich, sagte ich.

Wenn du mit mir ein Geschäft machst, sagte sie, besorge ich dir Scheine in verschiedenen Währungen.

Was für ein Geschäft?

Was kannst du noch brauchen? Sag schon.

Ein Album für Scheine zum Beispiel. Was für ein Geschäft willst du mit mir machen? Ein Album wär nicht schlecht, eines mit großen und halbgroßen Abteilungen auf jeder Seite, daß halt grad in eine Abteilung ein Geldschein hineinpaßt, und darüber eine Schutzfolie.

Ich kauf dir das, Oskar. Frag Bruno, ob er dich mitfahren läßt, wenn er mit seinem Lastwagen unterwegs ist. Ich schreibe dir die Entschuldigung für die Schule. Rede mit ihm über Familie und so und krieg heraus, ob er eine Freundin hat.

Ich glaube nicht, daß er eine Freundin hat, sagte ich.

Ach, das wäre so schön, seufzte sie. Ich kann damit leider nicht zufrieden sein. Ich muß unbedingt Gewißheit haben, verstehst du das, Oskar.

Ja, das verstehe ich.

So bin ich einmal mit Bruno mitgefahren. Es war eine kleine Fahrt. Am Abend waren wir wieder zu Hause. Ich mußte nicht einmal Schule schwänzen. Wir sind erst nach dem Mittagessen abgefahren. Er hat irgendwo neben der Autobahn den Lastwagen vor ein langes Haus mit Vordach gestellt, und wir sind eine halbe Stunde bis in das nächste Dorf gegangen und haben uns in ein Café gesetzt und haben gewartet. Und als so ungefähr zwei Stunden vergangen waren, haben wir den Lastwagen wieder abgeholt. Das war alles.

Bruno hat sich gefreut, daß ich ihn begleitet habe. Der Lastwagen ist nicht besonders. Ich habe das nicht zu Bruno gesagt, weil ich ihn nicht kränken wollte. Er selber sagte, der Lastwagen ist nicht besonders. Er hat es deswegen gesagt, weil er einen neuen kriegt demnächst. Und das wird mit Sicherheit ein ganz besonderer. Darum, weil er einen neuen in Aussicht hat, traut er sich, über den alten zu schimpfen. Ich habe trotzdem gesagt, daß mir sein alter gefällt, weil er sich dann noch mehr auf den neuen freut.

Oskar, sagte er zu mir, ich möchte, daß du, ganz egal, was los ist, immer weißt, daß ich für dich da bin, und zwar unter allen Umständen.

Danke, Bruno, sagte ich.

Gibt es irgend etwas, was du dir wünschst, fragte er.

Eine Gulaschsuppe würde mich anmachen, sagte ich.

Was hat er von sich erzählt, fragte Puppa am Abend.

Er hat erzählt, wie es bei ihm gewesen ist als Kind.

Und was hat er sonst noch erzählt? Denk nach Oskar, ich habe englische Pfund eingewechselt.

Daß seine Mutter immer zu seinem Stiefvater geholfen hat. Und daß er, als der Stiefvater ein Haus geerbt hat, beim Umbau wahnsinnig mithelfen hat müssen. Mit zwölf.

Das interessierte Puppa nicht. Das ist die Stiefvatergeschichte, die kenn ich schon lang. Was noch, Oskar? Hat Bruno keine Anrufe gemacht?

Nein, sagte ich. Nicht daß ich wüßte.

Mit voller Lautstärke hat mich Puppa angebrüllt: Wenn du nicht mehr zu unserem Geschäft beitragen kannst, kannst du dir die Fremdwährungen hinter die Ohren schmieren. Was soll denn das heißen – nicht daß ich wüßte – hast du gesehen, ob er telefoniert hat, oder hast du es nicht gesehen!

Einmal war ich auf dem Klo, sagte ich.

Ich habe dir das Album nicht geschenkt, weil du eine schwache Blase hast, verdammtnochmal!

Ich ging hinauf in mein Zimmer, holte das Banknotenalbum und legte es vor Puppa hin.

Ich will es nicht, sagte ich.

Oskar, sei doch nicht so, sagte sie, versteh mich, ich verreck hier vor Sehnsucht, versteh mich, Oskar, das Geld ist mir Wurscht, ich verdiene ja genug, du kannst ruhig mehr haben. Kannst alles haben von mir. Oskar, bitte, mag mich wieder. Hier geht es um Leben und Tod. Wenn ich den Bruno nicht kriege, bring ich mich um.

Du kannst machen, was du willst, sagte ich, du bist ja volljährig.

Ich gebe dir alles, was ich besitze, sagte sie.

Das muß nicht sein, sagte ich.

Einmal noch, bitte, Oskar. Einmal fahr noch mit ihm mit. Es muß eine Fahrt sein, bei der ihr irgendwo übernachtet. Was für eine Fremdwährung möchtest du?

Eine aus China wäre sicher interessant.

Das glaube ich nicht, daß ich das hier bei uns kriege.

Oder vielleicht Venezuela.

Können es nicht Franken sein oder D-Mark? Bitte, Oskar!

Franken und D-Mark habe ich leider schon.

Oder Lire. Das ist italienisches Geld.

Das weiß ich.

Ich weiß, daß Lire nichts wert sind, Oskar.

Das wäre egal.

Bei diesen großen wertlosen Geldscheinen käme ich mir wie eine Betrügerin vor.

Es müssen nicht unbedingt Fremdwährungen sein, sagte ich.

Wenn du etwas Günstiges herauskriegst, sagte sie, gebe ich dir tausend Schilling.

Das ist viel zuviel, sagte ich.

Natürlich hätte ich gern tausend Schilling gehabt, vor allem, weil ich ja für Lilli Schwedenkronen im Wert von tausend Schilling gewechselt hatte, die ich sicher nie wieder von ihr zurückkriege, was freilich auch gar nicht sein muß.

Glaubst du, daß du Schwedenkronen kriegen kannst, Puppa, fragte ich.

Schwedenkronen sicher, sagte sie. Wenn es etwas Günstiges ist, was du herauskriegst, Oskar, gebe ich dir für tausend Schilling Schwedenkronen. Das ist ein Schwur.

Was ist etwas Günstiges, Puppa?

Daß Bruno keine andere Frau hat.

Also gut, sagte ich.

Und jetzt, sagte sie, was möchtest du jetzt?

Was meinst du, Puppa?

Soll ich dir ein Eis holen oder ein Stück Sachertorte?

Macht mich nicht an.

Bitte, ich will dir etwas schenken.

Ich brauch nichts.

Weil ich vorhin böse zu dir war.

Gehört der Hut dort jemandem?

Was für ein Hut denn?

Der auf dem Kleiderhaken. Der hängt nämlich schon über eine Woche dort.

Ich weiß nicht, wem er gehört, Oskar.

Den hätte ich gerne.

Wozu willst du so einen Altmännerhut?

Gegen die Sonne und den Regen.

Ich werde die Wirtin fragen, Oskar. Und wenn du ihn nicht haben darfst, kaufe ich dir einen neuen.

Ein neuer Hut rentiert sich nicht. Entweder den oder keinen.

Der Hut war übrig. Man ließ ihn mir.

Ein paar Tage darauf bekam Bruno Besuch. Puppa wußte nichts Näheres, und sie war sehr unruhig. Sie hatte an Brunos Tür gehorcht, aber nur Brunos Stimme gehört. Nach einer Weile sei Bruno hinunter in die Gaststube gekommen, sagte sie zu mir, und habe eine der besten Flaschen Wein geholt und dabei fröhlich gepfiffen.

Puppa hat mich beauftragt, bei Bruno anzuklopfen und zu fragen, ob man Kaffee will oder vielleicht etwas anderes, etwas Süßes oder so, Tiramisu sei noch da.

Ich klopfte und sagte: Bruno, Puppa läßt fragen, ob du

und dein Gast, ob ihr Kaffee wollt oder etwas anderes, etwas Süßes vielleicht, es sei noch Tiramisu da von gestern.

Nein, danke, rief Bruno durch die Tür.

Nein, danke, hat noch eine andere Männerstimme gerufen.

Ich sagte zu Puppa, sie wollen keinen Kaffee und auch sonst nichts, nichts Süßes und nicht Tiramisu. Ob sie mich hineingelassen haben, wollte sie wissen. Nein, haben sie nicht. Warum ich denn nicht gesagt hätte, daß ich hinein will. Weil ich gar nicht hinein will, darum. Ob ich sonst eine Beobachtung gemacht hätte. Nicht daß ich wüßte. Das Nicht-daß-ich-wüßte habe ich extra gesagt, ich weiß nämlich, das macht die Puppa verrückt.

Ich werde mich vor die Tür stellen, sagte sie, und wenn die Schlampe herauskommt, zerkratz ich ihr das Gesicht.

Das würde ich nicht tun, sagte ich. Es ist nämlich gar keine Schlampe bei Bruno im Zimmer.

Aha, rief Puppa, du hilfst also zu ihr und nicht zu mir.

Ich kann gar nicht zu ihr helfen, sagte ich ganz ruhig, es ist nämlich gar keine sie.

Was?

Außer es sind mehrere Menschen bei Bruno, sagte ich. In diesem Fall kann es natürlich sein, daß eine Frau dabei ist, die nichts gesagt hat. Wenn allerdings nur ein einziger Mensch bei Bruno ist...

Ich soll nicht so umständlich reden, hat mich Puppa angefahren.

Ich rede nicht umständlich, sagte ich, ich rede genau. Es ist nämlich ein Mann, der bei Bruno im Zimmer ist.

In Puppas Gesicht ist die Sonne aufgegangen. Jetzt sei alles gut, sagte sie. Ob ich vielleicht den Rest vom Tiramisu will. Das wollte ich.

Sie setzte sich neben mich, das heißt, ab und zu mußte sie in die Gaststube, um ein Bier zu zapfen, wenn ein bißchen Zeit war, kam sie wieder in die Küche und schaute mir zu, wie ich das Tiramisu aß.

Der Wirtin geht es nicht gut, sagte sie. Die Füße sind dick wie Baumstämme.

Das tut mir leid, sagte ich.

Plötzlich wurde Puppa wie von einem Stromschlag geschüttelt. Sie sprang auf und sagte: Oskar, du mußt sofort, auf der Stelle mußt du zu Bruno gehen, und du mußt in sein Zimmer hinein, sofort auf der Stelle!

Wieso, fragte ich.

Auf der Stelle, sagte sie.

Ich habe gesagt, das mach ich nicht, wenn ich das mache, komme ich mir vor wie ein Hund.

Wieso wie ein Hund, hat Puppa gefragt.

Weil ein Hund, habe ich zu Puppa gesagt, immer das tut, was man ihm befiehlt, und ich bin kein Hund, verstehst du!

Hoppala, hat Puppa gesagt.

Ich habe mich doch wie ein Hund benommen.

Es ist das letzte Mal, sagte ich. Daß es das letzte Mal ist, daß ich ihr Hund bin, hat sie mit einem Handschlag bestätigt. Sie will mir für meine Dienste einen Maria-Theresien-Taler schenken. Den kriegt man angeblich bei jeder Bank. Kann ich mir zwar nicht vorstellen. Ich habe zu Puppa gesagt, ich nehme den Taler nicht als Geschenk, daß das klar ist. Gib ihn mir als Lohn für meine Arbeit. Was soll ich sagen, damit mich Bruno hineinläßt, mir fällt nichts ein.

Er soll dir bei deinen Rechenaufgaben helfen, sagte sie.

Beim Rechnen braucht mir niemand zu helfen, sagte ich, im Gegenteil, wenn es ums Rechnen geht...

Du redest schon wieder umständlich, sagte sie.

Es war gerade kein Gast in der Wirtschaft, und Puppa legte frische Tischtücher auf die Speisetische. Sie war rot vor Zorn und hat so schnell gearbeitet, daß ihr beim Hinstellen der Gewürze der Maggi auf das frische, harte Tischtuch gespritzt ist.

Und du sagst zu ihm, zischte sie, du sagst, er muß dir helfen, weil ich nicht im Haus bin!

Dabei hat sie sich die Servierschürze vom Leib gerissen, den Mantel über die Schultern geworfen und ist mit ihren geschnürten Stiefelchen in den Regen hinausgerannt.

Es regnete so stark, daß das Wasser aus der Dachrinne wie ein Sturzbach rann, und auf dem Dach des Nachbarhauses stand ein Türke, der versuchte, ein Dachfenster mit einer Folie zu bedecken. Dabei verwendete er einen Fuß zum Anpressen der Folie. Das sah ich, als ich mit meinem Rechenheft in der Hand zum Fenster hinausschaute.

Bruno und sein Freund saßen über einer Partie Mühle. Der Freund hatte glatte, dünne Haare, nicht mehr sehr viel, dafür lange. Die Oberlippe stand ziemlich steil hinauf, und weil die Unterlippe grad war, konnte man seine Zähne sehen.

Ich bin der Gert, sagte er.

Komm, sagte Bruno und räumte das Brett weg, setz dich daher und zeig uns dein Problem.

Ich zeigte auf eine Schlußrechnung, die so leicht war, daß ich sie im Schlaf hätte lösen können. Der Gert begann kompliziert zu erklären, so als handle es sich um Atomphysik. Es ging mir auf die Nerven, weil er es nämlich war, der die Rechnung nicht verstand.

Ah, jetzt fällt es mir selber ein, sagte ich. Danke, ich geh, ich will nicht mehr stören.

Jetzt hab ichs, sagte der Gert.

Bruno sagte: Erzähl dem Oskar nichts vom Rechnen, der rechnet wie eine Maschine.

Warum hat er dann diese einfache Rechnung nicht gewußt, fragte der Gert.

Ich habe mich geschämt. Nur weil ich Puppa einen Gefallen tun will, muß ich mich blamieren.

Bruno sagte, er weiß etwas Besseres, nämlich ich soll ihr Schiedsrichter sein.

Sie wollten einen Ringkampf aufführen. Ich saß am Fußende des Betts und schaute auf die zwei Männer, die keine Kraft hatten, weil sie immer kichern mußten. Bruno nahm seinen Freund in den Schwitzkasten, danach nahm der Freund Bruno in den Schwitzkasten. Das ging so eine Weile. Ich wußte beim besten Willen nicht, was es da zum Schiedsrichtern gab.

Schließlich rief ich: Schluß! Bruno hat gewonnen!

Wieso, fragte Gert.

Halt so, sagte ich.

Er ist parteiisch, sagte Gert.

Genau, sagte Bruno und bekam einen Lachkrampf.

Sie nahmen sich wieder lachend in den Schwitzkasten, und ich schlich mich zur Tür hinaus.

Puppa bediente die ersten Eßgäste, es war knapp vor sechs Uhr abends. Die Wirtin hatschte in der Küche herum. Unter ihre Füße hatte sie sich zwei Putzlumpen gelegt. Ich darf die Füße nicht heben, sagte sie, das ist andererseits günstig, so wisch ich bei jedem Schritt den

Boden. Spart Zeit und Arbeit. Oskar, du mußt nicht, aber du solltest zum Frisör.

Und? fragte Puppa.

Sie spielen Mühle, sagte ich. Bruno gewinnt. Der andere heißt Gert, und er verliert.

Dann ist es ja gut, sagte sie. Puppa schien sich nicht mehr sonderlich dafür zu interessieren. Sie war wieder gut aufgelegt. Hauptsache.

War meine Mitteilung günstig, fragte ich.

Ja, sagte sie.

Von jetzt an bin ich kein Hund mehr, sagte ich.

Okay, sagte sie. Trag, bitte, die Kartoffelsalate an den Ecktisch. Danke.

Der Notar Wohlgenannt erzählt, Anfang Oktober habe sich Oskar Straaten telefonisch bei ihm gemeldet. Er habe am Telefon nichts weiter gesagt, als, er wolle ihn mit Bruno Veronik verbinden, es sei ein Freund von ihm, und er gehöre zu der Familie, bei der er zur Zeit wohne. Nun hat sich dieser Bruno Veronik gemeldet und um einen Termin gebeten.

Zu dem vereinbarten Termin sind beide erschienen, Oskar und Kraftfahrer Bruno Veronik. Er habe niemanden auf der Welt, sagte Veronik, und er wolle, nicht weil er irgendeine Ahnung habe oder depressiv sei oder so ein Quatsch, sondern einfach so wolle er ein Testament machen lassen und Oskar Straaten als seinen Alleinerben einsetzen. Außer zweier Bankkonten, Girokonto und Sparkonto, besitze er fast nichts. Das Sparkonto allerdings sei nicht klein zu nennen.

Der Notar sagte zu Oskar, er soll seinen Scheitel herzeigen. Er will den Schlitz von der lebendigen Sparbüchse mit eigenen Augen sehen.

15

Rosa Schimmer auf der Straße

Wir sollen unsere Mama besuchen, sagte Lilli zu Oskar am Telefon, das steht in einem Brief von der Fürsorge, er ist heute mit der Post gekommen. Die Mama wird nämlich in ein anderes Krankenhaus verlegt.
Das paßt mir nicht, sagt Oskar. Ich bin eingeladen bei meinen ehemaligen Leuten. Sie taufen das neue Baby. Puppa ist auch eingeladen. Du übrigens auch, Lilli.
Können wir nicht hinterher zur Tauffeier gehen, sagt Lilli.
Oder Puppa fährt uns zur Mama, sagt Oskar. Oder wenn sie nicht kann, vielleicht fährt uns deine Ziehmutter hin.
Lilli sagt, sie will auf keinen Fall, daß Rut sie begleitet und bei der Gelegenheit die Mama anschauen kann. Auf keinen Fall. Und Oskar soll auch niemanden mitbringen.
Mir macht es nichts aus, wenn jemand unsere Mama sieht, sagt Oskar.
Wenn du jemanden mitbringst, sagt Lilli, komme ich nicht.
Wir zwei allein finden gar nicht hin zu ihr, sagt Oskar.
Man kann mit dem Zug fahren, sagt Lilli, man kann sich nach dem Weg erkundigen. Jeder weiß, wo die Valduna ist. Und in der Valduna müssen wir nur unseren Namen sagen.
Mir paßt es einfach nicht, sagt Oskar.
Wir müssen, sagt Lilli.

Oskar trug einen schwarzen Männerhut, die Stirnfransen hingen ihm wie ein Vorhang über den Augen. Als er den Hut abnahm, weil ich ihn ausprobieren wollte, erzählt Lilli, sah ich, daß seine Haare am Hinterkopf verfilzt waren. Sein Hals war grau vor Schmutz. Die Fingernägel bogen sich schon, so lang waren sie, und schwarz waren sie auch. Warum er einen Hut trägt? Sonne und Regen, sagte er. Eine ausgebeulte Schnürlsamthose hatte er an. Die Hose war ihm zu groß, deshalb hatte er sie am Bund unter einem breiten Ledergürtel zusammengezogen und unten umgelegt. Den Anorak kannte ich, der war nicht mehr ganz so rot, die Ärmel reichten ihm nicht einmal bis zu den Handgelenken.

Behandelt man dich nicht gut, fragte ich.

Wieso?

Man könnte dir wirklich etwas Neues kaufen. Was machen deine Leute mit dem Fürsorgegeld? Sie sind verpflichtet, für dich zu sorgen.

Ist schon gut, Lilli, sagte er.

Seine Turnschuhe starrten vor Dreck. Ich dagegen in meinen weißen Stümpfen und den Lackschuhen, dem Faltenrock und der weißen Bluse und dem Staubmantel kam mir total bescheuert vor. Ich kann über Frisuren und Kleider so viel nachdenken, wie ich will, es kommt nur Scheiße heraus.

Warum hast du dich nie gemeldet?

Du hast dich ja auch nicht gemeldet, sagt Oskar.

Das stimmt.

Normalerweise war es so, sagt Oskar, daß du dich meldest. Ich habe oft gedacht, warum meldet sich die Lilli nicht?

Ich komme wahrscheinlich woanders hin, sage ich.

Was heißt das?

Du weißt doch, Oskar, daß es bei der Rut nur vorübergehend war. Das war von Anfang an klar.

Oskar hat nichts darauf gesagt. Er hat zum Fenster hinausgeschaut und sein Bockgesicht aufgesetzt. Er weiß, daß ich das nicht vertrage und ungeduldig werde. Diesmal wurde ich nicht ungeduldig. Mit mir war nämlich ein Typ eingestiegen, den die Tschäin kennt. Wenn der geht, sieht es aus wie Moonwalk. Er ist ein weißer Neger. Er ist immer schwarz angezogen, trägt immer um den Hals an einer Kette ein umgedrehtes Kreuz, wahrscheinlich von einem Rosenkranz abgeschnitten und unten angebohrt, und neben dem Kreuz hängt ein Kopf von einem Ziegenbock, versilbert und fast faustgroß. Der Typ setzte sich uns gegenüber. Er kaute etwas und bewegte den Kopf schnell auf und ab, das paßte zum Rhythmus in seinen Kopfhörern. Deshalb war es mir egal, daß Oskar sein Bockgesicht aufgesetzt hat.

Oskar sagte: Ich löse aus Prinzip nie eine Fahrkarte, weil, es kann ja sein, daß überhaupt kein Schaffner kommt, dann habe ich das Geld zum Fenster hinausgeschmissen. Wenn doch einer kommt, schlafe ich. Außerdem sind wir so etwas Ähnliches wie Waisenkinder, und die sind frei.

Ich weiß nicht, sagte ich. Richtige Waisenkinder sind wir nicht. Wir haben einen Vater, nur wissen wir nicht, wo er ist. Und eine Mutter haben wir auch.

Ein Waisenkind ist jemand, der keine Eltern hat, sagt Oskar. Das hat mir ein Notar gesagt. Es spielt dabei keine Rolle, ob Vater und Mutter noch leben. Also sind wir Waisenkinder. Einen Waisenkinderausweis bekommen wir nicht, dazu müßten unser Vater und unsere Mutter gestorben sein.

Red nicht so laut, sagte Lilli.

Lilli kam mir vor, als würde sie gleich platzen, sagt Oskar. Das Ganze war eine Schnapsidee. Warum sollen wir die Mama besuchen? Das will die Mama ja gar nicht. Wenn sie es wollte, hätte sie sich gemeldet. Wahrscheinlich kriegt sie es gar nicht mit, daß wir sie besuchen. Wenn sie es nicht mitkriegt, ist es ein Blödsinn, daß wir antanzen und dastehen. Und hinterher heult die Lilli, und ich wahrscheinlich auch. Oder die Mama kriegt es mit.

Lilli drehte ihre Fahrkarte in der Hand zu einer Rolle, und sie war sich nicht sicher, ob ihr der schwarze Typ mit den Ketten gefiel. Wenn er mich nur nicht anspricht, und sie überlegte sich, aufzustehen und sich woanders hinzusetzen, das wollte sie Oskar ins Ohr sagen. Der Typ würde erst recht auf sie aufmerksam werden, und deshalb blieb sie stocksteif sitzen und starrte hinunter auf ihre geputzten Schuhe. Oskar schaute zum Fenster hinaus.

Wohin kommst du, fragte Oskar.

Das weiß ich noch nicht, sagte Lilli.

Ich wollte sie fragen, ob sie immer noch ins Bett macht, sagt Oskar. Nicht um sie zu ärgern wollte ich das fragen, sondern um sie zu warnen vor der Hexe, die seit neuestem in der Fürsorge tätig ist und solche Fragen stellt und die Antworten in den Computer speichert. Ich habe nicht gefragt. Es geht mich nichts an. Außerdem wäre Lilli auf alle Fälle beleidigt gewesen. Das habe ich eingesehen.

Ich hätte Oskar gern von meinem Verdacht erzählt, sagt Lilli. Daß ich den Verdacht hatte, daß ich im Weg bin, seit Nicki zu uns gezogen ist. Rut hat immer behauptet, sie will nie heiraten. Jetzt will sie. Nicki will auch. Seit sie wollen, flüstern sie oft. Rut erzählt auffällig oft Geschichten vom Herrn Hergezeiter. Daß er wieder mit einer Anzeige gedroht habe. Und daß ich der Gegenstand der Anzeige bin.

Der Typ, der sich gegenüber von Oskar und Lilli hingesetzt hatte, schaltete seinen Walkman aus und ging von einem Sitz zum anderen und fing an, den Leuten Sachen auseinanderzusetzen. Er sagte, er sei Betriebselektriker und er suche einen Job. Einen Mann fragte er, ob er seine Zeitung wegen der Annoncen auf der vorletzten Seite anschauen dürfe, das werde wohl noch erlaubt sein. Weil, ich bin ein arbeitsloser Betriebselektriker, der einen Job sucht. Er zog ein Schmuckstück aus der Tasche und sagte zu Lilli, das sieht aus wie echt Gold, findest du nicht? Lilli nickte und sagte: Ja, schön. Der Typ sagte, ist leider nicht echt Gold, hat zwanzig Schilling gekostet, der Dreck. Ich hätte dich bescheißen können, kapierst du das! Aber ich habe dich nicht beschissen, kapierst du das? Dieses Schmuckstück werde ich meiner Freundin schenken, weil ich mit ihr verstritten bin. Wie findest du das? Lilli wetzte auf dem Sitz hin und her und nickte, und der Typ fuhr sie an: Wie du das findest, will ich wissen. Ich weiß nicht, sagte Lilli. Ich erzähle dir eine Geschichte, sagte der Typ. Meine Mutter ist eine Hexe. Das ist nicht böse gemeint. Hast du gedacht, das sei böse gemeint? Nein, gar nicht, sagte Lilli. Es ist nämlich nicht böse gemeint, sondern eine Tatsache. Meine Mutter ist eine Hexe. Ich bin stolz darauf, verstehst du. Sie wohnt im Wald. Wo wohnt sie? Im Wald, sagte Lilli. Genau, im Wald, sagte der Typ. Sie ist uralt und hat erst vor ein paar Tagen ein Kind gekriegt. Kannst du dir das vorstellen? Ob du dir das vorstellen kannst! Ja, ich kann es mir vorstellen, sagte Lilli. Jetzt ist es so, sagte der Typ, daß meine Mutter das nicht verträgt, verstehst du. Sie verträgt es nicht, das Kind. Das heißt, sie hat die Geburt nicht vertragen. Und jetzt hat die alte Hexe fix im Kopf, daß sie abkratzen muß. Was soll man machen? Ich weiß nicht, sagte Lilli. Meinst du ich, sagte der Typ. Weißt du was? Es kann mir eigentlich scheißegal sein. Ich habe mit meiner Mutter nichts mehr zu tun. Sie ist alt genug, verstehst du. Der Mann mit der Zeitung sagte zu dem Typ, er solle das Kind nicht belästigen und augenblicklich die Zeitung zurückgeben. Der Typ warf die Zeitung auf den Boden und trat mit seinen Springerstiefeln darauf. Der Zug hielt, und der Mann, der keine Zeitung mehr hatte, stieg aus. Der Typ zog einen Brief aus der Tasche und sagte zu Lilli: Kannst du lesen? Lilli nickte. Oskar schaute zum Fenster hinaus. Der Typ legte Lilli den Brief in die Hand und befahl ihr zu lesen. Lillis Hände zitterten. Sie hoffte, einer aus dem Abteil würde ihr beistehen. Der eine, der ihr beigestanden hatte, war ausgestiegen, und seine Zeitung lag unter den schweren Stiefeln von dem Typen. Lilli las ziemlich leise. Die Leute im Abteil sollten es nicht hören, im Brief stand nämlich: Du Scheißkerl, hau ab! Hau ab, du Hirnkranker, und laß dich nie mehr wieder blicken, sonst hol ich die Bullen. Lies ruhig lauter, sagte der Typ, alle sollen es hören. Lilli schaute in die Gesichter der Leute und hoffte, der Schaffner würde wegen der Fahrkarten durchs Abteil gehen, obwohl ja dann Oskar dran gewesen wäre, weil er keine Fahrkarte besaß, und jetzt würde es ihm keiner glauben, daß er schläft, und hoffentlich würde er nicht sagen, sie seien Waisenkinder. Lilli sagte vorsichtig, ich will bitte nicht mehr lesen. Oskar drehte seinen Kopf und sagte: Meine

Schwester will nicht mehr lesen. Dem Bursch zitterte es an einem Auge, und er sagte, der Brief ist von meiner Freundin, die nicht weiß, daß ich sie liebhab. Gib zu, du hast gedacht, der Brief kommt von meiner Mutter. Nein, sagte Lilli, das habe ich bestimmt nicht gedacht. Mir wär hundertmal lieber, er käme von meiner Mutter, sagte der Typ. Seine Kopfhörer fielen herunter und landeten auf dem Boden, und der Typ stand aus Versehen drauf mit seinen schweren Springerstiefeln, und er fluchte und sagte zu Lilli: Heb das Zeug auf, ich glaube an den Teufel, der Teufel sei mit dir. Das meine ich gut, das ist das Beste, was ich einem wünschen kann, also tu nicht so, als hätte ich dir etwas Schlechtes gewünscht. Der Schaffner kam und packte ihn mit Gewalt am Arm. Wenn du so scharf auf meinen Arm bist, sagte der Typ, reiß ihn dir halt aus.

Unsere Mutter, erzählt Oskar, saß im Aufenthaltsraum. Sie trug einen hellblauen Morgenrock, den keiner von uns beiden kannte. Sie saß in einem Rollstuhl. Die Krankenschwester sagte: Den hat sie, weil sie sich weigert zu gehen. Ich kann nicht gehen, sagte unsere Mutter. Ich wußte, sie lügt, und die Schwester sagt die Wahrheit, sie kann gehen und will nicht gehen und will den anderen nur das Leben schwer machen. Wir fuhren unsere Mutter in den Anstaltsgarten, Lilli und ich. Wir schoben den Rollstuhl und sahen den Hinterkopf von unserer Mama. Das Schieben ging schwer, weil der Kies so tief ist. Da hat man nicht richtig darüber nachgedacht.

Unsere Mutter sagte: Sie behandeln mich hier unter jeder Kanone.

Oskar tat, als hätte er mehr Kraft als ich, erzählt Lilli. Ich schiebe hinten, zieh du vorne, sagt er Wir kriegen die Mama nicht mehr aus dem Kies heraus. Wir schaffen es nicht, sage ich. Zieh doch, ruft Oskar. Ich kralle mich an der Armlehne des Rollstuhls fest und stemme meine Absätze in den Boden. Oskar bekommt einen roten Kopf vor lauter Anstrengung. Die Mama hilft mit. Sie wippt mit dem Oberkörper. Plötzlich greift sie sich an die Füße, schlüpft aus den Patschen und wirft die Patschen in das Schilf neben dem Kiesweg. Jetzt schaffen wir es, keucht Oskar. Und wir haben es tatsächlich geschafft.

Die Schwester kommt gelaufen, man hat ihr geschildert, was für Schwierigkeiten wir mit dem Rollstuhl hätten. Jetzt habt ihr es ja von allein geschafft, sagt sie. Wo sind denn die Patschen, Frau Straaten?

Gestohlen, sagt die Mama.

Die Schwester zwinkert mir zu und geht.

Ist das wahr, gestohlen, frage ich.

Klar, sagt die Mama. Wie die Raben sind die hier.

Nein, sage ich. Die Mama hört, daß ich nein sage. Nein, sage ich, die Mama hat die Patschen weggeschmissen. Kein Mensch würde ihr hier die Patschen stehlen.

Beim Abschied zog die Mama Oskar am Haar zu sich herunter und sagte: Beim nächsten Mal, Oskar, bring sie nicht mehr mit. Verstanden.

Oskar nickte. Es hat keinen Sinn, hat Oskar auf dem Weg zurück zum Bahnhof zu mir gesagt.

Du sollst mich das nächste Mal nicht mitbringen, sagte ich. Ich habe gehört, was sie gesagt hat.

Es hat keinen Sinn, wiederholte er. Ich werde sie überhaupt nicht mehr besuchen. Nie mehr. Entweder, wir gehen zusammen, oder gar nicht. Versprich mir, Lilli, daß du sie sicher nie allein besuchen wirst.

Versprochen, Oskar.

Es hat keinen Sinn, sagte er noch einmal.

Mir ist einmal ein Mann auf der Straße begegnet, sagte ich. Dieser Mann muß ein Bekannter von der Mama gewesen sein. Ich habe mich an sein Gesicht erinnert, aber mir fällt sonst nichts dazu ein, ich meine, mir fällt nicht ein, wann der Mann bei uns gewesen ist. Der Mann hat mir einen furchtbaren Schrecken eingejagt, Oskar. Er hat behauptet, ich sehe genauso aus wie die Mama.

Das ist ein Blödsinn, sagte Oskar. Du siehst überhaupt nicht so aus wie die Mama.

Der Mann hat gesagt, ich werde einmal genau so werden wie die Mama.

So ein Blödsinn, sagte Oskar. So wie die Mama ist überhaupt niemand.

Oskar zog aus seiner Jacke eine kleine Schatulle, die mit dunkelblauem Samt ausgeschlagen ist. Das war als Geschenk für die Mama gedacht. Genausogut, sagte Oskar, könnte ich es mitten auf die Straße legen.

Oskar schenkte mir die Schatulle mit der Münze, die über fünftausend Schilling wert sein soll, vielleicht jetzt noch nicht, aber bald.

Für den Notfall, sagte er. Nimm sie in Verwahrung.

Von der Valduna zum Bahnhof ist ein weiter Weg. Wir probierten Abkürzungen aus. So gelangten wir zu einem Häuschen in einer Waldlichtung.

Eine Frau sitzt auf einer Bank, vor ihr steht ein Kinderwagen. Die Frau hält beide Hände vor das Gesicht, sie weint. Es schüttelt sie vor Kummer. Das Kind im Wagen beginnt zu schreien. Lilli bleibt stehen. Oskar sagt: Komm weiter, weiter. Lilli geht zum Kinderwagen, bückt sich, schaut hinein und schiebt den Wagen sacht hin und her und dabei summt sie.

Oskar ruft: Lilli, komm endlich, komm endlich, Lilli!
Wenn du nicht kommst, geh ich allein weiter.

Geh vor, sagt Lilli, ich komm nach. Du siehst, daß ich
hier gebraucht werde. Geh nicht zu weit. Warte in der
Kastanienallee auf mich. Die muß irgendwo sein.
Schau nach, Oskar!

Das Baby hat ein rotes Gesicht. Lilli schüttelt das Deckchen auf. Wahrscheinlich ist dem Kind zu warm, sagt
sie zu der Frau, die immer weiter leise geradeheraus
weint. Das Kind im Wagen bewegt die Füßchen auf
und nieder. Schaut seine Hände an. Es wetzt den
Schnuller im Mund. Seine Augen stechen auf die
Decke.

Lilli! ruft Oskar vom Waldrand herüber. Lilli!

Warum tust du das, sagt die Frau.

Was tu ich denn, fragt Lilli.

Das mit der Decke.

Lilli sagt: Ich wollte das Kind beruhigen, das wird wohl
noch erlaubt sein.

Ich werde sterben müssen, sagt die Frau. Wenn ich
sterben muß, nehme ich das Kind mit.

Das dürfen Sie nicht, sagt Lilli. Sie werden sicher nicht
sterben.

Bist du ein Engel, weil du das weißt, sagt die Frau. Was
gibst du so an!

Da wird Lilli verlegen. Ja, sagt sie, ich bin ein Engel.

Das nützt mir nichts, sagt die Frau.

Ich muß los, viel Glück, sagt Lilli, mein Bruder erwartet mich in der Kastanienallee. Auch er braucht mich.

Aus einem Baum erhob sich ein Schwarm schwarzer
Biester, die auseinanderflogen, so daß der Himmel se-
kundenlang gesprenkelt aussah, wie angeschossen.

Rosa Schimmer auf der Straße.

Wenn wir volljährig sind, sagt Oskar, können wir machen, was wir wollen. Ich gehe nach Venezuela, daran hat sich nichts geändert bei mir. Ich wollte dich fragen, ob du mitgehst, Lilli.

Das weiß ich noch nicht, sagt Lilli.

Gesorgt ist für uns, sagt Oskar. Mach dir keine Gedanken.

Mein Leintuch ist am Morgen immer noch naß, sagt Lilli. Jeden Tag. So eine wie mich kannst du in Venezuela sicher nicht brauchen.

Was hat das damit zu tun, sagt Oskar.

Mitten auf dem Marktplatz roch es nach frischem Brot, so als wäre man schnurstracks in eine Backstube getreten.

Oskar sagte: Ich hätte gern wieder einmal einen Pariser Kipfel.

Lilli sagte: Ich weiß, dafür würdest du sterben.

Als sie wieder im Wald waren, sagte Lilli: Zeig mir deine Hand, Oskar, ich will sie gegen die Sonne halten, dann schimmert es durch. Wenn es durchschimmert, ist es ein gutes Zeichen, wenn es überhaupt kein bißchen durchschimmert, ist es ein schlechtes Zeichen, und wenn es nur an den Rändern durchschimmert, dann geht es.

Einen Augenblick, sagte Oskar. Er rannte ein Stück zurück, vergewisserte sich, daß Lilli ihn nicht sehen konnte, legte den Geldschein, den er die ganze Zeit in der Hand gehalten hatte, unter einen Stein und lief zu Lilli zurück.

Durch deine Hand schimmert die Sonne ganz und gar, sagte Lilli.

Habe ich eh gedacht, sagte Oskar. Bist du fertig?

Ja.

Warte einen Augenblick, sagte er, ich habe oben etwas vergessen. Ich bin gleich wieder zurück.

Oskar rannte den Weg hinauf und hob den Stein. Alles noch da.

Wo hast du die Schatulle, fragte Oskar.

Ach, sagte Lilli, die habe ich liegenlassen. Ich weiß nicht, wo. Was mach ich jetzt nur?

Das spielt keine Rolle, sagte Oskar. Wenn ich die der Mama geschenkt hätte, wäre sie genauso weg.

Sie stehen jetzt an der Bretterwand, wo sonst der Eingang zum Bahnhof ist. Es wird hier renoviert. Sie warten auf ihren Zug. Neben ihnen auf einer Bank sitzt der Typ mit seiner Freundin, er hat sein Gesicht in dem ihren vergraben, so daß man von beiden nur Haare sieht. Zwei Wuschel schwarzer Haare. Der Typ geht zum Kiosk und läßt sich Papiertaschentücher geben, weil seine Freundin die braucht. Als er zurückkommt, liegt sie am Boden. Er zieht sie auf seinen Schoß und tupft mit den Taschentüchern ihr Gesicht ab. Es nützt nichts.

Da dreht sich der Typ zu Oskar und Lilli und sagt: Nehmt ihr sie, ich komm gleich. Er geht in Richtung Kiosk und verschwindet. Seine Freundin beißt Lilli ins Handgelenk. Auch nach Oskar schnappt sie. Aber den Flinken erwischt sie nicht.

Beweg dich nicht, sagt Oskar zu Lilli. Steh ruhig!

Sie fällt mich an, sagt Lilli.

Ruhig, sagt Oskar. Keine Bewegung.

Warum fällt sie mich nicht an, wenn ich mich nicht bewege, fragt Lilli.

Ich weiß es nicht, sagt Oskar. Reden ist Bewegen. Also, rede nichts!

Bewegungslos stehen sie. Die Wölfin faucht und

knurrt und reckt ihren Hals nach den Kindern. Sie läßt von ihnen ab und folgt dem Rudel nach.

Kann ich mich jetzt bewegen, fragt Lilli.

Warte noch einen Moment, sagt Oskar. Jetzt kannst du dich bewegen.

Wir müssen die Zeit einholen, sagt Lilli.

Dort vorne ist das Haus der Lehrers, sagt Oskar. Ich habe sie am Schluß nur noch Lehrers genannt.

Oskar zeigt Lilli die Einladung: Auf einem rosa Briefumschlag mit einem handgezeichneten Storch, der ein Baby im Schnabel trägt, steht geschrieben: Wir freuen uns, die Geburt unserer Tochter ERIKA bekanntzugeben. Handgeschrieben steht darunter: Lieber Oskar, gib uns ja keinen Korb. Bring deine liebe Schwester mit. Auch ihre Ziehmutter ist herzlichst eingeladen. Auch von deinen neuen Leuten ist jemand herzlichst eingeladen.

Das hat die Turnlehrerin verfaßt, sagt Oskar. Ich wette, sie wollte zuerst nicht, daß ich eingeladen werde. Dann hat der Lehrer gesagt, wir müssen unbedingt den Oskar einladen. Und sie hat gesagt: Wenn wir den Oskar einladen, müssen wir seine Schwester auch einladen. Und er hat gesagt: Gut, laden wir sie eben auch ein. Und sie: Das geht ohne ihre Ziehmutter nicht. Und er: Gut, die halt auch. Sie: Was ist mit dem Oskar seinen? Er: Dem seine Ziehpersonen sollen eben auch kommen. Ich kenne das, Lilli. Am Schluß heult die Turnlehrerin, und er gibt nach und sagt: Gut, soll vom Oskar seinen nur eine Person kommen.

Wer kommt von dir, fragt Lilli.

Die Puppa, glaube ich. Der Bruno holt uns ab. Er hat eine Tour vor. Ich kann mitfahren, wenn ich will.

Kannst du ihn fragen, ob er mich auch mitnimmt, Oskar?

Ich kann ihn fragen. Aber was wird deine Ziehmutter dazu sagen?

Ich habe zugehört, wie Rut telefoniert hat. Sie ist eben einfach überfordert mit mir, jetzt, wo sie bald heiratet.

Das waren die Lehrers genauso, sagt Oskar. Sie waren überfordert mit mir, als sie das neue Baby bekommen haben.

Puppa wartete bereits. Ich traue mich nicht klingeln, sagte sie.

Das ist Lilli, sagt Oskar, meine Schwester.

Lilli, daß ich dich einmal sehe!

Das ist Puppa, sagt Oskar.

Guten Tag, sagt Lilli.

Ich bin die Bedienung, sagt Puppa, ich sorge mich um Oskar, wenn die Wirtin keine Zeit hat.

Was die Rut so lange macht, sagt Lilli.

Wir können nicht länger warten, sagt Oskar. Wir müssen klingeln.

Du hast recht, sagt Lilli. Außerdem ist die Rut nicht so ängstlich wie deine Puppa, die Rut traut sich klingeln, egal, wenn sie zu spät kommt.

Puppa trägt zur Feier des Tages ein rotes Kleid mit einem runden Ausschnitt, der den halben Busen freiläßt.

Der Stoff ist dehnbar, sagt sie, er sitzt wie eine zweite Haut, gefällt dir das Kleid, Lilli, oder findest du mich zu fett dafür, Oskar, ich habe wieder zugelegt, zwei Kilo mindestens, schaut mich an, Kinder, ich ziehe jetzt meinen Bauch nicht ein, das sieht unmöglich aus, und jetzt ziehe ich den Bauch ein. So wärs gut. Ich kann nicht dauernd meinen Bauch einziehen. Wie findet ihr meine Hochfrisur, oder soll ich lieber so, oder ist das zu wenig brav, für deine Leute, Oskar?

Das sind nicht meine Leute, sagt Oskar.

Wir haben keine Leute, sagt Lilli. Auch Rut kann ich nicht zu mir zählen.

Die Turnlehrerin hat Lippenstift auf dem Mund, das macht sie freundlich, sie drückt Oskar an sich, noch auf der Schwelle. Auf ihrer Bluse ist ein Fleck, der riecht sauer.

Das ist Puppa, sagt Oskar. Das ist Lilli, die kennst du vom letzten Mal her. Damals hast du geheult. Vielleicht hast du meine Schwester vor lauter Heulen nicht bemerkt.

Ich bin die Servierin, sagt Puppa, ich kümmere mich um Oskar, wenn die Wirtin zu tun hat.

Der Lehrer steht nun ebenfalls bereit. Er fegt mit Blikken über Puppa drüber.

Wo ist das neue Baby, fragt Oskar. Aus diesem Grund sind wir hergekommen.

Jetzt kommt erst einmal herein, sagt der Lehrer.

Das alte Baby sitzt im Flur und spielt mit Legoklötzen. Neben sich hat es den Bär liegen, der noch von der Fürsorge-Brigitte stammt.

Den Bär hätten wir uns gegenseitig zuschicken sollen, weißt du noch, sagt Oskar.

Jetzt fällt es mir wieder ein, sagt Lilli.

Hast du den Bären vermißt, fragt Oskar.

Nein, sagt Lilli.

Ich genauso nicht.

Puppa will das alte Baby auf den Arm nehmen, nein Puppa, das ist nicht das Taufkind, es strampelt ihr in den Bauch und reißt an ihren Haaren.

Mach verdammt den armen Bären nicht kaputt, sagt Puppa.

Ich habe den Bär dem alten Baby geschenkt, als ich die Lehrers verlassen habe, sagt Oskar.

Wo ist nun das neue Baby, fragt Puppa. Darf man es sehen oder ist es top secret?

Die Turnlehrerin tänzelt ins Schlafzimmer hinüber und tänzelt hinter dem Stubenwagen zurück.

Puppa bückt sich, und noch mehr von ihrem Busen kommt zum Vorschein.

Sie dürfen ruhig rauchen, sagt der Lehrer. Nicht gerade hier vor dem Kleinkind, draußen auf der Terrasse gern. Wenn ich bitten darf, ich zeige Ihnen die Terrasse. Hab zwar selber nie geraucht, außer ab und zu eine Zigarre.

Sie wollte ja gar nicht rauchen, sagt die Turnlehrerin.

Es klingelt. Rut ist es. Nicki wartet draußen im Auto. Nach einer Weile klingelt er und sagt zu Rut: Ich fahre eine Runde und hole dich sagen wir in einer Stunde ab. Lilli hat er nicht einmal angeschaut.

Das alte Baby hat den Krug mit dem verdünnten Holdersaft umgeschüttet. Oskar, bist du so gut, sagt die Turnlehrerin.

Ich weiß, wo die Lumpen sind, sagt Oskar. Lilli, hilfst du mir?

In der Schublade ganz unten sind die Wischtücher.

Wenn ich ehrlich bin, sagt Rut zur Turnlehrerin, darf ich ehrlich sein?

Natürlich, sagt die Turnlehrerin.

Ich kann die Lilli nicht weiter haben. Es geht einfach nicht mehr. Ich krieg das nicht auf die Reihe. Hat keinen Sinn, sich etwas vorzumachen.

Oskar?

Ja?

Hörst du mich?

Ja, Lilli.

Am Anfang, Oskar, als ich bei der Rut war, hat sie immer gesagt, wenn sie verheiratet wäre, hätte sie gute Chancen, daß sie mich behalten kann.

Weil die auf dem Amt, Lilli, der Meinung sind, daß wir in eine Familie gehören, zu einem Ehepaar, das weiß ich, das hat mir der Notar lang und breit auseinandergesetzt.

Jetzt will sie mich aber nicht mehr, Oskar.

Jetzt, wo sie heiratet, will sie dich nicht mehr, stimmt, Lilli, das kommt mir auch so vor.

Soll ich sie darauf ansprechen, Oskar?

Würde ich nicht.

Sie hat aber immer wieder gesagt, daß es schade ist für sie und mich, daß sie nicht verheiratet ist. Das hat die Rut gesagt, immer wieder.

Was nützt dir das jetzt, wenn sie es gesagt hat?

Irgendwie habe ich sie in der Hand deswegen.

Ach wo, Lilli.

Sie will mich nicht mehr, Oskar.

Na und, Lilli! Das hat nichts zu bedeuten, sagt Oskar. Wir brauchen niemanden, Lilli. Wir haben Geld, so viel, wie die alle miteinander nicht.

Ich kann dich verstehen, sagt die Turnlehrerin zu Rut.

Seit wann duzen die sich, fragt Lilli.

Sie haben zusammen geheult, sagt Oskar.

Inzwischen ist kein Lippenstift mehr auf dem Mund der Turnlehrerin.

Das neue Baby fängt zu greinen an, das alte Baby brüllt, und Oskar wischt den Saft weg. Der Lumpen ist ein abgeschnittener Ärmel von Erikas Nachthemd.

Machst du dich stark für mich, daß mich dein Bruno im Auto mitnimmt, fragt Lilli.

Bruno nimmt uns auf alle Fälle beide mit, sagt Oskar.

Am liebsten würde ich immer bei dir bleiben, sagt Lilli.

Dann überleg dir das mit Venezuela, sagt Oskar.

Oskar sieht, wie Puppa draußen auf der Terrasse dem Lehrer eine Zigarette anbietet und er eine aus der Packung nimmt. Den Oberkörper hat er vorgebeugt und lacht die ganze Zeit. Es sieht aus, als ob er ein Trinkgeld entgegennimmt.

Er beugt den Oberkörper vor, damit auch sie ihren Oberkörper vorbeugt, sagt Lilli.

Woher weißt du das, fragt Oskar.

Er will ihren Busen sehen, sagt Lilli.

Puppa und der Lehrer rauchen. Nach der ersten stecken sie sich eine zweite an, sie stehen dicht nebeneinander, damit das Feuer vom Wind nicht ausgeht.

Da hörten wir Geschrei aus dem Schlafzimmer, erzählen Oskar und Lilli, wir hörten, daß die Lehrerin schrie.

Wir gehen, sagte Puppa. Mir tun die zwei Kinder leid. Nimm meine Tasche und komm, Oskar.

Draußen vor dem Haus ertönte ein gewaltiges Hupen. Als wir vor die Tür traten, erzählen Oskar und Lilli, blendete uns die untergehende Sonne, die sich im Chrom von Brunos neuem Lastwagen brach. Bruno war nahe an die Haustür gefahren, das Führerhaus überragte das Vordach, zwei mächtige, blinkende Auspuffrohre führten über das Dach des Lasters. Der Kühler war ein gefährliches Chromgebiß, und die Reifen hatten Rillen, breiter als unsere Hände.

Steigt ein, rief Bruno.

Und wir, fragte Puppa.

Nein, ihr nicht, sagte Bruno.

Kommen Sie, sagte Rut, uns tut ein Spaziergang gut. Nicki wird Sie heimbringen.

Was ist, fragte uns Bruno. Wollt ihr einsteigen oder soll ich allein abdampfen?

Wir können nicht, riefen wir lachend. Wir sind zu klein!

Da stieg Bruno aus und hob uns einen nach dem anderen in das Führerhaus, das mit rotem Leder ausgeschlagen war. Ein Fernseher war da, eine Stereoanlage und im Rücken der Sitze zwei Betten übereinander.

Das ist ja ein richtiges Haus, sagten wir.

Jawohl, rief Bruno. Schaut einmal dort unten nach!

In einem Fach stapelten sich Keksrollen und Schokoladentafeln und Pralinen.

Die Pralinen sind für die Dame, sagte Bruno.

Das bist du, Lilli, sagte Oskar.

Mit Gebraus fuhren wir aus der Stadt hinaus.

Ich habe Oskars Fernrohr mitgebracht, sagte Bruno.

Das ist gut, sagten wir. Das ist gut!

Wir fuhren in die Nacht hinein, und erst als Mitternacht bereits hinter uns lag, lenkte Bruno den Laster auf einen Autobahnrastplatz. Wir öffneten die Tür und sprangen auf den Asphalt.

Der Mond blinkte durch die Wolken wie eine Taschenlampe. Einmal ist er rosa umrandet. Einmal leicht grün. Er flimmert am Rand. Er flimmert ins Rote hinein. Einen Lidschlag lang brennt er durch die Wolken und durch die Äste hindurch und brennt auf die Gesichter von Oskar und Lilli.

PIPER

Monika Helfer
Wenn der Bräutigam kommt

Roman. 125 Seiten. Geb.

»Zwei Frauen sind zur selben Zeit vom selben Mann
schwanger. Sie leben im selben Haus. Sie sind Mutter
und Tochter und werden wieder Mütter von Töchtern.
Dies der Stoff, aus dem bemerkenswerte Romane sind.
Doch lesenswert werden sie erst, wenn sie mit Witz, Esprit,
wohldosiertem Spott und einer gnadenlosen Klarheit
geschrieben sind, eben so, wie Monika Helfer erzählt.
Pendelnd zwischen innerem Monolog und direkter Rede,
entwickelt Helfer Schritt für Schritt ihre Geschichte und
zeichnet die Charaktere ihrer Figuren. Diskret verschweigt
die Autorin, wie Mutter und Tochter letztendlich die
unmittelbaren Folgen dessen tragen, was jener Untermieter
verursacht hat. Helfer beschränkt sich auf die Zeit nach
den Geburten. Alles, was zwei Frauen unter einem Dach
während der Schwangerschaft miteinander erfahren, bleibt
ausgespart. Dennoch erfaßt sie ihre Protagonistinnen mit
psychologischem Weitblick.«
Der Standard, Wien

Monika Helfer

Oskar und Lilli

Roman. 283 Seiten. SP 2165

Die ebenso heitere wie schmerzliche Geschichte zweier Kinder, die ihren Platz in der Welt suchen.

»So etwas Unsentimentales über das Zusammenleben der unterschiedlichen Generationen habe ich schon lange nicht mehr gelesen.«
Süddeutsche Zeitung

Die wilden Kinder

Roman. 155 Seiten. SP 659

»Monika Helfers Buch ist klug, witzig, klarsichtig und von der ersten bis zur letzten Zeile ein Lesevergnügen«, begeisterte sich die »Neue Zürcher Zeitung« über die Geschichten von Bella und Angela. In einer chaotischen Welt der Erwachsenen versuchen sie mit Frechheit, Phantasie und viel Mut ihre Träume vom großen Glück (Angela) und von der kleinen, aber sicheren Ordnung (Bella) zu realisieren.

Ich lieb Dich überhaupt nicht mehr

Roman. 263 Seiten. SP 1343

Der Neffe

Erzählung. 125 Seiten. SP 1829

Drei Wochen soll Isabella, großstädtische Exzentrikerin aus Berlin, ihren elfjährigen Neffen in der österreichischen Provinz hüten. Albert freut sich auf die Zeit der Freiheit und auf exotische Abenteuer. Nicht weniger erwartungsvoll ist Isabella: Gerade einer verunglückten Liebschaft entronnen, wittert sie in der Provinz das geeignete Revier für ein paar sexuelle Raubzüge. Doch wo zwei die gleichen Interessen verfolgen, kommt es früher oder später zum Krieg. Als Isabellas Liebhaber zum Dauergast wird, ist Alberts Toleranz am Ende... Was wie eine leichte Sommergeschichte beginnt, entwickelt sich zunehmend zu einer Horrorstory, ebenso amüsant wie verstörend, ebenso schön erfunden wie wahr.

Marcel Pagnol

Marcel

Eine Kindheit in der Provence.
Aus dem Französischen von
Pamela Wedekind. 276 Seiten.
SP 2426

Marseille um die Jahrhundertwende: Eine fünfköpfige Familie bricht auf zu Ferien in der Provence – und hier beginnt für den elfjährigen Marcel ein Sommer voller Schönheit und Abenteuer in den Wiesen und Hügeln der Estaque inmitten von Zikaden und dem Lavendel- und Rosmarinduft der Hochebene. Sein bester Freund, der Bauernjunge Lili, führt ihn zu den geheimen Höhlen und verborgenen Quellen und zeigt ihm die beste Methode, geflügelte Ameisen zu fangen. Der leichte und poetische Ton besticht durch den zärtlichen Blick, in dem Arglosigkeit und Ironie verschmelzen und der kindliche Kosmos wiederaufersteht.

Marcel und Isabelle

Die Zeit der Geheimnisse. Eine
Kindheit in der Provence. Aus dem
Französischen von Pamela
Wedekind. 195 Seiten. SP 2427

Die paradiesische Ferienidylle des elfjährigen Stadtjungen Marcel, der den Sommer mit seiner Familie in der Provence verbringt, erfährt einen jähen Einbruch in Form eines blonden, verzogenen Geschöpfs, das sich vor Schlangen fürchtet: Die tyrannische Isabelle tritt in Marcels Leben und macht ihn zu ihrem Knappen. Nun eröffnet sich das ganze Spektrum kindlicher Liebe, die in ihrer Absolutheit und Grausamkeit Marcel in heillose Verwirrung stürzt, ihn aber zugleich auch die großen Dinge des Lebens erahnen läßt. Behutsam nähert sich Marcel Pagnol seiner eigenen Kindheit und bewahrt dadurch Distanz, aber auch Zärtlichkeit und Ironie.

Die Wasser der Hügel

Roman. Aus dem Französischen
von Pamela Wedekind.
423 Seiten. SP 2428

Die Eiserne Maske

Der Sonnenkönig und das
Geheimnis des großen
Unbekannten. Aus dem Französi-
schen von Pamela Wedekind.
Vorwort von Kasimir Edschmid.
272 Seiten. SP 2775

SERIE
PIPER

Adolf Schröder

Der fremde Junge
Roman. 344 Seiten. SP 2597

Robert Bilkowsky, den alle nur
Bob nennen, fährt tagsüber
Taxi. Die Nächte verbringt er
in seinem Atelier. Er ist Maler.
Eines Abends findet er einen
zehnjährigen Jungen in seiner
Wohnung. Bob ist ratlos. Das
Kind spricht keinen Ton,
sondern verständigt sich mit
ihm über Zeichensprache und
schreibt verschlüsselte Bot-
schaften auf Papierflieger. Irgend etwas in Bob weigert sich,
den Jungen zur Polizei zu bringen. Er fühlt sich auf geheim-
nisvolle Weise angezogen, trau-
matische Kindheitserinnerun-
gen werden in ihm wach,
und so beginnt eine seltsame
Freundschaft, in deren Ent-
wicklung Bob sich immer mehr
mit dem Jungen identifiziert.
Obwohl ihm das Kind sei-
nen Tagesablauf durcheinan-
derbringt, seine Freunde ihn
warnen, läßt er sich nicht davon abbringen. Er muß hinter
das Geheimnis dieses wunder-
samen Jungen kommen.

Stephen Krawczyk

Das irdische Kind
Roman. 266 Seiten. SP 2526

Das verbundene Bein von Onkel Alfred, Großmutters Gro-
schenring und Onkel Kurt, der
zu festlichen Anlässen immer
denselben Nadelstreifenanzug
anzieht – leichtfüßig, anrüh-
rend und unsentimental erzählt
Stephan Krawczyk seine Kindheit und Jugend. Lauter private
Weltereignisse, lauter intime
Fotos aus dem Familienalbum,
die stellvertretend für eine
ganze Generation stehen. Stephan Krawczyk, neben Wolf
Biermann bekanntester Lieder-
macher der ehemaligen DDR,
erzählt aus dem Dorf Weida mit
dem Flüßchen Auma präzise,
herzlich und so privat, daß eines klar wird: Das Leben läßt
sich nicht zurückrechnen auf
dürre politische Daten.